ela não pode ir embora

fay weldon

ela não pode ir embora

Tradução de
ALICE XAVIER

EDITORA RECORD
RIO DE JANEIRO • SÃO PAULO
2010

CIP-BRASIL. CATALOGAÇÃO-NA-FONTE
SINDICATO NACIONAL DOS EDITORES DE LIVROS, RJ

W474e Weldon, Fay
   Ela não pode ir embora / Fay Weldon; tradução de Alice Xavier de Lima. – Rio de Janeiro: Record, 2010.

   Tradução de: She may not leave
   ISBN 978-85-01-08076-9

   1. Romance inglês. I. Lima, Alice Xavier de. II. Título.

                                    CDD: 823
09-2461   CDU: 821.111-3

Título original em inglês:
SHE MAY NOT LEAVE

© She May Not Leave 2005

Todos os direitos reservados.
Proibida a reprodução, no todo ou em parte, através de quaisquer meios.

Direitos exclusivos de publicação em língua portuguesa somente
para o Brasil adquiridos pela
EDITORA RECORD LTDA.
Rua Argentina 171 – Rio de Janeiro, RJ – 20921-380 – Tel.: 2585-2000
que se reserva a propriedade literária desta tradução

Impresso no Brasil

ISBN 978-85-01-08076-9

PEDIDOS PELO REEMBOLSO POSTAL
Caixa Postal 23.052 – Rio de Janeiro, RJ – 20922-970

EDITORA AFILIADA

Martyn e Hattie contratam *uma* au pair

— Agnieszka? — pergunta Martyn. — Não é um nome comprido demais? Se ela quiser se dar bem neste país, vai precisar encurtá-lo. Não estamos habituados com o som de *sshzk*.

— Mas ela não vai querer encurtá-lo — argumenta Hattie.

— Cada um tem seu orgulho, e lealdade aos pais, que lhe deram o nome.

— Mas, se somos nós que pagamos a ela, talvez seja sua obrigação a fazer mais ou menos o que pedimos — retruca Martyn.

Martyn está conversando com Hattie na primeira casa comprada pelo casal, uma confortável residência de preço módico no bairro londrino de Kentish Town. Aos 30 e poucos anos, os dois são bonitos, saudáveis e instruídos. Por questão de princípio — e não de falta de afeto —, eles não se casaram, só vivem juntos. A pequena Kitty, de seis meses de idade, dorme em seu berço no quarto: os pais temem que não vá continuar adormecida por muito mais tempo. Martyn acaba de chegar do trabalho. Hattie está passando roupa a ferro: pouco habituada à tarefa, está fazendo um péssimo trabalho, porém, como sempre, com máxima dedicação.

Hattie é minha neta. Dediquei muitos anos a sua educação e gosto muito dela.

O casal esteve conversando sobre a possibilidade de empregar uma *au pair*,* uma moça recomendada por Babs, colega de Hattie na empresa de agentes literários Dinton & Seltz. Hattie tirou uma licença-maternidade e agora quer voltar ao trabalho, mas o companheiro resiste. Embora não o declare, nota-se a resistência quando ele opina que o nome da moça é demasiado longo. Eles têm pouca informação sobre Agnieszka, exceto que trabalhou para a irmã de Babs, mãe de trigêmeos, e que ao deixar o emprego levou boas referências.

Nos meios em que o casal circula, existem tantos bebês inseminados quanto concebidos naturalmente, e assim, com frequência nascem em dupla ou em trio. Kitty foi um acidente que, passada a confusão e a consternação iniciais, ser-

---

*Jovem estrangeira(o) que, em meio expediente, cuida dos filhos de uma família, em cuja casa reside, tendo direito a alimentação, mesada e tempo para estudar durante a permanência. (*N. da T.*)

viu para tornar a criança ainda mais preciosa aos olhos dos pais. O destino interferiu, eles achavam, e para o bem. O homem põe e Deus dispõe, e dessa vez o resultado tinha sido satisfatório.

— Não acho que seja correto pedir a Agnieszka que altere o nome por nossa causa — opina Hattie. — Ela pode ficar ofendida.

— Não tenho certeza — retruca Martyn — de que se possa definir como correto aquilo que não ofende.

— Não vejo por que não — diz Hattie. De cenho franzido, ela se esforça para entender o que Martyn acabou de declarar. Com certeza, abster-se de ofender os outros desempenha um papel importante no que é definido como correto. Mas desde o nascimento de Kitty ela está menos segura que antes sobre o certo e o errado. Sua confiança moral está sendo desgastada.

Ela pode ver que é "errado" enfiar uma chupeta na boca da criancinha para impedi-la de chorar, como fazem as mães pouco instruídas dos conjuntos residenciais populares. O "certo" seria investigar a causa do choro e tomar providências. Se for assim, pelo menos cinco vezes ao dia ela prefere o errado ao certo. Também consegue ver que é culpada de elitismo, por não querer ser arrolada entre as mães dos conjuntos populares. A renda familiar pode estar abaixo da média nacional, mas mesmo assim a noção da própria superioridade passa cada vez mais por sua mente. Afinal, ela não lê livros de maternidade, em vez de ficar esperando duas semanas pelo aparecimento da agente de saúde? Ela com certeza não é alguém que controla o próprio destino? Mas ultimamente tem andado tão sentimental, tão movida por emoções afetadas por hormônios, de tal forma sujeita a ressentimentos e gratificações pouco habituais que fica oscilando da convicção à dúvida em um intervalo de minutos. De fato, nesta manhã, ao acordar, inclinando-se por cima do berço ao lado da cama do casal para colocar a chupeta na boca da menina, teve a tranquilizante compreensão de que as pessoas adotam a moral que se podem dar ao luxo de adotar, nem mais nem menos. Ela não deveria se recriminar tanto.

— Então você *deveria* ver por que não — diz Martyn. — A justiça social não pode ser alcançada com a simples permissão a todos de fazerem o que queiram. Um caçador de raposa poderia se ofender se você o apontasse como um bruto cruel e sádico, mas isso não quer dizer que você não deva dizê-lo. Todos nós deveríamos estar trabalhando em prol do benefício máximo para a máxima quantidade de gente e às vezes é preciso dizer palavras ásperas e fazer escolhas.
— Como poderia contribuir para a justiça social dizer a alguém que use um nome mais curto?

Ela se sente mesquinha e petulante; sabe que está sendo impertinente, mas, se ele pode ser assim, ela também pode. Hattie já pediu a Agnieszka que venha a uma entrevista, mas não avisou a Martyn. Ainda não conseguiu persuadi-lo a aceitar a ideia, embora a chegada das contas de luz e de imposto predial, ambas pelo correio daquela manhã, tenha tido seus efeitos. Hattie precisa voltar ao trabalho. Realmente, não há escolha.

— Para começar — ele diz —, pense na demora que vai ser para soletrar o nome. Agnieszka Wyszynska! Os digitadores do país inteiro vão ficar de cabelo branco. Simplificar o nome seria uma simples cortesia para com os demais.

— Simplificar para qual nome? — pergunta Hattie. — O que você sugere?

— Agnes Wilson? Kay Sky? Breve, e simples, e cooperativo. Ela sempre pode trocar novamente de nome quando regressar à Polônia.

— Eu não tenho nenhum problema em soletrar Agnieszka Wyszynska. Você só precisa se acostumar com certas combinações de consoantes e perceber que "Y" é uma vogal. Mas pudera: eu estudei línguas modernas e não tenho dificuldade na grafia das palavras.

Hattie é realmente exímia em soletrar, mas, quando fala sobre o orgulho de Agnieszka, poderão estar perfeitamente falando do seu próprio. As pessoas costumam empregar nos outros suas próprias qualidades, quer desejáveis, quer não. O generoso acredita que os outros serão igualmente generosos; o mentiroso acusa o outro de mentir; o egoísta vê egoísmo em todos os demais. Se Hattie dispensa o uso do corretor ortográfico da Microsoft, preferindo usar seu próprio julgamento ou telefonar à tia-avó, a escritora, em caso de dúvida, é porque ela também tem seu orgulho. Tem um superego altamente desenvolvido. Tal poderia ser perfeitamente a razão pela qual ela e Martyn, um homem do norte proletário, de elevados princípios sociais e consciência de classe bem desenvolvida, se ligaram por um compromisso de parceria, e não pelo sagrado matrimônio.

Hattie vem do sul boêmio, de uma família para a qual a moral costuma se preocupar com a integridade de uma forma particular de arte e com a autenticidade da emoção. É uma família na qual o temperamento específico de Hattie é visto como ligeiramente anômalo. Ela tem alguma coisa vigorosa e inconformista que faz eco às mesmas tendências em Martyn. Nesse aspecto, não se parece com sua mãe, Lallie, a flautista, ou sua avó, Frances, casada com um artista plástico atualmente na prisão, e menos ainda lembra a tia-avó, Serena, a conhecida escritora. Deus é que sabe por meio de que percurso genético lhe chegou a "tendência responsável", como Frances a denomina. Pode muito bem ter vindo do pai de Hattie, Bengt, um estudante na época em que ela foi concebida. Mas quem poderá dizer? Bengt foi tão rapidamente arrebatado para a Suécia pelos pais, para um novo e melhor começo de vida, que os detalhes de seu caráter nunca se tornaram totalmente evidentes para a família de Lallie. Observar Hattie durante os anos de formação foi tudo que pudemos fazer para descobrir em quê se tornaria.

Bengt se tornou farmacêutico em Uppsala e leva uma vida sossegada e decorosa com mulher e três filhos; portanto, com o tempo, presumiu-se que tivesse deixado para trás os responsáveis, competentes, ainda que possivelmente muito puritanos. O ato breve e isolado que resultou em Hattie ocorreu no local conhecido como a Cabana da Tranquilidade, na escola progressiva e muito cara que os dois jovens frequentavam.

Uma vez por ano, quando Lallie consegue encontrar um intervalo em sua agitada agenda internacional, Bengt traz de Uppsala a família, em visita a ela e a Hattie, sua filha mal engendrada. Nessas ocasiões são todos muito corteses, porém mal conseguem esperar para voltar à normalidade, que é o esquecimento de que um dia aquilo aconteceu.

Hattie é gentil com o pai, mas não consegue se interessar muito por ele. Ela descobriu e completou os detalhes da história clínica do pai para os pesquisadores do hospital que frequentou durante o pré-natal, mas não conseguiu encontrar senão boa saúde e nenhum acontecimento notável para relatar. Se Hattie não se parecesse com Bengt senão por certa largura dos maxilares e brusquidão de temperamento, teria pensado que a mãe havia cometido um engano, e que um outro qualquer tivesse sido responsável pela sua existência. Como o resto da família, Hattie gosta de que as coisas *aconteçam*. Bengt é, para falar com franqueza, sem graça.

Desde que ela teve Kitty, parece que o tipo errado de coisas acontece. A enfermeira distrital, que visita Hattie regularmente porque esta declinou de entrar para o clube semanal de mães e filhos, fato registrado em suas anotações, reclama que as fezes da criança são moles e acusa a mãe de estar comendo alho. Hattie não come alho desde o nascimento do bebê. A enfermeira distrital sequer pergunta, mas parte apenas do princípio de que Hattie é o tipo de mãe que comeria alho. É assim que ela parece aos demais? Irresponsável, submissa e tola?

— Seja como for — diz Martyn agora —, tudo isso é hipotético. Nós não precisamos, não queremos, e nem mesmo podemos arcar com as despesas de uma *au pair*. Esqueça. É só uma ideia da Babs. Sei que ela é sua amiga, mas tem um conceito estranho de como funciona o mundo.

Martyn não gostava muito de Babs ser amiga de Hattie, e não sem razão. Babs é casada com um parlamentar conservador e, ainda que ela se declare desdenhosa das opiniões políticas do marido, Alastair, Martyn tem a impressão de que algo da política com certeza se transmite a ela no leito conjugal, e que talvez um pouco da essência da Babs adaptada possa, por sua vez, se transferir para Hattie. Ele acha que, pelo fato de compartilharem a cama, já recebeu pessoalmente por osmose muita coisa da personalidade da esposa, fato de que muito se alegra. E por que não deveria se alegrar? Ele a ama. Ambos têm a mesma opinião sobre a vida. A chegada de Kitty, que é metade dele e metade dela, criou um vínculo ainda maior entre os dois.

Hattie agora não tem escolha senão contar a verdade a Martyn. Ela não só já falou com a Agnieszka de nome comprido demais, mas também comunicou a Neil Renfrew, diretor-executivo da Dinton & Seltz, o desejo de voltar a trabalhar dentro de um mês, para o quê já providenciou todos os arranjos do cuidado infantil. Martyn e Hattie tinham resolvido optar por um ano de licença-maternidade: agora ela tinha reduzido o prazo à metade, de forma unilateral. Neil havia conseguido espaço para ela na parte de contratos, trabalhando em frente a Hilary, do Departamento de Direitos Autorais Internacionais. Por causa da licença-maternidade, Hattie havia perdido um pouco da posição hierárquica, mas a situação não era assim tão ruim. Hattie lê e fala francês, alemão e italiano; ela é adequada à função, e esta a ela.

Talvez ela devesse trabalhar na parte mais literária do negócio da agência — é mais divertido: você sai para almoçar e conversar com escritores —, mas pelo menos em Direitos Internacionais você vai à feira de livros de Frankfurt e lida com as editoras estrangeiras. O Leste Europeu é um mercado importante que está em expansão e no qual Hattie vai precisar estar ativa. A vaga está desocupada porque Colleen Kelly, que engravidou depois de cinco anos de tentativas de fertilização *in vitro*, vai parar de trabalhar mais cedo para escrever um romance. A Hattie ocorreu a ideia de que Agnieszka irá ajudá-la a aprender polonês.

— Mas você nem mesmo a conhece — diz Martyn agora, quando Hattie lhe revela uma verdade irritante depois de outra. — Você nem imagina como ela é. Poderia fazer parte de alguma quadrilha internacional de sequestro de crianças.

— Ao telefone, ela me pareceu muito amável — afirma Hattie. — Bem falante, serena e calma; e não me fez pensar absolutamente que se tratasse de uma marginal. Já cuidou dos trigêmeos de Alice, até a família se mudar para a França no mês passado. E Alice disse a Babs que ela foi um presente do céu.

— Um presente para você, talvez — objetou Martyn. — Mas, e para Kitty? Você realmente quer comprometer assim o futuro de nosso bebê? A pesquisa mostra que os bebês cuidados pela mãe em tempo integral durante o primeiro ano têm vantagem intelectual e emocional.

— Tudo depende do relatório de pesquisa que você leu — objetou Hattie —, e sinto muito falar nisso, mas minha tendência é acreditar naqueles que me convêm. Kitty vai ficar bem. Estamos vivendo com muito pouco dinheiro, eu me vejo obrigada a pedir dinheiro a você como se fosse uma criança, não vamos conseguir pagar o imposto predial, logo, não tenho saída senão usar uma babá para Kitty. Você já disse que sou maluca. De que adianta a ela ter uma mãe maluca?

— Você está sendo infantil — retrucou Martyn, com certa razão. — E "maluca" não é uma palavra muito adequada de se usar. Digamos que, intimamente, você tem estado um pouco perturbada. Mas de que adianta dizer alguma coisa? Você se adiantou e considerou tácita a minha aprovação.

Ele bate a porta da geladeira com mais energia do que necessário ou desejável. Na verdade, bate com tanta força que o piso treme e no quarto ao lado a pequena Kitty se mexe e solta um grito, antes de, por sorte, adormecer de novo.

Na batalha da supremacia moral, travada tão assiduamente pelo casal, uma das normas de combate implícitas é que não se deveriam usar as armas do mau humor — bater de portas, pancadas e gritos.

— Desculpe — disse ele agora. — Não tive um dia muito bom. Sei que até certo ponto deixei por sua conta o cuidado do bebê, e eu que tanto desejei que pudéssemos dividir meio a meio os deveres de pais, mas isso é porque fui obrigado, não dependeu de minha vontade. Seja como for, você poderia pelo menos ter telefonado para mim no escritório e me avisado.

— Eu não queria que Agnieszka nos escapasse — justifica Hattie. — Uma pessoa assim pode escolher à vontade. Como babá plenamente qualificada em Kensington, ela poderia ganhar quinhentas libras por semana e ter uma empregada a seu dispor.

— Isso é revoltante — protesta Martyn.

— Mas ela não ficaria feliz em fazer isso. É uma pessoa verdadeiramente caseira, segundo Babs. Prefere viver em família, trabalhar numa casa de verdade, ser alguma coisa entre *au pair* e babá.

— É melhor ela se decidir — diz Martyn. — Uma *au pair* está coberta por diretrizes estritas; uma babá não está.

— A gente esclarece isso quando chegar a hora — aponta Hattie. — Gostei dela no telefone. Dá para se dizer muita coisa sobre alguém com base na voz. Babs garante que ela é mesmo perfeita para nós. Alice deu à moça tão boa referência que, segundo o Alastair, parecia estar tentando se livrar dela.

— Ah, sim, o parlamentar conservador. E ela estava? — pergunta Martyn.

— O quê? Tentando se livrar dela? É claro que não — diz Hattie. — Alastair estava só fazendo piada.

— Que tipo mais estranho de piada — diz Martyn.

Martyn ainda está contrariado. Seu nível de glicose no sangue está baixo, depois de um dia no escritório. Obviamente ele tem razão; não é ético explorar os outros dessa forma, especialmente se eles têm pouco poder no mercado de trabalho, mas para todos seria mais cortês ele deixar de lado o assunto.

Na geladeira ele encontra muito pouca coisa. Desde que Hattie entrou em licença-maternidade, eles não têm tido dinheiro para comer em restaurante, comprar comida pronta ou artigos de luxo de delicatéssen. Quando ele dá sorte, o jantar costuma ser de costeletas com batatas e legumes e nada mais, tudo servido no ritmo que convém a ela, e não a ele. Encontrando um pouco de queijo na gaveta das verduras, Martyn começa a mordiscá-lo, mas o queijo é muito duro. Hattie alega que o está guardando para usar ralado.

Martyn acha que a mulher exagera naquilo a que ele se refere como sua "tendência frugal". No momento, qualquer coisa serve para tornar ainda mais inóspita a vida dos dois. Ela detesta gastar dinheiro com comida. Os alimentos são cheios de poluentes que, se consumidos, podem acabar indo parar no bebê, por meio do leite materno. A Martyn parece que desde o parto Hattie entrou na modalidade da rejeição. O sexo também se tornou um acontecimento raro — em vez das quatro ou cinco animadas vezes por semana que costumava ser. Martyn consegue ver que o retorno dela ao trabalho poderia ser uma boa ideia, mas não gosta de que organize a vida a dois à revelia dele. Afinal, também é pai de Kitty.

Frances apresenta um pouco dos antecedentes autorais

Permitam-me esclarecer quem está falando, quem é que narra a história de Hattie, Martyn e Agnieszka, lendo os pensamentos deles e julgando suas ações, oferecendo-os à inspeção. Sou eu, Frances Watt, de 72 anos, nascida Hallsey-Coe, anteriormente, acho, mas Hammer por um curto período: anteriormente Lady Spargrove: e anteriormente — nós teríamos nos casado, mas ele morreu — O'Brien. Sou a mãe relapsa de Lallie, a avó de Hattie — decidida a fazer render meu novo computador pessoal, comprado para mim por minha irmã Serena. Vou escrever, escrever e escrever, exatamente como minha irmã. *"Escrivinhar, escrivinhar!"*, como dizia o duque de Gloucester a Edward Gibbon, ao receber a *Decadência e queda do Império Romano*, livro de um milhão e meio de palavras: *"Sempre escrevinhar, escrevinhar, escrevinhar, não é, Sr. Gibbon?"*

Serena é quem tem a reputação de escritora: vem escrevendo regularmente desde os 30 e tantos, mal se concedendo um minuto para reflexão: ela paga a todos — às empregadas da casa, às secretárias, aos motoristas de táxi, aos contadores, aos advogados, ao imposto de renda, aos amigos, aos quitandeiros — só para despachá-los e poder continuar escrevendo. Mas isso não significa que tenha o monopólio sobre a capacidade de escrever. Eu própria finalmente encontrei o tempo e a coragem para fazê-lo, enquanto meu marido Sebastian está na prisão. A presença de um homem na casa pode ser inibidora para qualquer empreitada que não o inclua, tal como escrever um livro. Administro uma pequena galeria de arte em Bath, mas optei por não abri-la todo dia, para ter tempo de sobra.

Hattie, amada filha única de minha filha única Lallie, telefonou-me hoje à noite para dizer que voltaria a trabalhar, encontrou uma *au pair* para cuidar do bebê, e que Martyn estava um tanto recalcitrante quanto a isso. Seu retorno ao trabalho será positivo ou não? O que posso dizer? Falando como a bisavó em que ela me transformou, acho que deveria se sacrificar pela criança. Falando como sua avó, quero que ela volte ao mundo e viva um pouco e tenha casos amorosos com homens — a vida é para ser vivida, e não só para ser doada. Na verdade, gosto muito de Martyn, mas, pelo que estou informada, ele é apenas o segundo homem com quem ela foi para a cama, e isso me parece muito limitante.

Hattie não deverá se habituar facilmente à domesticidade, isso eu sei com certeza. Os vitorianos costumavam ter pena de moças assim, nascidas espertas demais, não mais satisfeitas em serem um apêndice do homem — filha, mãe, irmã, esposa —, buscando sempre uma identidade que pertencesse a elas e somente a elas, enquanto viviam numa sociedade que lhes proibia encontrar essa identidade. Essas moças davam mães péssimas e esposas piores ainda. Essa era a visão do velho mundo.

Martyn, eu sei, tem ideias românticas sobre ter uma esposa em tempo integral e mãe idem para sua filha, mas eu sei que ele está sendo pouco realista. Hoje em dia, os casais precisam de dois salários para sobreviver. E a tendência de Hattie é pagar demasiado à nova empregada: ela tem a generosidade de sua tia-avó Serena, mas sem os meios de financiá-la. Quanto mais culpada se sentir a mãe, mais alto o salário da *au pair* — ou então a coisa funciona ao contrário e a mãe, se identificando, fica furiosa de que a moça esteja contando com algum salário, e que dirá algum tempo livre e namorados na casa. Mas Hattie será do tipo preocupado, e isso pode acabar custando caro.

Minha neta Hattie tem 33 anos. Tem nariz reto, queixo quadrado e uma espessa cabeleira pré-rafaelita, encaracolada em alguns dias, crespa em outros, que ela mantém como uma nuvem em torno do rosto. Eu tenho os mesmos cabelos, mas os meus se tornaram satisfatoriamente brancos na totalidade. Também são surpreendentes, e me favorecem. Hattie tem pernas muito longas: isso ela deve ter herdado do pai, já que as pernas de sua mãe são bastante curtas e de panturrilhas gordas. Não que alguém tenha visto as pernas de Bengt, além de Lallie (presumivelmente) de relance, certa vez, há muito tempo e em local distante, quando Hattie foi concebida.

Lallie tem uma beleza carnuda, sensual, de lábios túmidos, de coloração intensa, muito diferente da palidez da filha, esguia, abstêmia, de maçãs salientes e dedos finos. Pela aparência das duas, se poderia julgar que a filha — e não a mãe — iria alcançar fama internacional tocando flauta, mas o contrário é que procede.

Hattie tem aquilo que sua tia-avó Serena chama "boa ossatura", e os homens com certeza viram a cabeça para olhá-la quando entra no recinto: é impressionante a confiança que isso pode dar a uma moça. Mas, no momento, ela está magra a ponto de parecer escanifrada. O esforço de cuidar de um bebê deixou-lhe marcas. Ou talvez ocorra que algumas mulheres fiquem pálidas e magras depois de ter filhos, exatamente como outras permanecem com o torneado cor-de-rosa de uma gravidez saudável. O corpo tem seus caprichos, e normalmente segue o rumo que a pessoa deseja muito que ele não siga.

No caso do corpo, como em tantas coisas na vida, o artifício é não deixar o destino perceber o quanto você está desesperada em relação a alguma coisa. Cumpre parecer casual e agir com casualidade, brincar de "Mamãe, posso ir?" com a vida. Hattie e os primos costumavam brincar disso em Caldicott Square. Uma criança fica em pé e de costas para o grupo. As outras avançam furtivamente. A que está de pé se volta bruscamente. Quem for apanhado em movimento ou rindo está eliminado e é obrigado a sair do jogo. Portanto, não se mexa; não ria; não mostre ao destino que você se importa, e menos possibilidade você terá de se apanhar com um resfriado antes do casamento, uma amidalite antes das férias, uma entorse antes do baile, e sua menstruação não chegará no momento em que estiver vestindo o saiote de jogar tênis.

Hattie realmente se alegra de estar mais magra que antes, mas aplaca os Fados dizendo em voz alta que não lhe importa o manequim que use desde que ela e o bebê estejam felizes e com saúde. Martyn — ela gosta de acrescentar — com certeza não é um desses homens aos quais repugnam uns quilinhos extras.

Da mesma forma, Hattie não mostra o quanto está ansiosa para voltar ao trabalho, mas murmura para outros que ela talvez precise começar a ganhar dinheiro novamente, já que é um grande problema se arranjar com apenas um salário. No presente, esses engodos lançados ao destino estão funcionando: ela emagreceu pela pura força do desejo secreto; um emprego está a sua espera e agora um destino gentil lhe colocou Agnieszka no caminho. Hattie adora a pequena Kitty, é claro que sim. De fato, por vezes ela fica dominada pelo amor e aperta o rosto contra a carne firme, macia e leitosa do bebê, e acha que este é tudo de que precisa na vida; mas, naturalmente, não é. Ficar em casa é tão tedioso! Você ouve rádio e luta para conter uma maré de desordem

— o problema de ter criança é que tudo se transforma em emergência: a gente fica o tempo todo obrigada a parar o que está fazendo. Hattie anseia pelas fofocas, pelas brigas internas, pelo efeito de anfetamina dos prazos de fechamento e pela turbilhonante novela da vida no escritório. Ela sente falta das conversas, tanto quanto do salário. Kitty fica gargarejando e regurgitando a comida que se põe dentro dela e não é uma fonte válida de entretenimento, só de amor, recebido e dado. Canções e escrituras afirmam que o amor é tudo de que ela precisa, porém não é verdade. O amor é tudo de que ela precisa só por uma parte do tempo. Então Martyn está sendo "um tanto reticente". Eu posso imaginar.

Um tanto reticente

— Mas, Hattie, nesse ponto nós temos um problema.

— Qual é o problema?

— Até que ponto seria ético pedir a outra mulher que cuide dos filhos da gente? Talvez o próprio fato de usar uma babá seja explorar os outros. Sei que é conveniente, mas será correto?

— Mas é uma coisa que sempre foi feita — responde Hattie, permitindo que um pouco de irritação entre em sua voz.

— Os mais instruídos recebem a maior parte do dinheiro. Eu uso minhas habilidades para ganhar dinheiro: ela usa seus instintos humanos para ganhar dinheiro. Existem mais mulheres do tipo dela que do meu tipo, portanto nós conseguimos que elas cuidem de nossos filhos pequenos.

— Mas, em uma sociedade igualitária — alega Martyn —, a escala seria invertida; nós seríamos pagos para compensar pelo esforço de nosso trabalho, e não recompensados pelo prazer que extraímos dele.

— Não é uma sociedade igualitária — responde Hattie.

— Aí é que está a questão.

— Você anda muito propensa a discutir — reclama ele.

Mas está satisfeito com o retorno da argúcia dela.

Em breve ela talvez volte ao normal e a alimentação deles melhore. Mas ele ainda não encerrou o assunto.

— Nós dois concordamos que criar um filho é a coisa mais importante que alguém pode fazer e que, concomitantemente, deveria ser pago. E uma creche provavelmente é a melhor opção se alguém não quer cuidar do próprio filho.

Mas Hattie ganhou, e a voz dele vai esmaecendo, e ela lhe dá um meio beijo, meia mordida na orelha para mostrar que não há ressentimentos. Para haver comida melhor na geladeira, Hattie precisa voltar a trabalhar, e sendo assim, Martyn prefere ver a filha cuidada em casa do que despachada para uma creche. Ele não quis perguntar a idade de Agnieszka, nem se ela será um prazer para os olhos ou o contrário. Ele se considera acima de semelhante interrogatório. Tem na cabeça um estereótipo de moça polonesa: ela é pálida, magra, de maçãs salientes, seios pequenos — atraente, mas proibida.

Hattie já providenciou tudo. Agnieszka virá morar na casa deles. Essa pessoa desconhecida que não foi submetida a um teste vai dormir no quarto de hóspedes, cuidar da criança como prioridade e fazer as tarefas domésticas; cozinhar e lavar no tempo que lhe sobrar para tanto. Vai ter folga no sábado e no domingo e frequentar aulas noturnas três vezes por semana. Receberá a generosa quantia de duzentas libras por semana, naturalmente com casa e comida de graça. Babs, que está habituada a ter empregados domésticos, foi consultada nessas questões e é isso que recomenda.

Martyn assinala que Hattie precisará ganhar no mínimo trezentas libras semanais para equilibrar as contas — talvez mais, se a moça for comilona. Hattie diz que a empresa vai pagar 36 mil libras anuais e Martyn reclama que isso é ridiculamente baixo: Hattie explica que, em vez da licença-maternidade de praxe, ela de fato pediu demissão, tamanha era sua certeza de que nunca iria querer voltar ao trabalho; e embora esteja contando com uma promoção em breve, terá formalmente de começar a trabalhar em um nível bem baixo, próximo ao piso da escala salarial.

— Se a gente der sorte — conjetura Martyn —, essa Agnieszka vai ser anoréxica. Isso vai poupar dinheiro em comida. Mas tudo bem, se ela é o que você quer, vai fundo. Vamos partilhar nossas noites e nossas vidas com uma estranha. Que assim seja. Mas trate de pedir referências por escrito.

Martyn ama Hattie. A dissensão é só uma parte da vida deles. Ele adora ficar se esfregando contra ela na cozinha; adora a redondeza morna do corpo dela, tão diferente da qualidade angulosa de seu próprio corpo. Adora a desenvoltura da conversa dela, seu riso pronto, sua falta de dúvida, o jeito como nem hesitou ao se descobrir grávida e, suspirando, disse: "Foi o destino, por que lutar contra ele?"

Martyn vem de uma família contrafeita, beligerante, que vive à cata de ofensas e insultos e os encontra, e que não hesitaria em erradicar um bebê indesejado. Ele não tinha ideia, quando conheceu Hattie numa passeata em favor da paz, que alguém pudesse ser daquele jeito, que a simples afluência de bons sentimentos, não uma superfluidade de raiva, pudesse levar alguém para as ruas em protesto. Foi um encontro predestinado. As multidões agitadas os empurraram para os braços um do outro, num beco atrás de Centre Point. Ele teve uma ereção e, profundamente constrangido, ruborizou-se, pediu desculpas, quando teria sido mais adequado ignorar a questão, fingindo que não havia acontecido. Ela disse: "Não há de quê, vou aceitar como galanteio."

Em três semanas ele tinha ido morar com ela e agora tinham uma casa e um bebê. Ele teria gostado de se casar com ela, que a tanto se recusava. Afirma não ter respeito pela instituição, como de fato ele também não tinha, pelo menos em princípio. Ambos olham para o casamento dentro de suas famílias imediatas e decidem que não é para eles. A complexidade do divórcio, e também sua probabilidade, os deixava alarmados. Mas ele tem menos objeção a ser propriedade dela do que ela a ser dele. Isso o preocupa. Ele a ama com mais intensidade do que ela a ele.

— O que temos para jantar? — pergunta Martyn, depois de abandonar toda esperança de encontrar alguma coisa comestível na geladeira, beijando a nuca de Hattie, dissolvendo de vez a raiva dela.

— Primeiro eu preciso terminar de passar a roupa — diz Hattie. A mãe dela, Lallie, poucas vezes na vida usou um ferro de passar. Aquilo dificilmente poderia estar no código genético. Mas, por outro lado, Lallie é uma artista criativa, coisa que Hattie confessadamente não é, e assim havia precisado tomar a rota normal para um ambiente satisfatório, não enchendo de música os ares, mas sim proporcionando aos outros um cenário sossegado.

Mesmo assim, Hattie interrompe a tarefa. Precisa de pouco incentivo. Comprou tecidos de puro algodão, lã e linho, fibras naturais tingidas com pigmentos orgânicos, para cobrir as costas do bebê. As fibras artificiais secam mais rápido que as naturais, não formam bolinhas, não encolhem nem desbotam com a lavagem. Foram inventadas por motivos muito bons. O berço está sempre úmido, porque as fraldas de tecido atoalhado ecologicamente saudáveis são menos eficazes que as fraldas descartáveis. Para o bebê não faz muita diferença em que tipo de tecido ele regurgita. Mas Hattie está presa àquilo com que se comprometeu, nem que seja em razão do custo da substituição, e ela gosta de coisas de boa aparência. Ainda restam algumas peças para passar, mas quando não restaram? Martyn talvez fique menos estressado se comer. Ela própria não está faminta. Hattie abre uma lata de atum e um frasco de maionese e requenta um pouco de ervilhas congeladas. Certa vez, Martyn, imprudente, comentou que gostava de ervilhas congeladas.

— Babs e eu vamos ficar em escritórios próximos — disse ela, quando as ervilhas ferveram e começaram a subir à tona na caçarola. — E vamos poder dividir um táxi para casa. — Um táxi! — alarmou-se Martyn. — Se quisermos ter dinheiro para pagar uma babá, não vamos poder ficar tomando táxi para lugar algum.

Ele sabe que o atum é nutritivo e que, acompanhado de pão e ervilhas, compõe uma refeição equilibrada, mas isso não quer dizer que o atum enlatado não fique entupindo a boca. As ervilhas nem mesmo são ervilhas tenras (caras demais), e sim grãos enormes, duros, de um verde pálido. O pão é um Hovis integral fatiado. Na casa da mãe dele, as refeições eram frequentes, generosas e servidas na hora certa, independentemente do quanto fossem paranoicas e aguerridas as pessoas sentadas ao redor da mesa. O pão era fresco, crocante, de farinha branca. E agora, em sua própria casa, o próprio conceito de "refeição" tinha sido abandonado. Desde o nascimento de Kitty, ele e Hattie comem para aplacar a fome, e o desejo sexual dificilmente atinge os dois no mesmo momento. Sim, é hora de Hattie voltar a trabalhar.

Credenciais demóticas

— Hattie — digo —, o que eu acho de você voltar a trabalhar ou não voltar a trabalhar é irrelevante. Como sempre, você vai fazer o que tiver vontade.

— Mas eu gosto de ter sua permissão, tia-vovó — ela disse. Eu sei que ela gosta. Isso me comove, mas preciso pedir a ela que pare de me chamar de "tia-vovó". "Avó" é melhor, "vovó" também serve, "vó" é vulgar e "tia-vovó" é ridículo, mas Hattie vai fazer o que tiver vontade.

Desde a chegada de Kitty, Hattie se arroga o direito de me colocar com firmeza ainda maior no passado e a me fazer avançar uma geração no desagrado público. Ela me chamava avó de forma perfeitamente adequada até conhecer Martyn, após o quê começou a me chamar vó, presumivelmente em lealdade às origens demóticas do parceiro. Ter um pai que morreu numa greve de eletricistas é uma rara qualificação nos círculos da mídia política em que ele trabalha. Para qualquer um que se sinta qualificado para explorar a questão ao máximo. Avó ou mesmo vovozinha parece coisa de classe média, e os jovens hoje em dia estão desesperados para serem vistos como membros da classe trabalhadora.

Mas eu ouso dizer que, da próxima vez em que ela me encontrar, estenderá o bebê em minha direção dizendo, "Dá um sorriso para a tia-vovó", e a criança me mostrará as gengivas desdentadas, e eu vou sorrir para ela e ficar desvanecida. Eu sou totalmente dedicada à minha família, e a Hattie, e a Kitty, e até a Martyn, embora ele nem sempre seja uma pessoa divertida, mas, por outro lado, Hattie também não é, com certeza não desde que teve um neném.

Martyn é alto, com mais de 1,80m, de estrutura sólida, cabelos louros pálidos e faces encovadas, porém atraente no demais. Faz sucesso com as moças. Graduado com louvor em ciências políticas e econômicas pela Keele University, ele é membro da Mensa. Tentou fazer Hattie aderir ao grupo, mas ela declinou, por considerar levemente de mau gosto o ato de se colocar acima dos outros, em termos intelectuais. Isso talvez tenha sido porque a mãe dela também pertenceu outrora ao grupo, tendo se associado na época em que se podia enviar pelo correio o questionário de classificação, e sempre dava para pedir aos amigos que fornecessem as respostas. Martyn usa óculos de grau desde os cinco anos de idade. Tem os ombros levemente recurvados, de tanto se debruçar sobre computadores, livros didáticos, relatórios e avaliações.

Gloria, a mãe de Martyn, que contava 43 anos ao dá-lo à luz, o mais novo dos cinco filhos, exibia a mesma estrutura óssea avantajada do caçula e tinha o dobro do porte do pai de Martyn, Jack. Este era franzino de constituição, embora, à semelhança do filho, tivesse cabelos louros e faces encovadas. Martyn, porém, tem aparência saudável. Jack nunca teve, decerto não pelos padrões contemporâneos. Batatas fritas, peixe frito, purê de ervilhas e sessenta cigarros ao dia garantiram que suas artérias ficassem entupidas e seus pulmões, enegrecidos de fuligem. Surpreendeu que ele tivesse durado tanto. Gloria ainda está viva e mora em um asilo em Tyneside. Martyn e Hattie visitam-na duas vezes por ano, mas nenhum dos dois aguarda com entusiasmo a ocasião. Gloria considera Hattie demasiado faceira e estranha. Os outros irmãos vivem mais perto da mãe e costumam vê-la mais amiúde.

Martyn é o único filho que cursou a universidade. Os outros poderiam ter cursado, mas preferiram não fazê-lo. Eles eram assim: de tão espertos, metiam os pés pelas mãos. O pai deles, Jack, entrou para o Partido Comunista ainda garoto, em 1946, e deixou o partido quando a Rússia invadiu a Hungria em 1968, para se tornar um ativista menos extremado do trabalhismo, mas sempre lutando pelos direitos da classe trabalhadora. Morreu de um enfarte quando fazia piquete durante uma greve. Que desperdício de uma boa morte, disseram os amigos; melhor teria sido morrer em consequência da violência policial. Aos trinta e poucos anos, Jack foi perdendo os cabelos e acabou careca.

Martyn teme que o mesmo lhe aconteça: odeia ver fios de cabelos no pente quando chega ao espelho de manhã. O banheiro é pequeno e em geral tem penduradas roupas molhadas, ecologicamente amigáveis e de secagem lenta.

Hoje em dia, minhas próprias credenciais demóticas são muito boas. Meu marido Sebastian está numa prisão holandesa cumprindo três anos de pena por envolvimento com drogas. Seu nome é contraproducente. Demasiado chique, chama a atenção. Sugeri a ele que o mudasse para Frank ou Bill, mas as pessoas são estranhamente leais aos nomes dados pelos pais, como Hattie observou ao marido em relação a Agnieszka. Sebastian estava, creio eu, mas não tenho certeza, tentando fornecer ecstasy para o festival de Glastonbury, em mais uma tentativa fracassada de dar solução a nossos problemas financeiros. Estes se tornaram muito piores em consequência dela, mas há compensações. Tenho meu novo computador e um romance que posso escrever em paz. Posso dormir na cama inteira, e não só em um terço dela; posso ouvir rádio à vontade, e agora que se desvaneceram o pânico, a ansiedade quanto à condição de vida de Sebastian e meu próprio senso de decadência social, eu quase posso me declarar feliz. Ou seja, a gente consegue se acostumar a qualquer coisa.

E é surpreendente ver, mesmo na minha idade, o modo como os pretendentes se aglomeram ao redor, quando o homem da casa se ausenta. A divorciada recente, a viúva nova e a mulher do prisioneiro estão para os homens que passam assim como o mel está para as vespas. E em particular os melhores amigos dos maridos. Se para começar não tivesse havido um homem, a atração não seria tão grande. Os homens desejam ter o que os outros homens têm, e não aquilo que bastaria pedir para obter. Portanto, os solitários continuam solitários, e os populares continuam populares; saltar de uma condição para outra é difícil, mas não impossível. As viúvas fiéis estarão bem se tiverem herdado um polpudo seguro de vida. Caso contrário, sua sorte é ingrata: o túmulo demasiado novo para receber uma lápide é perturbador, e depois de recebê-la é ainda pior. Quem perde um marido perde outro. Mas a viúva recente está em boa posição, pois é tentadora a promessa de um breve exercício de amor e desejo, com um final finito. A idade pouco tem a ver com isso, nesses tempos em que um homem de sessenta parece velho e uma mulher de sessenta parece jovem. Portanto, tenho pretendentes que não me interessam — entre eles, um professor aposentado de filologia em Nottingham, um estudante de arte que equivocadamente acha que eu tenho dinheiro e "gosta de mulheres mais velhas" e um roteirista de televisão da antiga escola, desempregado em grande parte do tempo, que considera uma boa ideia uma conexão com Serena. Mas, qual Penélope, eu os encorajo até certo ponto, e nada mais. Não tenho real intenção de trair Sebastian. Eu o amo, na maneira antiquada, crítica, porém firme, de minha geração — nós que amávamos primeiro e pensávamos depois. *"Em ocasiões os homens morreram, e os vermes os devoraram, mas não foi por amor"*, disse Shakespeare, e isso também se aplica às mulheres de hoje, ainda que não às da minha geração. Nós morríamos por amor, indubitavelmente.

— Como estou? — repito a pergunta de Hattie. — Como eu realmente estou é zangada com Sebastian.

— Ora, não fique assim. Tenho certeza de que ele está sofrendo bastante.

— Eu também estou sofrendo — retruco —, e tenho pretendentes. Mas devo dizer que estou vacilante em meu papel de Penélope. Três anos é muito tempo.

— Ah, não vacile não! — ela implora. — Pare de lutar, comporte-se como uma avó e espere.

— Ele deveria ter olhado para trás — insisto. — Uma viatura da polícia os seguiu por mais de sessenta quilômetros e eles sequer se deram ao trabalho de olhar para trás. Em um carro abarrotado de drogas ilegais!

— Talvez ele não soubesse que a polícia estava ali. E ele não estava dirigindo.

— Ora, pare com isso. Não comece você também a arranjar desculpas para ele. Na última vez em que o encontrei, ele disse: "Fiz isso por você"; aquilo me deixou realmente contrariada. Foi ele que cometeu o crime, e não eu.

Hattie fica rindo e diz que é verdade, os homens têm um jeito todo próprio de responsabilizar suas mulheres por tudo que não dá certo. Martyn abre a porta da frente e se volta para Hattie dizendo: "Mas está chovendo", como se a culpa fosse dela.

Sebastian é meu terceiro marido, o quarto se eu incluir Curran, portanto gosto de pensar que tenho algum conhecimento do jeito de ser dos homens, em casa e fora dela. Brindo-a com histórias de maridos que dão tapinhas na pança e sorriem, dizendo a você que é culpada por cozinhar tão bem; que atribuem a você seus adultérios (por culpa sua eu dormi com ela: você era fria demais, roncava alto demais, não estava presente o bastante — qualquer coisa). Por culpa sua perdi meu emprego, você não passava minhas camisas a ferro. Por sua culpa estou na prisão, fiz isso por você. O marido anterior de Serena, George, parou de pintar quadros, e em anos futuros naturalmente lançava a ela a culpa de não ter logrado dissuadi-lo de tal intenção. Nunca se deve tentar fazer um homem fazer algo que ele não queira, ensina Serena. Aquilo sempre acaba voltando para você.

Eu te amo, eu te amo, é o grito de acasalamento do macho, quando ele chega. *É tudo sua culpa*, é seu grito quando parte.

Conheci Sebastian e me casei com ele aos 38 anos; ele tinha 40. Não tivemos filhos juntos: ele tinha dois de um casamento anterior; eu tinha acumulado dois ao longo do caminho. Só posso desejar que a prisão não vá ter sobre Sebastian o mesmo efeito que o enfarte teve sobre George: que ele não vá, como este, encontrar uma terapeuta que o incentive a acreditar que tudo é culpa da esposa e que o único jeito de sobreviver é separar-se dela. Romper os vínculos que aprisionam. É uma preocupação descabida, pois felizmente os terapeutas andam escassos nas prisões holandesas.

— É conversa fiada — digo a minha sobrinha-neta. — Sebastian só queria alguma excitação. Mas lhe digo que, em relação aos pretendentes, estou só brincando, que vou esperar, paciente, a volta de meu marido, e assim farei.

Por milagre conseguimos esconder da imprensa a condenação de Sebastian. Ele é cunhado de Serena, e como tal poderia chamar a atenção. E embora eu garanta a ela que a publicidade é boa para as vendas, Serena afirma que nunca tem certeza disso; quanto mais as pessoas sabem a respeito de seus pés de barro, menos elas querem comprar seus livros, e ela certamente não deseja despertar piedade por conta de um cunhado irresponsável. Aos 73 anos, ela ainda está trabalhando — romances, peças, uma ocasional matéria de jornal. Quando alguém trabalha por conta própria, sempre há o imposto do ano fiscal anterior a ser pago.

Quando Sebastian foi preso, Serena quitou nossa hipoteca, para eu poder pelo menos pagar as contas. Uma pequena parcela provém da galeria; nesses dias de arte conceitual, as pessoas normais ainda compram pinturas emolduradas. A cada seis semanas, Serena viaja a Amsterdã de avião, na classe econômica, em voo regular, para visitar Sebastian: Cranmer, seu marido muito mais novo — embora aos 55 anos de idade ele mal possa ser considerado um brinquedo sexual — ou algum outro parente viaja com ela. Na condição de família, damos todo o apoio possível uns aos outros. Eu viajo principalmente sozinha, pela easyJet, do aeroporto de Bristol, por um quarto do preço.

Sinto Martyn ao fundo, pensando que Hattie já passou demasiado tempo batendo papo ao telefone e querendo que ela lhe preste mais atenção. A família dele não fica de conversas, como Hattie fica. Escuto-o ligar o rádio, ficar zanzando por ali. Afinal, por que ele não o faria? Quando o homem trabalha e ganha dinheiro, e a mulher, não, é apenas justo que os interesses dele tenham precedência sobre os dela.

— Agora eu preciso desligar — digo. — Deus te abençoe por ligar para mim. Eu estou ótima e acho que você deveria voltar a trabalhar.

— Obrigada por sua permissão, vovó — ela diz, mas continua na linha. — Não se preocupe com Sebastian; ele vai ficar bem. Ele tem a arte dele para se manter aquecido. Lembro da bisa dizer no meio do julgamento, pouco antes de morrer, que pelo menos os presídios eram comparativamente livres das correntes de ar. Ele devia considerar que teve sorte.

A bisavó de Hattie, Wanda, teve três filhas: Susan, Serena e Frances, a caçula, o que quer dizer eu. E Frances deu à luz Lallie, e Lallie deu à luz Hattie, e Hattie deu à luz Kitty.

Wanda morreu no dia em que Sebastian foi condenado a três anos de reclusão — deixando os descendentes dela, embora desolados com a perda, agora pelo menos com tempo e energia suficientes para visitá-lo na prisão. Não digo que ela tenha programado sua morte em benefício de Sebastian, mas se o tivesse feito não teria destoado da personagem que ela foi. Ela nos criou para sermos cumpridores do dever e atentos às responsabilidades de família, qualquer que fosse o custo para nós mesmos. Susan, nossa irmã mais velha, morreu de câncer aos trinta e tantos anos. Minha mãe era uma pessoa estoica, mas desde a morte da filha, queixava-se, passou a sentir frio. As correntes de ar assumiram um grande vulto em sua vida posterior.

Hattie não visitou Sebastian na prisão, embora sempre pergunte por ele e lhe escreva. Bem, ela estava grávida e agora tem um bebezinho, e Martyn, mesmo sem tê-lo dito, se sentiria mais à vontade se ela não fosse visitá-lo. Ele tem sua posição na revista a zelar, e suas ambições políticas. Na próxima eleição, tem esperança de se candidatar ao parlamento, e não deseja ver sua posição comprometida por um tio-avô encarcerado.

— Tudo bem, querido — ela diz a Martyn —, eu já estou indo. Acho que a chave do carro ficou embaixo das fraldas. E ela se despede de mim e desliga.

Sebastian na prisão

Sebastian tem permissão para receber dois visitantes por semana, se tudo estiver correndo bem na penitenciária de Bijlmer, e tem corrido até hoje. As autoridades o estimulam a pintar. Mandaram alterar sua cela para que ele possa usar um cavalete ali. Gostam de ver os prisioneiros serem criativos. Podem pendurar os quadros dele nas paredes daquele lugar inóspito. Afinal de contas, Sebastian é membro da Real Academia. Ele prepara excelentes pratos de caril para outros prisioneiros de seu bloco. Nunca foi estuprado e nem mesmo insultado. Os carcereiros se dirigem a ele como Sr. Watt. Mesmo assim, Bijlmer é um lugar horrível, assustador, barulhento, estrepitoso, terrível; mas os criminosos só o são em tempo parcial e, se você tiver o cuidado de sair do caminho deles quando estiverem na modalidade de crime violento, poderá ir levando a vida. É o que nos diz Sebastian.

Mas eu quero vê-lo em casa, onde está seguro e pode ouvir o cantar dos pássaros. Tento não ficar pensando demasiado nele. Sebastian pinta a óleo: a casa ainda conserva o cheiro da tinta, embora a terebintina esteja secando nos vidros de geleia e os pincéis endurecendo; às vezes apanho um movimento com o canto do olho e vejo o que só pode ser a sombra dele através da porta aberta do sótão. Até agora eu nunca tinha sabido que os vivos pudessem assombrar um lugar. Mas Sebastian consegue. É uma espécie de companhia, mas eu prefiro a coisa real. Sebastian foi eleito membro da Real Academia há 25 anos; foi citado nas colunas de fofocas e expôs na Marlborough Gallery. Outrora foi membro do Arts Council, porém já deixou de sê-lo. Continuou a pintar paisagens em telas muito depois de os demais terem parado. É um idealista e um romântico. Por isso se meteu em apuros.

Sebastian acredita no direito do artista de viver no estado de espírito que escolher, seja este qual for, natural ou quimicamente induzido, já que as drogas também foram dadas por Deus. Da mesma forma, Lallie diz que as mulheres de lábios pálidos escolhem usar batom para torná-los mais coloridos. Ele nega o direito do governo de negar opções ao indivíduo. Em outros aspectos ele é perfeitamente inteligente e, de fato, encantador, mas não me dá ouvidos quando digo, na voz de minha mãe Wanda, que um princípio tão conveniente dificilmente poderá ser contado como princípio: está demasiado comprometido pelo interesse pessoal.

Sebastian, bem à maneira dos homens, costuma ser surdo a verdades incômodas. Ele acredita que é um favorito do Deus que lhe deu seu talento artístico. Seu advogado de defesa o descreveu como parafrênico — uma pessoa sadia em todos os aspectos, com exceção de um. Sua capacidade de confiar é patológica. Ele costumava se reunir com seus parceiros de crime no restaurante da Real Academia, achando que isso fosse um perfeito disfarce, embora as senhoras provincianas olhassem torto, por cima do quiche e do vinho branco, para os ternos vistosos e falassem com conhecimento de causa sobre "espalhafato". Quando na Holanda esses amigos o delataram, Sebastian foi o único a se surpreender. Mas esta é a minha leitura da situação. Ele nunca me contou os detalhes. Estava envergonhado.

Mais uma discussão ética depois do jantar

— Com seus antecedentes suecos — diz Martyn a Hattie —, espanta-me você adotar semelhante ponto de vista.

Ele não vai desistir. Já não está com fome, e sim insatisfeito e privado dos prazeres sensuais. O bebê ainda está dormindo no berço ao lado da cama do casal. Martyn percebe a lógica do arranjo, mas quisera que a criança estivesse dormindo em quarto separado. Às vezes ele acorda à noite e estende o braço em busca da esposa, coisa que lhe parece seu direito natural, e a encontra sentada na cama amamentando Kitty (ele sabe que ela não é sua esposa, mas sim sua companheira, e portanto "direito natural" é ainda mais questionável: eis uma das razões subliminares pela qual ele se casaria com ela, se pudesse).

Hattie olha para a criança com algo que Martyn espera seja adoração, mas suspeita de que seja principalmente espanto. Ela não se sente à vontade para fazer amor enquanto o leite está pingando de seus seios. Para alguém a quem tanto desagrada o pensamento de amamentar — tão bovino —, ela produz uma quantidade notável desse líquido adocicado e delicadamente perfumado que sai de seus mamilos. Martyn também se espanta. A cena lhe traz à mente um filme que viu na infância sobre a exploração de trabalhadores no seringais da Malásia. Faziam cortes na casca da árvore e uma estranha gosma amarelada começava a escorrer. Ele fica revoltado. Sabe que amamentar ao seio é natural e correto, mas desejaria ver a filha tomar mamadeira. Ele preferia a época em que os seios de Hattie eram significantes eróticos, em vez de estarem dedicados a alimentar o outro, ainda que este outro tivesse surgido da semente dele. De fato, Martyn considera muito esquisito o processo todo de maternidade, a ponto de achá-lo quase inacreditável.

Desde o nascimento de Kitty, ele, que antes era tão relutante em termos de ciência e falava sobre a natureza da mesma forma como as pessoas antes falavam sobre Deus — como a fonte de toda a bondade —, agora está inteiramente favorável à clonagem, aos tubos de ensaio, à pesquisa de células-tronco, ao útero artificial, aos alimentos geneticamente modificados e a coisas do estilo. Quanto mais afastado da natureza e mais sujeito à inteligência e ao artifício, melhor. Já havia lhe ocorrido que uma babá tomaria o quarto de hóspedes, e que isso iria adiar o momento de o bebê ter seu próprio quarto e torna mais remota que nunca a probabilidade de qualquer atividade sexual adequada, ruidosa, irrestrita.

— O que meu pai sueco tem a ver com isso? — pergunta Hattie.

Martyn assinala que a mulher de um primeiro-ministro sueco, uma advogada que trabalhava em tempo integral, ficou recentemente em apuros por contratar uma empregada para cuidar da casa deles. A situação foi vista como aviltante para ela, o marido e a empregada. Na Suécia, espera-se que as pessoas limpem sua própria sujeira.

— E aí, nós, gente que deveria estar trabalhando para a Nova Jerusalém, devemos ter uma empregada? — pergunta Martyn. — Onde estão nossos princípios?

Hattie quase dá uma risadinha. Às vezes ela acha que Martyn está se dirigindo ao público de uma reunião, e não a ela, mas ele tem futuro como político, logo, ela o perdoa: ele precisa praticar um pouco.

— Ela não é uma empregada — objeta Hattie com firmeza. — Ela é uma *au pair*. Ou uma babá, não sei de qual dos dois ela vai preferir ser chamada.

— Dá na mesma: ela vai fazer nosso trabalho pesado porque, para tanto, nós podemos nos dar ao luxo de pagar a ela, que não pode se dar ao luxo de não fazê-lo — argumenta Martyn. — O que é isso, senão uma empregada? Caia na real, Hattie. De qualquer jeito, faça o que convém, mas entenda o que está fazendo.

— *Nós* estamos adotando uma divisão de tarefas justa e sensata — defende-se Hattie com altivez, vendo que o humor não iria distraí-lo.

— Você já pensou nas consequências de ser uma empregadora? — pressiona Martyn. — Nós estamos fazendo isso oficialmente, pagando as taxas do seguro, recolhendo os impostos na fonte etc. Eu certamente espero que sim.

— Se ela estiver trabalhando em meio expediente e vivendo na casa, não é preciso pagar taxa — adianta Hattie. — É contada como parte da família. Eu perguntei a Babs.

— Imagino que você tenha conferido o visto de entrada dela no país; e ela tem direito de estar aqui?

— Agnieszka não precisa de visto. Ela é da Polônia — explica Hattie. — Agora, somos todos europeus. Devemos ser hospitaleiros e fazer o máximo para lhe dar boa acolhida. Tudo isso é muito estimulante.

Ela tem uma vaga ideia de Agnieszka como uma simples camponesa, de um país atrasado, de instrução modesta, porém bem treinada pela mãe nas tradicionais artes domésticas. Hattie poderá ensinar a ela, e esclarecê-la e lhe mostrar como vivem as pessoas de mentalidade avançada.

— Eu não teria tanta certeza — pondera Martyn. — Ela provavelmente vai odiar isso aqui, e de toda forma acabará indo embora dentro de uma semana.

Ambos são descendentes de longas linhagens de argumentadores e defensores de princípios diante de toda oposição.

Volver à esquerda!

Em 1897, o avô do tetravô de Kitty, um músico, aliou-se ao sexólogo Havelock Ellis e escreveu ao arcebispo da Cantuária pressionando-o a reconhecer o direito das jovens ao amor livre. Depois disso, perdeu seu posto de diretor da Real Academia de Música e viu-se obrigado a fugir para São Francisco, porém foi um sacrifício feito com alegria, no interesse do feminismo incipiente e da marcha da humanidade rumo ao progresso.

O tetravô de Kitty, um escritor popular, foi para a URSS na metade da década de 1930 e retornou com reportagens de um paraíso socialista e artístico. A partir daí, não houve como deter a marcha da família com o pé esquerdo, seguramente na ala feminina.

Quando teve início a campanha pelo desarmamento nuclear, a trisavó de Kitty, Wanda, caminhou de Aldermaston até Londres, tendo ao lado as filhas Susan, Serena e Frances. E por sua vez, George, o segundo marido de Serena, foi preso em 1968 na passeata de Grosvenor Square contra a guerra do Vietnã. Na década de 1970, os filhos de Serena, Oliver e Christopher, usando toucas ninjas, lançaram bolas de anis por cima do muro para distrair os cães de guarda — embora eu não consiga recordar do que se tratou. Serena e George acolheram em sua casa de Caldicott Square um ativista antiapartheid. Os filhos e netos de Susan ainda comparecem às passeatas contra a guerra do Iraque. Está no sangue. Até Lallie tem assinado petições para impedir a exportação de vitelas. Hattie tem ido a passeatas contra os alimentos transgênicos — provavelmente foi nessa ocasião que ela e Martyn se apanharam espremidos um contra o outro num beco. De um jeito ou de outro, causa espanto que o mundo ainda não esteja perfeito. As forças da reação devem ter muita resistência para não caírem diante de tal volume de bons sentimentos e de esperanças no futuro, ao longo de tantas gerações.

O pai de Kitty vem de uma cepa diferente, um tipo de gene mais ordeiro, obstinado, farisaico: oprimido e pobre, levanta-se para exigir seus direitos. Martyn, instruído e sustentado pelo amável estado a que eles haviam dado origem, trabalha como editor comissionado para a revista *Devolution*, publicação filosófica e cultural de circulação mensal. Ela traz artigos sobre metas do plenário, delegação de poder e as estatísticas de controle estatal. Nos dias que correm, Martyn acha que tem oportunidade de mudar o mundo de dentro para fora e que já não precisa ir às passeatas, que só servem a quem não conhece a história interna como ele conhece. Também está seguro de estar ajudando o mundo a alcançar um futuro melhor.

Eu me pergunto o que Kitty fará de sua própria vida. Se ela seguir a tendência do pai, vai acabar trabalhando para alguma ONG, eu até diria que cuidando dos operários da mineração de amianto em Limpopo.

Se favorecer o lado da mãe, e toda a confusão e a desordem características de seus talentos específicos, ela será uma musicista, uma escritora, uma pintora, ou mesmo uma autora de peças de protesto. Você talvez me considere obsessiva com a questão genética, mas eu a observei em funcionamento ao longo de gerações. Somos a soma de nossos ancestrais e não há como escapar. A pequena Kitty olha para mim com olhos precondicionados, no momento em que estende os bracinhos com um sorriso.

A aceitação

Martyn se anima sem nenhuma causa aparente, fica remoendo o nome e acaba por gostar. "Agnieshh-kah," pronuncia, saboreando as sílabas.

— Imagino que seja menos bisonho que Agnes. E você tem razão. É antissocial ter um quarto ocioso numa época de tanta pressão habitacional. Cá pra nós, Hattie, ainda estou com fome. Que tal se eu for comprar um peixe com fritas?

Hattie olha para Martyn bastante alarmada. Ele não acabou de comer? Como pode ainda estar com fome? É por isso que quer as chaves do carro? Para ir comprar peixe com fritas? Diversos pensamentos lhe percorrem a mente, estranhamente desorganizada. Peixe empanado e frito é insalubre por muitas razões, não só para o indivíduo, como também para o planeta. O óleo reutilizado tem propriedades cancerígenas. A própria massa da milanesa faz a pessoa engordar. A farinha de trigo usada, se não for orgânica, terá sido feita de trigo pulverizado muitas vezes com produtos químicos tóxicos. É verdade que se pode remover a capinha de massa frita antes de comer, mas os mares estão sendo desnudados dos cardumes, e o cidadão consciente está reduzindo seu consumo de peixe. E não há também um problema com os golfinhos? Eles não estão sendo apanhados nas redes das traineiras e sofrendo uma morte horrível? Hattie parece se lembrar de que mesmo tendo, vez ou outra, salvado nadadores da sanha de tubarões, os golfinhos também criaram má fama hoje em dia: ao que tudo indica, grupos de machos jovens perseguem e estupram fêmeas. Por outro lado, Martyn declarou diversas vezes que peixe com fritas lhe faz lembrar a infância em Newcastle; e ela, que o ama, não quer vê-lo feliz?

— Acho que você poderia pegar uma comida indiana — ela concede. — Embora a enfermeira distrital seja contra o curry. Acaba passando para o leite da Kitty.

De vez em quando, Martyn entra no que Hattie chama de "estilo desgrenhado": seus cabelos louros ficam arrepiados para cima, a pele do rosto parece frouxa demais para a ossatura, os olhos parecem grandes demais para as órbitas. Isso acontece quando ele está desesperado, mas não sabe. Nessas ocasiões, ela sente por ele grande afeição e pena. Acaba capitulando.

— Ah, está bem — concede —, vá lá comprar peixe com fritas para nós.

Agnieszka chega à casa de Hattie

Uma semana depois, Agnieszka toca a campainha do sobradinho de nº 26 na Pentridge Road. Suas mãos são fortes e práticas, com uma teia de linhas na palma. Não é a sua melhor característica. Aos trinta e muitos anos, ela usa jaqueta de camurça bege, saia preta na altura dos joelhos e blusa branca. Seu rosto é agradável, amplo, de pomos salientes, sua conduta, discreta e contida, a abundante cabeleira marrom cor de rato num rigoroso corte chanel. À parte o ligeiro toque sensual dado pelo lábio superior curto e cheio, ela não parece representar perigo à harmonia conjugal. É demasiado séria para promiscuidades sexuais.

A campainha da porta precisa de conserto. Há uma conexão solta em alguma parte e a cigarra parece ameaçada de emudecer por completo. Ela não toca uma segunda vez e sim espera com paciência que a porta se abra. Ouve o som de um choro de bebê ir se aproximando e Hattie abre a porta. Com os cabelos em desalinho, ela ainda está vestida com um roupão de veludo azul, com respingos de mingau na parte da frente e algo que lembra vômito infantil em cima do ombro. A peça precisa ir para a máquina de lavar. Agnieszka estende os braços para o bebê, e Hattie lhe entrega a criança. Kitty fica surpresa e para de chorar, a não ser por mais alguns soluços engolidos enquanto recupera o fôlego. Olha para Agnieszka e sorri divinamente, revelando o minúsculo dentinho rosado que Hattie vê pela primeira vez. Um dente! Um dente! Agnieszka envolve a criança com mais firmeza na coberta e entrega a Hattie a bolsa para que segure. Hattie a recebe. É uma espaçosa bolsa de couro preto, velha, mas muito bem engraxada. Hattie pensa que talvez o bebê não goste que lhe contenham as pernas, mas Kitty parece não se importar. De fato, exala um profundo suspiro de alívio, como se finalmente tivesse encontrado seu devido lar, fecha os olhos e adormece.

Agnieszka segue Hattie para dentro da sala de estar e deposita a criança de lado no berço. Dobra rigorosamente os cobertores amassados do bebê, encostando-os na face para aferir o grau de umidade, colocando sobre a grade do berço os que passam no teste e recolhendo os que estão úmidos.

— Onde nós guardamos o cesto de roupa suja? — pergunta. Hattie fica parada de boca aberta e depois aponta em direção ao banheiro. O "nós" é quase insuportavelmente reconfortante.

Enquanto se veste no quarto de dormir no primeiro andar, Hattie avista Agnieszka de relance, separando as peças no cesto transbordante de roupa suja. Roupas brancas e de cor, infantis e não infantis. Tudo acaba arquivado em sacos de plástico antes ser colocado de volta no roupeiro. Nada mais está transbordando. As fraldas sujas são colocadas em um balde com tampa.

Hattie recorda as instruções rigorosas de Martyn sobre a necessidade de conferir as referências, mas fazê-lo seria um insulto. Ela se sente como se fosse a que deveria dar referências. Agnieszka pergunta se pode ver seu quarto. Naquela manhã, antes de sair para o trabalho, Martyn havia empilhado seus ternos no quarto de hóspedes, e Hattie não tinha encontrado espaço para eles em outra parte — tivera uma conturbada manhã com o bebê. Agnieszka declarou-se satisfeita com a acomodação, mas seria possível, talvez, ter uma mesinha para usar como escrivaninha? Hattie gostaria de que a criança dormisse no berço no quarto de hóspedes com Agnieszka? Ou que ficasse no quarto do casal com os pais? Ela agora já dorme a noite inteira? Ótimo. Então o primeiro arranjo será preferível, porque ela, Agnieszka, poderá acordar e vestir e alimentar Kitty antes que o Sr. Martyn, como ela já o chama, precise usar o banheiro. As rotinas matinais são importantes, ela ensina, para a vida em família transcorrer harmoniosa. Enquanto a criança dormir, ela, Agnieszka, dará prosseguimento aos próprios estudos.

Agnieszka agora apanha uma cadeira que leva até a porta da frente e, subindo nela, faz alguma coisa com os fios que levam energia à campainha. Hattie nem mesmo tinha notado a existência dos fios. Certamente não lhe ocorreu que a campainha pudesse ser consertada. Agnieszka experimenta a campainha e vejam só!, ela ressoa, firme e nítida, já não mais hesitante e difícil de ouvir.

— Cuidado para não acordar o neném — adverte Hattie.
— Não faça barulho.
— É uma boa ideia acostumar o neném com os ruídos comuns da casa — recomenda Agnieszka. — Se a Kitty souber do que se trata, não vai acordar. Só os barulhos não habituais acordam os bebês. Foi o que me disseram em Lodz, onde estudei desenvolvimento infantil por dois anos na Fundação Ashoka, e estão certos.

Ela desce da cadeira, que devolve à posição original, e, pegando a ponta de um pano úmido, remove uma pequena cunha de comida infantil que ficara grudada por algum tempo.

Agnieszka diz a Hattie que é casada com um roteirista na Cracóvia e que planeja ser parteira, mas para isso deve primeiro aperfeiçoar seu inglês. Sim, é difícil estar longe do marido, a quem tanto ama. Ela gostaria de tirar dez dias de folga no período natalino para visitá-lo, e também à mãe e à irmã mais nova, que não está muito bem. Agnieszka é muito ligada à família. Ela mostra fotografias de todos eles. O marido tem um rosto magro, moreno e romântico; a mãe é gordinha e um pouco soturna; a irmã, que parece ter 16 anos, é frágil e meiga.

— Dez dias parece pouco tempo — pondera Hattie. — Vamos transformá-los em 15 dias, e nós daremos um jeito de nos arranjar.

Assim, sem mais argumentação ou discussão, Agnieszka está contratada. Mas primeiro, ela declara, precisa colocar a roupa úmida na máquina de lavar. Sacos plásticos são valiosos para separar a roupa numa emergência, mas no futuro ela trará suas próprias sacolas de tecido para uso doméstico. Separar a roupa antes de lavar é garantia de não cometer erros: as fraldas brancas não ficam tingidas pelas calcinhas pretas, e as peças de malha de algodão não ficam deformadas na água muito quente da máquina de lavar. Talvez fosse bom Hattie dar uma olhada na lavanderia local de fraldas: esse serviço que busca e entrega fraldas pode cortar o custo da eletricidade e do detergente, deixando o preço mais baixo que o da lavagem em casa, e menos agressivo para o meio ambiente.

O bebê ainda dorme, sorrindo com suavidade. A vida de Hattie entra num outro ritmo, mais feliz. Enquanto Agnieszka fica de olho na lavagem das roupas brancas — Agnieszka programou a máquina para o ciclo de água quente a 90°, Hattie observa, coisa que ela própria nunca faz, temendo que a coisa toda entre em ebulição e acabe explodindo, mas a moça é corajosa, ela vai até a delicatéssen da esquina e, ignorando o bom-senso de ir ao supermercado, compra dois frascos grandes de caviar falso, porém convincente, que vendem ali, creme de leite azedo, minipanquecas de trigo-sarraceno e champanhe. Ela precisa parar de ser mesquinha, propensa à rejeição e à punição. Ela vê que é isso que tem feito. Não foi por culpa dele que o preservativo se rasgou. Ela e Martyn serão felizes para sempre.

Frances se preocupa com a neta

Espero que Hattie entenda as complexidades de ter uma *au pair* em casa. Para começar, Hattie não é casada, só tem um parceiro, o que, por si só, é precipitação. Mas "parcerias" entre homens e mulheres, como todo mundo sabe, são ainda mais frágeis que casamentos de papel passado, e os filhos dessas uniões costumam ficar sem os dois genitores residentes. Qualquer perturbação do delicado equilíbrio é insensatez. Se introduzir um cão ou gato numa vida conjugal pode ser difícil, quanto mais não será introduzir uma moça? É provável que surja algum tipo de rivalidade feminina. E se tudo desandar, as decisões são as mais difíceis. Quem fica com o cachorro, quem fica com o gato, quem fica com a babá quando os casais se separam? Esqueça ficar com os filhos.

Martyn é um rapaz bastante razoável à sua maneira de cachorro terrier, jamais inclinado à desistência. Em matéria de casal eles são afetuosos — já os vi caminharem de mãos dadas — e ele é um pai responsável, que leu grande quantidade de livros de orientação à criação de filhos, mas sempre tenho a sensação de que, em termos emocionais, ele ainda não chegou a seu destino final, e tampouco Hattie chegou, e isso me deixa inquieta.

Eles têm seus princípios políticos compartilhados nos quais se apoiar, naturalmente, e espero que isso os ajude. Eu mesma sou uma pessoa bastante íntegra, dotada de consciência política e, na juventude, depois de passados os anos de loucura, mantinha a companhia de amigas hippies que usavam saia longa e amigos que usavam barba e costeleta e cantavam fazendo coro às canções de Joni Mitchell. Houve um tempo em que todos os homens que a gente conhecia nas classes criativas tinham bigodes à mexicana: é difícil saber o que está pensando ou sentindo uma pessoa com um bigode desses, razão pela qual talvez fosse tão popular.

Isso foi na década de 1960, quando homens e mulheres entravam e saíam com animação das camas uns dos outros, confiando na sorte e na pílula anticoncepcional para salvá-los das consequências de desilusões amorosas e vidas destruídas, e antes que as doenças venéreas (agora chamadas DSTs para remover o estigma e a vergonha) — herpes, Aids, clamídia etc. — colocassem uma maldição sobre a empreitada inteira. Mas eu nunca busquei com urgência o farisaísmo nem pensei que o mundo pudesse ser muito melhorado pela aplicação da teoria marxista.

Em todo caso, a mim restava pouco tempo ou pouca energia, em razão das sucessivas crises emocionais, artísticas e domésticas, para me preocupar com a teoria política. Na família Hallsey-Coe, o gene criativo é forte, e costumamos nos casar com outros como nós; portanto, vidas de tranquila respeitabilidade são raras na família. Nós sempre acabamos virando escritores, pintores, musicistas, dançarinos — e não metalúrgicos, biólogos marinhos ou advogados. Em outras palavras, acabamos ficando pobres, e não ricos.

Hattie, linguista e moça de altos princípios e consciência política, teve a sorte de nascer destituída de qualquer centelha criativa, embora isso possa por vezes eclodir bem tarde, e talvez ainda haja problemas mais adiante. Serena não começou a escrever senão depois dos trinta e tantos: Lallie, por outro lado, foi uma criança-prodígio e aos dez anos interpretou um concerto de flauta de Mozart para a escola em que estudava.

O efeito de alicerces e tijolos nas vidas das pessoas

Deixem-me contar um pouco mais sobre a casa de Hattie e Martyn. Casas não são lugares neutros, e sim a soma de seus habitantes passados. É típica dos ingleses das classes emergentes a preferência por imóveis antigos, em lugar de novos. Eles se arrastam para dentro da concha que outra pessoa abandonou recentemente e então passam a ignorar quem quer que tenha vivido ali antes. Diga-lhes que estão se comportando como caranguejos-ermitões e eles vão erguer as sobrancelhas.

Pentridge Road foi construída já no final do século XIX, abrigando moradias para as classes trabalhadoras, indivíduos que na maioria não cresceram plenamente ou passaram dos 55 anos de idade. O jovem casal se julga de certo modo desvinculado da herança da construção sólida em que reside. Eles se sentem como se tivessem surgido já formados na existência e entrado em um mundo novo em folha, abençoados com mais sabedoria e sofisticação que seus antecessores. Diga-lhes que herdaram não só os genes dos ancestrais, mas também as paredes e tetos daqueles social e historicamente relacionados, e ficarão olhando para você com um ar perdido.

Certas coisas decerto acontecem e representam uma melhoria — com certeza ficou mais fácil apurar os fatos no século XXI do que na época da página impressa. As notícias do mundo exterior escorrem do rádio e da televisão como água clorada: as casas são mais bem aquecidas e as despensas mais facilmente abastecidas, mas seus habitantes estão, tanto quanto antes, à mercê de empregadores e de quaisquer regras aplicáveis da etiqueta cultural do momento, sejam elas a obrigação de temer a Deus ou de ter um iPod.

Arranquem o velho papel de parede — como fizeram Hattie e Martyn depois de comprar a casa — e encontrarão sob ele fragmentos amarelados de jornal — relatos da greve das operárias da indústria do fósforo, da ventania de quase cem quilômetros horários que derrubou a ponte Tay, os trajes usados na coroação de Eduardo VII. Hattie e Martyn rasparam, implacáveis, os recortes e os jogaram no lixo, mal se importando em lê-los. Acho que o teor de alteridade do passado os perturba demais: eles gostam de tudo novo, e recente, e recomeçado.

As paredes de estuque são pintadas de creme, e não cobertas de papel verde-escuro e marrom, e pelo menos não envenenam a gente com chumbo — embora a poluição do tráfego talvez seja pior ainda. Mas na essência muito pouco muda. Outras gerações se deitaram à noite neste mesmo quarto e ficaram olhando fixamente para o mesmo teto, preocupadas com o que reservava o dia seguinte.

Na sólida casa de minha irmã, do começo da era vitoriana, numa cidade do interior, as escadas de pedra que levam do porão ao térreo estão gastas no meio dos degraus, pelos passos de incontáveis empregados, subindo e descendo, subindo e descendo. Você poderia achar que a cansada respiração deles assombraria o lugar, mas parece que não. A sogra de Serena morreu no quarto onde a nora tem hoje o escritório, mas o fato só consegue afetá-la em raras ocasiões, embora alegue que o fantasma da sogra passeia na véspera de Natal. Ou seja, ela certa vez avistou a velha senhora atravessando a passagem do quarto de hóspedes para o banheiro e, quando olhou de novo, não havia ninguém ali. A sogra deixou uma presença benigna à sua passagem, alega Serena. Quando digo "mas eu vi o fantasma de Sebastian vivo no estúdio dele", ela não quer acreditar em mim. Gosta de ser a única em contato com a paranormalidade. Mas não é.

Moro numa pequena casa de fazenda que há mil anos, no mínimo, tem servido de residência. O vilarejo, nas imediações de Corsham, em Wiltshire, é mencionado no censo do Domesday Book. Seus ocupantes teriam figurado em posição muito baixa na escala social: sublocatários, talvez. Originalmente era um cômodo único para a família, os animais e os empregados. Depois foi construída uma escada externa e um par de dormitórios sobre a casa. As famílias se mudaram para o andar de cima, os empregados e os animais ficaram embaixo. Casas anexas foram construídas: os animais foram separados dos empregados. O estábulo original foi convertido há muito tempo em moradia. O estúdio foi construído na parte de trás, onde Sebastian agora pinta, em forma de fantasma, e voltará a pintar, eu espero, em forma menos espectral.

Por vezes desperto no meio da noite, tomada pelo medo de que ele vá se comportar como um homem idoso depois de uma cirurgia cardíaca, e tente mudar de vida, e a mudança inclua se separar daqueles que o amam. Aconteceu com Serena e poderia acontecer comigo. Nessas noites insones, a casa estala, e geme, e suspira, de pura velhice e por causa dos espíritos daqueles que viveram ali antes, inclusive porcos, cavalos, ovelhas, empregados, que dirá os patrões e as patroas. Ah, podem crer em mim, não estamos sozinhos. À noite, a calefação central gargareja como alucinada.

Mas voltemos aos jovens, aos amantes, aos procriadores e ao presente, ou seja, a Hattie e Martyn. Este, para lhe darmos crédito, é mais consciente do passado que muita gente, ainda que seja como contraste para a utopia benigna que ele e seus amigos têm esperança de alcançar. Martyn explicou a Hattie, enquanto ela está presa na cadeira de amamentar (uma peça de antiquário, que Serena lhe comprou de presente) dando de mamar à Kitty, que o sobrado em que eles vivem agora — dois quartos em cima, dois cômodos embaixo — foi projetado como abrigo da leva de marinheiros irlandeses contratados para completar o aterro das grandes estações ferroviárias londrinas que serviram ao norte manufatureiro, a terra onde ele tinha suas raízes. St. Pancras, King's Cross, Euston, Marylebone — cada pá de terra e de pedra teve de ser desmontada à mão, e agora forma Primrose Hill.

Hattie gostaria de viver em um imóvel maior, ainda que menos histórico, mas eles não podem se dar ao luxo e, seja como for, diz Martyn, deveriam ser gratos pelo que possuem.

Os marítimos viveram, seis em cada quarto, naquilo que hoje é a residência de dois adultos, um bebê e, agora, a empregada. Ainda existe uma velha lareira a carvão no dormitório dos fundos do andar de cima, no lugar onde outrora se cozinhavam carne e batatas sobre os carvões surrupiados dos pátios de inspeção de King's Cross. Uma acanhada extensão para a cozinha e o banheiro foi construída na década de 1930 e ocupa praticamente o quintal inteiro onde não chega o sol. Agnieszka vai ficar no quartinho nos fundos, ao lado do quarto onde hoje dorme o casal com a filhinha.

Existe calefação central a gás, mas o combustível agora vem de sob o mar do Norte, e não mais das minas de carvão. É mais limpo, porém custa caro, e o casal detesta receber as contas. Embora, ao menos, todos no trajeto, dos poços de petróleo do norte até o homem que faz a leitura do relógio — ou melhor, que deixa seu cartão e sai correndo —, recebam um salário decente. Ou assim sustenta Martyn. O pai, o avô e o bisavô dele lutaram por essa prosperidade e justiça, e a conseguiram. Agora já não há quem não possa comprar um bilhete de loteria!

Recentemente, os empregadores de Martyn lhe pediram que escrevesse dois artigos explicando a um desconfiado público que os cassinos são uma coisa positiva, pois trazem prazer às pessoas; ele escreveu, mesmo sem ter certeza de que concorda. Mas vai se defendendo dos argumentos contrários à medida que escreve. Como sempre, pode-se encontrar um argumento em apoio de cada lado da discussão, e não é sensato quebrar muitas lanças em defesa de um princípio, numa época relativista como a nossa, e com Hattie sem salário, e tão cedo no que ele espera acabe por se transformar numa carreira de parlamentar.

Ética, conforme Hattie descobriu recentemente, é uma questão do preço que se pode pagar. No caso dela, é menor que o de Martyn. Mesmo assim, ao colocar a chupeta na boca do bebê, arrolhando-lhe a aflição, Hattie se sente culpada. A culpa está para a alma como a dor está para o corpo, o aviso de que algum dano está sendo feito. As comparações de gênero são odiosas, Hattie seria a primeira a apontar, mas suplantar a emoção talvez seja mais fácil para os homens que para as mulheres.

Talvez eu não devesse ter dado a Hattie permissão de voltar ao trabalho. Juntamente com a empregada vem a culpa, sob a forma de outro par de mãos para alisar a testa da criança, outra voz para niná-la até adormecer. Para Hattie já é bastante ruim ter tido um filho — e a culpa está para a maternidade como as uvas estão para o vinho —, agora ela deve se preocupar sobre como Agnieszka reagirá a Kitty, e esta a Agnieszka, e ambas a Martyn, e este a elas.

Hattie terá de cultivar urgentemente a arte da diplomacia. Não seria mais fácil aturar o tédio da maternidade e esperar que a filha crescesse?
Sinto um impulso de telefonar a Hattie e lhe dizer "não, não volte!", porém desisto. A garota não foi talhada para a vida doméstica. Mas será que Agnieszka irá influenciar o caráter de Kitty, prejudicar de algum modo seu desenvolvimento, ensiná-la a cuspir fora a comida e dizer palavrão? Eu sou a bisavó de Kitty. Eu me preocupo. A culpa ultrapassa as gerações.

Características adquiridas

Lá pela década de 1960, quando estávamos com trinta e poucos anos, vivendo a uma rua de distância uma da outra em Caldicott Square, Serena e eu promovemos o rodízio de moças *au pair* como quem distribuísse pão quente. Quase todas eram boas moças, só poucas tinham muitos defeitos. Mas todas elas deixaram a própria marca. Tenho certeza de que alguns vestígios de várias características adquiridas permanecem até hoje em meus filhos e também nos de Serena.

Roseanna, Viera, Krysta, Maria, Svea, Raya, Saturday Sara — todas tiveram alguma influência naquilo em que eles se tornaram. A nossa talvez tenha sido a influência predominante, mas tenho certeza de que meu Jamie aprendeu com Viera a obter as coisas à custa de pirraça e com Sarah a amar em vão. Foi com Maria que Lallie, a flautista, aprendeu a desprezar todos nós, mas com Roseanna, a valorizar e respeitar os tecidos. Lallie pode estar indo para a cama com um amante, mas não joga as roupas no chão. Ela as coloca ordeiramente no espaldar da cadeira ou, de fato, no cabide de roupas. Está pronta a passar horas lavando roupas à mão, enquanto eu me limito a enfiar as coisas na máquina de lavar e espero que tudo se resolva pelo melhor.

Nos dias de tantas babás, eu estava trabalhando na galeria Primrosetti por uma bagatela, Serena estava começando a ganhar bem como publicitária e George, seu novo marido, tinha acabado de inaugurar a loja de antiguidades. Serena e George moravam em uma casa grande em Caldicott Square. As meninas ficavam alojadas no subsolo, pois eu não tinha um quarto para elas; e embora o local estivesse em seu estado bruto do começo da era vitoriana, com as paredes úmidas e o emboço caindo aos pedaços, elas pareciam não se importar.

Nunca senti inveja de Serena, que é demasiado afável e generosa para isso, e olha com leveza sua própria posição no mundo, evitando, assim, a inveja. Ela também é, francamente, gorda, e sustenta que isso lhe permitiu sobreviver tão bem como o fez num mundo competitivo. "Ora, a Serena!", dizem, "Claro que parece ter tudo: dinheiro que ela própria ganhou, uma bela casa, um marido atencioso, o nome nos jornais, criatividade, reputação, filhos — *mas como ela é gorda!*" E eles parecem nem se dar ao trabalho de lançar farpas.

Nos tempos passados da década de 1960, trabalhando em publicidade como estava, pesada diariamente por um médico da moda e injetada com alguma substância terrível retirada da urina de éguas prenhes, ou coisa do estilo, e mais uma dose diária de anfetamina bruta, Serena era suficientemente magra e glamourosa. Na época, realmente, admito que eu lhe tinha inveja. E me perguntava: por que é tão fácil para ela e tão difícil para mim? Mas depois eu pensava, ora, meus 20 anos foram desenfreadamente bons para mim, numa desesperada forma de ser; os dela, até que encontrasse George, foram de tédio e ansiedade.

Quando, por volta dos 29 anos, Serena conheceu George, foi como se alguma maldição tivesse sido removida e todas as peças do quebra-cabeça de sua vida se encaixaram maravilhosa e inesperadamente.
Antes disso, ela era uma incorrigível desajustada, que sofria do que agora se chama falta de autoestima e uma natureza excessivamente conciliatória.

A maldição passou dela para mim — talvez seja o destino das irmãs — e foi minha vez de encarar uma década de vida azarada de mãe solteira, tentando criar dois filhos — um fanático por esportes, a outra de espantoso talento, mas basicamente hostil. Até então, era eu a invejável. Eu era magra e ela era gorda.

Suponho que, se você somar os dias e noites angustiados, lacrimosos, atormentados que cada uma de nós enfrentou pela vida afora, o resultado será quase o mesmo. Eu registrei mais alguns deles ao completar 71 anos, quando Sebastian foi mantido incomunicável numa cela da polícia holandesa, e depois na prisão, mas acho que não foram tantos quanto os que Serena enfrentou, quando George a traiu, voltou-se contra ela, trancou-a fora da própria casa, na época do sexagésimo aniversário dela. Serena não tardou muito em voltar a se casar.

Martyn no caminho de volta para casa, depois do trabalho

A New Century House, em que Martyn trabalha como jornalista estatístico para a *Devolution*, é de construção recente e bem fundada: toda de vidro, aço e brilho, ela se ergue numa quadra de ruas pequenas e mesmo desvalorizadas entre Westminster e Petty France. O local é agradavelmente decorado e tem um eficiente controle de temperatura. Na inauguração do prédio houve um surto de contaminação pela bactéria *legionella* — pelas veias do edifício tinha circulado água estagnada, e a cerimônia inaugural com o primeiro-ministro foi adiada por mais de um ano —, mas a origem da epidemia foi rapidamente detectada e eliminada e só morreu um zelador. Convocou-se um especialista em feng shui para dar um jeito no saguão do prédio. Como resultado, a entrada do café Starbucks está num ângulo calculado para ser receptivo aos clientes e revitalizar os lucros.

Parece que está funcionando. O ruído dos animados degustadores de café não fumantes flutua pelas escadas rolantes acima até muito depois das dez pela manhã: os elevadores cheiram a croissants quentes de chocolate.

Cada um dos sete andares tem uma sala de repouso destinada aos funcionários estressados, com um bom estoque de toalhas limpas para banhos de chuveiro e, para quem precisar dormir, há travesseiros disponíveis mediante uma pequena quantia. A pesquisa mostra que nada aumenta tanto a produtividade quanto um breve cochilo. Desde o nascimento da filha, Martyn tem utilizado bastante as salas. A criancinha dorme bem durante o dia, mas não à noite, não importa a frequência com que Hattie lhe dê o peito, e com as duas se remexendo e gemendo, para Martyn fica impossível dormir.

Além de servir de escritório das revistas irmãs *Devolution* e *Evolution*, o prédio abriga as sedes de três institutos de pesquisas de políticas públicas — o *Centre for Post-Communist Economic Development*, de desenvolvimento econômico pós-comunismo; a Iniciativa de Coordenação Política da Reforma da Previdência; e o *Institute for Social Commentary* — e duas quase ONGs que lidavam com gestão e mensuração societária.

Cogitou-se de colocar Martyn em tempo parcial na iniciativa da reforma da previdência e sob o novo Plano de Movimentação e Crescimento de Recursos Humanos, que lida com questões de desemprego, mas ele está manobrando para que isso não aconteça. O salário é maior, mas ele vê seu futuro no jornalismo político e, na verdade, na própria política. É mais provável selecionarem um candidato com antecedentes jornalísticos que um mais familiarizado com pesquisa estatística. Ele precisa ganhar visibilidade.

Martyn está tirando uma soneca no refúgio do quarto andar. É um cômodo verde-pálido com detalhes em rosa; bastante desagradável aos olhos, mas de cores que reconhecidamente estimulam o sono. Em casa, Hattie e ele têm nas paredes cores fortes, intensas, poderosas e pintaram os móveis de vermelho: o berço de Kitty é amarelo para maximizar suas respostas sinápticas. Hattie zomba da Nova Era — cristais e horóscopos e coisas assim —, mas sua crença no poder das cores para influenciar o humor ele acha adorável. Martyn teve uma educação tão prática e pragmática que às vezes se apanha carente do espírito fantasista do sul.

A Martyn vem se juntar seu redator e chefe imediato Harold Mappin, que desaba no divã ao lado (imitação de um modelo de um afresco romano do século I) dizendo:
— Eles demoliram a edição quase inteira. A não ser seu artigo *Mãos-de-vaca e desmancha-prazeres*, que agradou muito. Como podem chamar isso de vida? Se eu não der uma cochilada, eu morro. Deborah está acabando comigo. Deus nos proteja das mulheres jovens.

Também tinha havido algumas mudanças no topo: novas iniciativas de saúde estavam se mostrando excessivamente dispendiosas para o Tesouro: a pesquisa está mostrando o que Martyn sempre suspeitou — quanto mais se pede aos jovens saudáveis que cuidem da saúde, menos propensos eles se mostram; só se preocupa quem já está doente ou velho. O foco da edição de outono deve agora se voltar mais para as boas notícias, e não para as advertências sombrias. Além disso, a circulação está caindo — até os departamentos governamentais em que se lê *Devolution*, eles próprios vitimados pelo corte nos gastos, pararam de assinar a revista.

Tudo isso Harold, enquanto ajeita seus travesseiros, confidencia a Martyn, que está contente e lisonjeado de receber a confiança do chefe. De modo ainda mais significativo, ele também anuncia que mudou de ideia sobre a transferência de Martyn para a iniciativa da reforma da previdência.

— Muito maçante para um sujeito como você. Nós precisamos de você na equipe. Que tal escrever um artigo positivo sobre a nova pesquisa de colesterol? O que o país precisa é de boas notícias.

— Você quer dizer alguma coisa como *Por que você e as fritas podem ser amigos?* — indaga Martyn. Diz aquilo com ironia, mas Harold responde:

— Exatamente. — E cai no sono, sem esperar mais comentários, os braços jogados para trás acima da cabeça como uma criancinha.

Na faixa dos 50, Harold é um homem grande, barulhento, peludo, de olhos astutos. Seus funcionários espalharam o boato de que ele sofre de autismo ou, em algum nível, de síndrome de Asperger: eles procuraram o sintoma na internet, na esperança de encontrar fundamento para sua crença de que as habilidades de comunicação e interação social do chefe são tão mínimas que ele pode ser descrito como um louco, e eles podem ignorá-lo. Martyn sempre se relacionou com ele perfeitamente bem.

Martyn volta para casa estimulado e exultante. Caminha até Trafalgar Square e pega o ramal Barnet da linha de metrô Northern Line, de Charing Cross à estação de Kentish Town. Muitos trabalhadores de Westminster tinham seguido exatamente esse itinerário para voltar à casa em Kentish Town desde a construção da linha cem anos antes. Primeiro você caminha um pouco, tanto para fazer exercício quanto para poupar o incômodo de fazer baldeação na estação Embankment. E como tantos antes dele, Martyn se aproxima de casa com um misto de emoções: o desejo de ver a família entrando em conflito com uma espécie de temor de que ela sequer exista. A família que o espera é a fonte de todo prazer e a fonte de todo horror. Outrora ele foi jovem e desimpedido; agora tem obrigações e não deve ser egoísta.

Se ele for promovido de redator a redator adjunto, conforme lhe parece que talvez seja, seu salário irá subir cerca de 6 mil libras por ano. Isso significaria a possibilidade de Hattie ficar em casa com o bebê, e eles já não precisariam ter uma babá. Ele quer a casa para si. Kitty, por ser carne de sua carne, não conta como mais uma pessoa: a sua chegada foi um transtorno, mas ele também a sente agora como uma extensão de si mesmo, não um corpo estranho a ser removido.

Nos anos de juventude, a privacidade havia custado caro a Martyn — sozinho no gelado banheiro externo, ele se sentava a ler só para conseguir uns momentos de sossego. E nem mesmo ler tinha sido em privado: você lia o livro recomendado pelos professores e era forçado a discuti-lo depois, ou não passaria nos exames, e então se tornaria o quê? Ao Martyn adulto parecia um pesadelo a ideia de uma estranha vivendo em tamanha proximidade, partilhando sua mesa, partilhando sua televisão, conhecendo seus segredos. Não era certo que o valor do dinheiro não estava nas coisas que você comprava, mas sim no tempo, no espaço e na privacidade que ele ganhava para você?

Em casa, pelo menos havia o sossego da familiaridade, embora atualmente conturbado e em desalinho, e Hattie enlouquecida, e o bebê chorando, e a geladeira sem comida. Mas essa privacidade povoada era o que havia escolhido, e o que queria; para ele representava um prazer. Sua felicidade doméstica lembrava um boneco João-Teimoso, solidamente pesado na base. As noites insones, o choro do bebê e as disputas com Hattie sobre coisas triviais tinham feito o boneco minguar tanto que parecia condenado a tombar de lado, mas decerto também a voltar à posição inicial.

Mas agora Hattie tinha telefonado para ele no celular, animada e satisfeita, para lhe contar que a moça polonesa já estava instalada no quarto de hóspedes — o tempo, o espaço e a privacidade dele tinham sido deliberadamente fraturados, e por Hattie, de quem se esperava que o apoiasse, e que tinha pensado só no próprio interesse. Martyn se penitencia por seus pensamentos. Ele não quer pensar assim. Tudo vai dar certo. De nada serve ser solitário nessa era em que se compartilha e se cuida. Ele irá voltar para casa, ajustar-se aos demais e se comportar.

Martyn vai para casa ao encontro de Agnieszka

Martyn não está preparado para o que vê ao abrir a porta: Hattie com os cabelos revoltos bem penteados, usando uma camisa limpa e bem passada e jeans limpos. Ela sorri para o companheiro como se estivesse feliz em vê-lo, e não, como de hábito nesses dias, com uma queixa e uma discussão pronta a lhe saltar aos lábios. Ele se esquecera do quanto ela era bonita. Está usando sutiã novamente, portanto tem dois seios separados, não uma espécie de indiferenciada prateleira de carne. Seu físico está de volta ao estado pré-Kitty. É provável que o tenha estado há meses, mas ninguém tinha prestado muita atenção, e ela ainda menos que os demais.

— Kitty está dormindo no quarto de Agnieszka — anuncia Hattie —, e o jantar está servido.

E de fato está, e lembra os velhos tempos antes da chegada de Kitty: comida de delicatéssen, nada mais de batatas cozidas e costeletas duras e baratas. Diversas colheres na mesa para servir o molho e pequenos frascos de coisas variadas que Hattie ultimamente havia desprezado como uma cesta maldita de calorias inúteis. Mas de Agnieszka não havia sinal, pois pelo visto esta havia saído para sua aula de dança do ventre.

— Dançarina do ventre? Nossa filha vai ser cuidada por uma dançarina do ventre? — Não seja tão negativo e antiquado — reclama Hattie.

— A dança do ventre está na moda, esqueça o Pilates. A dança do ventre ensina relaxamento, controle muscular e evita prisão de ventre.

Hattie lhe revela que Agnieszka deseja se tornar uma instrutora qualificada: até mesmo começar sua própria escola em Londres. Ela adora dançar, por um tempo chegou a fazer parte da Companhia Polonesa de Dança, em um curso intensivo durante o equivalente deles à nossa sexta série do ensino médio. Foi selecionada entre centenas de candidatos.

— Eu achei que ela fosse aprender inglês por aqui e depois voltar para casa.
Martyn está desconcertado. Talvez Agnieszka seja uma fantasia da imaginação de Hattie? Talvez ela só exista na cabe-

ça de Hattie? Assoma-lhe a impressão de que a nova aparência de Hattie talvez seja sintoma de perturbação mental. A loucura não estaria na ordem, e não na desordem?

Mas a comida parece deliciosa, Hattie ainda está sorrindo e o cômodo está limpo e arrumado, e os guardanapos foram dispostos ao lado do prato, como faria a mãe dele em ocasiões especiais. Isto não é imaginação. Uma fada madrinha apareceu e colocou tudo nos eixos. A mãe de Martyn adotava o princípio de nunca ler contos de fadas para os filhos: "Se eles quiserem ler, que o façam por si mesmos."

— Mas como ela é? — pergunta Martyn. Sente que não é uma pergunta que devesse ter feito; a aparência das mulheres não está em discussão e não deveria ser levada em consideração na esfera profissional, mas ele quer saber.

— Não há nada a contar.

Hattie encontra dificuldade em descrevê-la:

— Ela é apenas comum. Nem uma beleza de busto grande, nem uma trambiqueira de pernas longas. Parece bastante agradável. Não tem barriga. A minha ainda não voltou completamente ao normal. Talvez eu vá com ela para as aulas.

— Deixando a Kitty a meu cuidado? — pergunta ele em tom leve, mas já começa a se sentir solitário e abandonado pelas duas mulheres.

— Uma babysitter pode tomar conta de Kitty, se nenhum de nós estiver em casa — diz ela. — Depois que eu voltar a trabalhar, vamos poder pagar quantas quisermos; ou, então, Agnieszka e eu sempre poderíamos frequentar em dias alternados.

Esta é a ocasião de Martyn revelar a Hattie que há muita probabilidade de lhe darem um grande aumento de salário, o que remove da questão o imperativo financeiro, mas ele se cala. Se esta é a nova Hattie, ele a quer.

Martyn entra no quarto de hóspedes para ver Kitty e a encontra dormindo sossegada em seu berço colocado no espaço entre a cama de solteiro e a parede. Os cabelos foram escovados e se aconchegam ao rostinho. Ela é um bebê bonito, de rosto redondo e corpinho bem nutrido. O pai sente por ela um amor intolerável.

O quarto de hóspedes foi reorganizado com vantagem: a escrivaninha que veio da cozinha, onde não guardava nada senão jornais velhos, canetas de carga esgotada e cintas de elástico deixadas pelo carteiro, está agora sob a janela, com uma pequena prateleira montada pouco acima — *English Language for Foreigners, Dancing Towards Self-Awareness* e *Child Development Studies* — esta última uma edição da New Europe Press. Ele a resenhou para a *Devolution* quando a página literária estava a seu cargo. Um laptop de última geração repousa sobre a mesa. Como ela teve dinheiro para comprá-lo? O dele é velho e fica congelando o tempo todo. Este obviamente funciona.

As roupas de Kitty, caprichosamente dobradas, e toda a parafernália que faz parte do cuidado infantil e que anteriormente atulhavam a sala de estar agora se encontram dispostas ordeiramente ao longo de um conjunto de prateleiras. Os pertences da própria Agnieszka parecem mínimos: ele examina as gavetas e encontra algumas roupas íntimas caprichosamente dobradas e suéteres leves em cores pastel. Nada é preto, nem extravagante. Tranquilizado, ele volta à sala de estar.

— Nós podíamos ir pra cama antes que ela volte — propõe Martyn.

— Boa ideia — aprova Hattie, para surpresa dele, e o acompanha ao quarto de dormir, como se o mundo tivesse voltado ao que fora antes de Kitty, antes da gravidez. Eles têm a cama toda para si: na cabeça de Martyn, as nuvens se dissipam. Ele grunhe, ela geme. No quarto ao lado, a criança não desperta. Eles ficam unidos num abraço muito apertado por no mínimo dez minutos, antes que o mundo real intervenha.

Martyn se pergunta se deveria contar a Hattie sobre o artigo que Harold obviamente deseja: um endosso do sanduíche de batata frita — feito de pão de forma branco, com fritas bem salgadas para recheio — como fonte de prazer aprovado, pois o governo decidiu que sua vantagem eleitoral já não está na saúde e na autoabnegação que a acompanha. Resolve guardar sigilo, pois, fanática por nutrição, Hattie mencionará apenas a morte prematura do pai dele, para a qual concorreu o sanduíche de fritas, e ele prefere que ela não fale do assunto. Os dois ficam na cama e pegam no sono antes da volta de Agnieszka.

Na inusitada paz matinal, Martyn acaba dormindo mais tempo que os demais. Ele calcula que dormiu umas oito horas e quinze minutos. Saltando nu da cama, ele se lembra de que agora é obrigado a vestir o roupão antes de entrar no banheiro. A peça não está no chão, mas num cabide, e bem à mão. Vesti-lo acrescenta ao dia uma sensação de ritual de segurança. Ele faz a barba. A pia foi lavada, as torneiras estão polidas e o chumaço de fios de cabelo no ralo foi removido, portanto a água escorre ligeira e a espuma de sabão e os detritos não ficam depositados. A roupa lavada ainda está secando no banheiro, mas foi bem torcida e presa com prendedores, em vez de atirada em cima dos fios.

Martyn vê Agnieszka pela primeira vez e entende que chamá-la de Agnes — coisa que ele tinha planejado mentalmente, como derradeiro desafio — seria inadequado. Ela é uma pessoa cuidadosa e necessita ter um nome cuidadoso. Ela sorri com amabilidade e certa dose de humildade, declarando-se contente em conhecê-lo:

— Sr. Martyn, o homem da casa.

Ele vai querer ovos no café da manhã? E, neste caso, mexidos, estrelados ou pochê? Hattie está comendo um ovo cozido, o primeiro de dois, numa taça para ovo quente, e não num aro de plástico dos brinquedos de Kitty. A criança está sentada na cadeirinha alta, bem cercada de travesseiros, por segurança. Está tentando usar uma colher e sorri para o pai, a mãe e Agnieszka com o mesmo ar prazenteiro. Mas Martyn e Hattie são novatos em matéria de bebês: essa é uma amabilidade sintomática da criança de sete meses. Em breve irá se tornar mais específica e esconder o rosto para qualquer um que não esteja entre os poucos favoritos, e chorar quando se defrontar com alguma coisa desconhecida.

Hattie e Martyn acreditam estar criando uma criança de talento extraordinário e característico: na verdade, só estão criando mais um ser humano, e que irá empurrá-los ao passado uma geração inteira. Eles já não são mais os que estão entrando, mas sim os que estão saindo.

Para Kitty, programada para encantar e irritar igualmente, e assim prosperar mais, os pais são o meio de sobrevivência, atores secundários na vida dela, matéria-prima de avós para os filhos que ela terá, se tudo correr bem. Mas ela os ama de verdade. Ela ama o que é familiar e aqueles que fazem o que ela pede.

As *moças* au pair *que conhecemos*

A primeira *au pair*, Roseanna, nos chegou no inverno de 1963. Naquela época, eu, Frances e Serena compartilhávamos nossos recursos de cuidado infantil. Se meus filhos Lallie e Jamie passaram mais tempo na casa de Caldicott Square que os dela, Oliver e Christopher, passaram na minha, foi por escolha dos primos. A casa dela era grande, embora a minha fosse mais bem aquecida.

Minha casa era alta, de escadaria ampla, com um quarto em cada um dos quatro andares e um banheiro espremido sob o telhado. A casa de Serena e George, um desses imóveis do período georgiano tardio, cheios de colunas, com fachada simétrica, não ficava em centro de terreno, mas apresentava uma fachada unificada para a praça. Na época os prédios, dilapidados, não tinham calefação. Os porões estavam úmidos porque o rio Fleet passava por baixo deles.

Minha estranha casa, conhecida como A Torre, tinha uma fachada curva de alvenaria e estava espremida entre os edifícios de aparência comum. Lá pela década de 1820, um construtor especulativo se enganou no cálculo das medidas e, posteriormente, um outro preencheu uma lacuna improdutiva.

Serena e George eram proprietários da casa onde moravam. Eu pagava aluguel, e Serena com frequência era obrigada a me ajudar nos pagamentos mensais. Por vezes eu me ressentia do fato de que ela me visse como uma espécie de extensão de si mesma e considerasse que seus pertences legítimos eram meus também, mas pelo menos ela nunca parecia contar com minha gratidão. E também prescindia de consultar George: Serena ganhava seu próprio dinheiro.

Naquela época se presumia que o custo do cuidado infantil seria coberto pela mãe, se esta preferisse trabalhar fora, como também o custo de qualquer empregada doméstica necessária para cobrir a lacuna deixada por sua ausência. Só depois de 1980 a dupla responsabilidade dos pais passou a ser ponto pacífico. A igualdade traz suas próprias desvantagens. Hoje as mulheres bem remuneradas ainda se surpreendem ao descobrir que, desfeito o casamento, o marido tem direito a pensão — metade da poupança, dos rendimentos e da aposentadoria da esposa. Serena sem dúvida ficou surpresa trinta anos depois de casada com George, de descobrir que tal era o caso.

George não só queria ir para os braços de uma amante mais jovem, ele queria levar consigo o patrimônio da ex-mulher. Morreu antes de se completarem os arranjos finais da dissolução do casamento, e assim poupou a disputa, mas é claro que todos ficaram terrivelmente perturbados.

Na época de Caldicott Square, os primos gostavam uns dos outros, o que era uma ajuda para quem se encarregasse deles: era mais provável encontrá-los às risadinhas que às turras. Jamie, devo admitir, era considerado por todos uma chateação. Era um garotinho buliçoso, bastante encantador, que descrevíamos como turbulento, mas agora veriam como sofrendo de déficit de atenção, e a quem prescreveriam Ritalina. Mesmo naquela época, Lallie já estava tocando flauta, piano, violão e qualquer outro instrumento musical em que pudesse colocar as mãos esguias. Se não falo muito sobre Jamie é porque hoje em dia raramente o vejo. Ele está morando em Timaru, na Nova Zelândia, onde dirige um cassino de apostas em corridas de cavalos e é técnico voluntário do time local de rúgbi. Sua esposa Beverley é extremamente afável e usa chapéus invejáveis nas corridas de cavalos, mas considera esquisitos seus parentes ingleses. Acho que não teria se casado com Jamie se ele não estivesse na linha de sucessão para um baronato. Não que dinheiro ou propriedades estejam ligados ao título: gerações de filhos perdulários já cuidaram disso. Mas algum dia Beverley será Lady Spargrove, e ela gosta disso. Títulos herdados são raros em Timaru, segundo imagino.

Casei-me com o pai de Jamie, Charles, mais ou menos por acidente — da forma como os casais sofisticados costumavam acabar casados nos filmes de Hollywood dos anos 1930, acordando atônitos na cama errada com uma aliança de casamento no dedo. Estávamos em Las Vegas, ambos embriagados e drogados com sabe-se lá o quê. A legitimidade do casamento sempre foi duvidosa. Eu com certeza pouco usei o título — parecia injusto reivindicá-lo nas circunstâncias, embora seja compreensível que Jamie queira fazê-lo; afora isso, Deus sabe que ele pouco recebeu do pai.

Após a morte de Curran e o nascimento de Lallie, eu abandonei a vida das ruas pela de piranha de ateliê. Posava para nus e dormia com qualquer um onde a terebintina cheirasse mais forte, e me divertia. Deixava o bebê com Wanda a maior parte do tempo e depois deixei o tempo todo, quando aquele período específico da vida chegou ao fim e eu fui embora com Charlie para os Estados Unidos.

Nesse ponto, por causa dele, interessei-me pela dança do poste, por corrida de cavalos e jogos de azar, e acabei ficando grávida de Jamie. Não quis fazer um aborto. Podia ver que, se o fizesse, nada mais restaria a impedir minha queda no abismo da total autodestruição. Estive à beira do abismo muitas vezes. Serena arranjou dinheiro para me trazer de volta para casa e, depois de um tempo, a Primrose Hill.

Tentem se lembrar de que, quando deixei Lallie com minha mãe Wanda, eu era muito jovem, estava muito perturbada e ainda em sofrimento pela morte do pai dela. Eu mereço que me desculpem, mas por outro lado não é prudente se comportar mal em relação aos filhos: a pessoa sente remorsos pelo resto da vida, pensando em como os filhos seriam diferentes se ela não tivesse agido assim ou assado. À parte o abandono inicial, quando a deixei com minha mãe, se quinze anos depois eu não tivesse tanta aversão a dirigir um carro, não tivesse estado tão saturada de levar Lallie para aulas de música e recitais, dirigindo em pleno horário de pico, eu provavelmente não a teria mandado para o colégio interno — por mais progressivo e musical que fosse — e ela não teria ficado grávida, e tido Hattie, e por sua vez largado a filha em cima de mim — e talvez Lallie tivesse sorrido um pouco mais durante sua vida —, mas por outro lado nós não teríamos tido Hattie e agora Kitty — e por aí vai.

Os cosmólogos da Nova Era nos dizem que é muito possível existirem infinitos universos alternativos onde sejam vividas as ramificações de nossas ações. Armazenados, por assim dizer, em algum gigantesco computador, estão os outros mundos nos quais Sebastian não vai para a prisão, Curran não morre, Lallie nasce cordial e tem três filhos com um banqueiro e, pelo que imagino, acordamos num mundo com as lembranças perfeitamente adequadas. Mas temo que haja algumas verdades inalteráveis: entre elas, que os ocasionais resultados positivos não desculpam a má conduta nem curam o remorso.

Curran. O pai de Lallie. Eu o conheci quando fui com Serena ao Mandrake Club no Soho, em 1953. Serena tinha 21 anos e eu tinha vinte. Artistas e poetas e outras ovelhas negras sentados à meia-luz jogavam xadrez, bebendo vinho barato e planejando a revolução mundial. Ela era pouco segura de si e eu era muito.

Serena conheceu David, que tinha memória enciclopédica, tocava violão e cantava canções sentimentais, e que depois de botar os olhos nela passou a persegui-la até Serena se render. Tiveram um filho. Altiva, ela declinou casar-se com ele.

E eu conheci o belo Curran, que julguei ter vinte e poucos anos, e que jogava xadrez à noite no Mandrake. Durante o dia ele tocava flauta no metrô, com seu boné irlandês de tecido pousado no chão à espera de uns trocados, até ser expulso dali pela polícia, o que, ele se queixava, acontecia a cada hora ou quase.

Curran era bonito, mas talvez um pouco maluco. Tinha uma cabeleira negra, brilhante e ondulada, a pele clara e os olhos azuis, e muito dinheiro trocado no bolso. Sempre gostei disso num homem. Ele era o favorito dos transeuntes: tocava lindamente e eu não podia ouvir *The Rose of Tralee, Danny Boy* ou *The Four Green Fields* sem ter vontade de chorar. O som plangente e adorável ecoava pelas escuras e apinhadas galerias subterrâneas, acima e abaixo do ruído dos trens, cantando sobre terras perdidas, amores perdidos. Eu o amava muito.

Ele me deixava sentar a seu lado no cobertor — era a época antes de os músicos de rua saírem por aí acompanhados de cachorros. O cobertor era um xadrez do clã McLean, e de cima dele eu recolhia todas as moedas lançadas de mau jeito que não caíam no boné de tweed. Curran foi morto numa briga de bar quando eu estava com cinco meses de gravidez.

Eu nada sabia sobre sua família ou sua casa, e Wanda me aconselhou a não tentar descobrir. Os homens, vivos ou mortos, eram um transtorno que não compensava, a não ser que tivessem casa, ofício, profissão e rendimento. Tive o bebê num pensionato católico para moças perdidas, deixei-o com Wanda e saí vagando um mês depois de Serena ter tido o filho de David e Susan ter tido o filho de Piers. Pobre Wanda, não lhe deixamos muito em matéria de vida própria.

Hugo, meu cão labrador, dorme num cesto, sobre um cobertor de xadrez da padronagem McLean, um descendente direto daquele do passado. Hugo sente falta de Sebastian: eu também. Ele enterra o focinho nas dobras amassadas e cheias de pelos do cobertor e se sente reconfortado, e eu, ao observá-lo, sinto o mesmo. Sinto falta de Wanda, sinto falta de Susan, e Serena também sente. Não tenho ninguém que me acompanhe na saudade de Curran. Quando tento falar com Lallie sobre ele, ela interrompe. Afirma que não está interessada em suas origens.

Lallie nasceu com a aparência e o talento do pai, que Wanda tentou domar à custa de partituras e escalas musicais, e Serena, à custa de pagar a mensalidade de uma escola progressiva onde o talento musical era alegadamente fomentado, e onde Lallie prontamente ficou grávida por iniciativa de Bengt, o sueco. Portanto, agora nós temos Hattie e Kitty. O quinhão de Serena foi ter meninos, como para responder.

E agora Lallie encanta as salas de concerto da Europa, do Japão e das Américas, como outrora seu pai encantava os passageiros do metrô. A estação favorita dele era Charing Cross, para a qual Martyn caminha todos os dias.

Encobrindo fatos inconvenientes

Hattie telefona para mim. Hugo e eu estamos vendo um programa na televisão. Ele gosta de assistir a reformas de casas, quando os donos do imóvel saem de casa por um tempo e, quando voltam, tudo mudou. Às vezes eles detestam, de outras eles adoram. Hugo é muito inteligente: quando vê um cachorro na tela, ele se levanta e fica latindo. Depois, perturbado e inquieto, vai ao ateliê de Sebastian farejar os velhos pincéis, como se suspeitasse de que em algum lugar se esconde um coelho. Este é um recurso que usa para manter a pose, porque ele também sente falta de Sebastian, que, até onde ele sabe, está morto.

— Vovó — diz Hattie quando atendo o telefone. Isso é bem melhor do que tia-vovó. Ela deve estar de muito bom humor.

— Você nem imagina como a Agnieszka é maravilhosa. A Kitty está adorando. Ela é tão competente! E a casa está um sonho e a Kitty se dá muito bem com ela. Ela sorri para todo mundo e estende os bracinhos para o Martyn quando ele volta do trabalho.

E então me conta que Colleen teve uma crise na gravidez e que eles querem que ela, Hattie, recomece na empresa na segunda-feira seguinte.

— Não é cedo demais? — pergunto. — Será que você não deveria fazer uma experiência dessa moça polonesa com a Kitty por um mês ou coisa assim, antes de sair correndo?

— Eu preciso do dinheiro do mês. A gente precisa pagar a moça. Você está começando a ficar muito parecida com a Bisa em dia de mau humor — aponta Hattie. — É uma espécie de dúvida implícita quanto ao bom resultado de tudo que a gente queira fazer.

— O nome disso é experiência — esclareço. — E a amamentação? A Kitty está pronta para tomar mamadeira?

— Até já passou da hora. Agnieszka diz que os ingleses exageram na questão de amamentar no peito. Diz que, quando os bebês vão ficando mais velhos, o leite materno talvez não tenha proteínas suficientes para satisfazer as necessidades deles, principalmente à noite.

— Que coisa mais conveniente — digo. Ela tem razão: estou virando a Wanda. Ela diz que Agnieszka brinca de esconde-esconde com o bebê, que adora a brincadeira. Agnieszka acredita que as pequenas mentes precisam de toda estimulação possível.

— E você, Hattie, não pode brincar assim? Ou o Martyn? Brincar de esconder não é tão difícil assim.

— Ah, mas nos deixa tão encabulados — justifica. — Nós nos sentimos uns bobos; a Agnieszka, não.

Ora, quem sou eu para falar? Quando Lallie tinha sete meses, eu mesma estava demasiado dominada pela dor e pelo senso de drama para ficar brincando de esconde-esconde. Eu deixava para Wanda essa tarefa. E quando Hattie era pequena, Lallie deixou a tarefa a meu cargo, e devo dizer que nunca aprendi, porque Wanda não foi do tipo de brincar assim. Lallie estava sempre muito ocupada, fazendo turnês, tocando, gravando, encantando todos até as lágrimas, ela própria dura como pedra. Tinha namorados elegantes, orquestrais, a maioria das últimas filas dos instrumentos de corda, e não da primeira fila, da mesma forma como algumas estrelas de cinema parecem preferir o câmera ao diretor. Elas não gostam de competição. E posso ver que provavelmente a mãe de Martyn tampouco era do tipo de brincar de esconde-esconde. Ocupada demais em correr até a lanchonete para comprar sanduíche de fritas. Talvez tudo acabe dando certo. Talvez, se Agnieszka brincar de esconde-esconde com o bebê, a maldição da família acabe e Kitty dê origem a uma raça de praticantes daquele jogo. Tudo ainda pode acabar bem. Mas vejo que estou querendo crer em ilusões.

— A Kitty já está dormindo a noite inteira sem acordar? — pergunto.

— Já, e o berço está no quarto de Agnieszka, logo, o Martyn e eu podemos finalmente ter um pouco de privacidade.

— Será que ela está dando ópio ao bebê?

— Isso não tem graça nenhuma — observa. Diz que, para Agnieszka, as crianças não devem ser expostas à televisão, e então a moça não quer televisão no quarto, onde à noite ela costuma ficar sentada estudando. Fez um curso de cuidado infantil na Polônia.

— Essa história de cuidado infantil em outros países eu conheço. Quando nossa empregada tcheca Viera tinha seis anos, Papai Noel desceu pela chaminé e deu a ela um pedaço de carvão, em vez de um presente. Viera havia se comportado mal, tinha feito xixi na cama.

— Você está falando de coisas muito antigas — assinala Hattie, o que é bastante verdadeiro.

Antigas de quatro décadas. Coitada da Viera, que, aos 27, via-se como velha demais para casar. Depois de sete anos de noivado, o noivo a abandonou na véspera do casamento. Por causa da vergonha, ela havia fugido de sua aldeia nas montanhas, onde Papai Noel descia pela chaminé com um pedaço de carvão.

Quando trabalhava para nós, ela conheceu um rapaz sique e quis se casar com ele. Por me sentir responsável, fui conhecer o pai do rapaz, um homem nobre de turbante branco e barba grisalha. Ele disse que o casamento daria certo porque os dois eram muito bobos. Eles não perceberiam nenhuma diferença cultural. O pai estava certo. O casal viveu feliz para sempre, Viera envolta em sáris resplandecentes.

— Você conferiu se ela não pula a janela, depois que a Kitty cai em um sono drogado, e vai ganhar um dinheirinho extra em clubes noturnos? — insisto.

Essa foi Krysta, de Dortmund. Krysta saía de fininho para Park Lane à noite e ia trabalhar de crupiê no Playboy Club. Entre uma e cinco da manhã, dava um plantão de quatro horas. O que nós sabíamos? Pensávamos que ela devia estar doente, parecia cansada o tempo todo. Então Serena encontrou no meio da roupa lavada o fofo rabinho de algodão branco e o corpete de cetim preto. Por causa da água quente, a tinta preta havia desbotado, e todas as peças daquela carga de roupa ficaram cinzentas para sempre. Isso aconteceu muito tempo antes que a despedíssemos: as crianças realmente gostavam de Krysta, que afirmava que a mãe se orgulhava do que ela havia conseguido. No mundo das Coelhinhas, o cetim preto era símbolo de status. Eu conto a Hattie tudo isso.

— Deixa de bobagem, vovó — protesta Hattie. — Você teve uma experiência negativa. Mas, na verdade, eu fui conferir. Entrei no quarto para perguntar se gostaria de ver televisão conosco. O Martyn normalmente cai no sono na hora em que se senta, e seria legal ter companhia. Esqueci de bater, e ela estava sentada lá com um livro na frente, tomando notas no computador.

— E o que ela estava estudando? Leis de imigração?

— Não sei — responde baixinho. — Não sou tão intrometida quanto você.

Hattie está ficando bastante irritada comigo. Ela gosta de ter minha permissão. Quer que eu diga que está certo abandonar a filhinha com uma moça que conhece há coisa de uma semana e que veio recomendada por Babs. Encontrei Babs uma ou duas vezes. É uma criatura muito persuasiva, da nova geração de mulheres, de cabelos brilhantes, ambiciosas e astutas como raposas, mas sempre com intenções ocultas ou algo do gênero. Mas talvez eu esteja sendo descortês. Hattie parece gostar dela.

— Por que você está sussurrando? Agnieszka está ouvindo?

— Ela saiu para o curso noturno. Não quero acordar o Martyn.

— Qual é o assunto do curso? "A Polícia e o Candidato a Asilo"?

— Dança do ventre. Antes que você comece a dizer alguma coisa, a dança do ventre é uma coisa muito sensata de se fazer. Ensina alongamento, relaxamento e controle. Eu mesma vou comparecer a uma aula com Agnieszka. Preciso dar um jeito de perder esse volume na barriga.

— Hattie, você é tão magra que o volume na sua barriga só pode ser a metade de cenoura você acabou de comer.

— Agnieszka fez sopa de cenoura e um suflê de queijo antes de sair e eu comi um pouco dos dois. E a Kitty deu uma provadinha em cada um, e riu, e pareceu muito feliz.

Ela me conta que, ao ver Martyn buscar o molho de churrasco, Agnieszka ergueu as sobrancelhas e ele jogou o frasco na lata de lixo. Agnieszka convenceu Hattie de que é o molho de churrasco que está deixando Martyn de mau humor: é praticamente só ácido acético e açúcar.

— Sopa de cenoura? — pergunto. — Imagino que seja cenoura orgânica.

— Claro que sim. Agnieszka tem uma pessoa amiga em Neasden que planta seus próprios legumes e que ela visita nos dia de folga: prometeu que na volta trará o que conseguir carregar.

— A pessoa é um amigo ou uma amiga? — indago.

— Não sei o que isso tem a ver. Ela não disse. De toda forma, ela tem um marido que ama muito: é roteirista na Cracóvia.

— O que um roteirista está fazendo na Cracóvia? O Instituto de Cinema polonês fica em Lodz.

— Ah, vovó, sei lá. Nem mesmo sei onde ficam esses lugares.

Hattie agora me diz que Agnieszka vai ter duas semanas de férias no Natal para ir a sua terra, o que a deixa com três dias sem cobertura para cuidar da criança.

— Daí que, se você pudesse vir ficar conosco, vovó, só para nos dar uma ajudinha...

— Mas a Kitty quase não me conhece. Desde que nasceu, só passei algumas horas com ela, e a maior parte do tempo ela estava dormindo.

— Mas você vai ter o mesmo clima familiar, e o mesmo cheiro, e o mesmo jeito como eu pego nela. É provável que tenha. Kitty é sua descendente direta. Ela não vai estranhar você.

Essa garota acredita em tudo que lhe convém acreditar, mas confesso que estou comovida. Prometi que vou ver o que dá para fazer.

— Agnieszka diz que para a Kitty não faz mal usar chupeta. Nos bebês, a alimentação e a função de sugar estão separadas. Às vezes eles já comeram bastante e querem continuar sugando, e vice-versa.

Era inútil. Hattie estava fora do alcance da razão. Farejando junto à porta, Hugo queria sair, e eu tinha ficado de pé no vestíbulo cheio de correntes de ar. O sinal de celular em Corsham é intermitente. Anunciei a Hattie que eu precisava sair, e ela se lembrou de perguntar por Serena, Cranmer e Sebastian. Respondi que estavam tão bem quanto lhes permitiam suas circunstâncias. Perguntei-lhe se tinha tido notícias da mãe, e ela respondeu que não. Então, que novidade havia?

Alertei-a de que, se quisesse ver a mãe, teria de batizar Kitty, pois Lallie iria comparecer para sair na foto, seu rosto parecendo adorável à luz de velas, com os vitrais ao fundo. Hattie comentou o quanto a religião é hipócrita: como o bebê poderia ser batizado se os pais são dedicados humanistas racionais? Se, para começar, nem casados são? Parecia bastante para uma noite, e desligamos o telefone.

Ajuda para cuidar dos filhos

Quando eu, Frances, era jovem, não tinha o apetite de Serena para o trabalho. De certa forma, nunca aceitei um emprego como parte essencial de minha vida. Achava que Charlie, o baronete, deveria me sustentar enquanto eu criava Jaime, ainda que este fosse um filho acidental e apressado. Na altura de minha primeira gravidez, eu tinha certeza de que, se Curran tivesse vivido, sua sorte teria virado, e ele teria partilhado alegremente comigo o conteúdo de seu boné de lã, mas creio que estava enganada.

Se você ama o pai de seu filho, sente que ele já lhe deu o bastante. Se você não o ama, o dinheiro dele é só o que você quer. Eu não amava Charlie. Portanto, uma vez de volta a Londres, embora eu estivesse aplacada, desintoxicada e, felizmente, tendo fracassado em contrair as doenças que com frequência acompanham uma vida jovem e desregrada, gastava tempo e energia em tentativas de arrancar dinheiro desse desventurado homem de minha escolha. Eu sonhava que ele acabaria se cansando da impetuosidade, tal como eu me cansara, e que sossegaria, e eu aprenderia a amá-lo e nós viveríamos felizes para sempre. Mas ele estava distante, caçando na África do Sul, não vinha para casa quando prometia e dificilmente respondia minhas cartas.

Portanto, eu me estabeleci na Torre com Jamie e perguntei a Wanda se eu poderia pegar Lallie de volta. A facilidade com que ela devolveu a neta realmente me deixou um pouco atônita. Praticamente empurrou a menina em meus braços. Eu tinha esperado uma resistência.

Mas sempre houve um distanciamento em relação a Lallie, como se ela se relacionasse melhor com as notas escritas na página ou vibrando pelo ar do que com as pessoas, como se não lhe importasse quem chegava e dizia boa noite, atitude que, posso ver, talvez tenha sido desconcertante para Wanda. E como primeiro eu, depois Susan e depois Serena, tínhamos todas, em alguma ocasião, lhe dado a cuidar nossos filhos, percebia-se que ela talvez quisesse apenas se livrar daquele peso.

Wanda deve ter sentido que seus próprios filhos estavam decididos a puni-la por crimes conhecidos e desconhecidos, talvez por abandonar nosso pai. Acho que isso era realmente o que estávamos fazendo — forçando Wanda a reconhecer as consequências de seus atos, em um protesto permanente que aflorava em nossa quase deliberada fertilidade e descuidada inclinação pelo sexo. O problema era que nós não estamos apenas reagindo, simulando; nós também estávamos agindo: todas nós gostávamos demais de sexo. E Wanda simplesmente não gostava, ou não se permitia gostar. O que tinha era um impetuoso sentimento de dever em relação à prole, que as três filhas usamos em nosso proveito.

Depois de me estabelecer na Torre, a uma curta distância da casa de Serena e George, e contando com Roseanna para ajudar com as crianças, consegui trabalho na galeria Primrosetti, onde eu defendia o forte na constante ausência da proprietária Sally Anne Emberley. Ela era uma estrela menor de cinema, com quem um famoso produtor cinematográfico tinha um filho, um garotinho da idade de Lallie. O menino era sempre visto como o filho do famoso produtor cinematográfico, e ela, por referência, só como a parideira da criança, e não como o filho de Sally Anne com o famoso produtor, mas assim eram as relações de poder daquela época. O famoso produtor cinematográfico pelo menos comprou para ela o imóvel e algumas pinturas de novatos, e agora ela administrava a galeria de forma relaxada: supunha-se que, dessa forma, ele a mantinha ocupada e evitava que lhe pegasse no pé. A galeria expunha as obras de artistas contemporâneos locais — alguns dos quais depois partiam para esquemas melhores: um punhado deles acabou expondo na Tate e no Metropolitan.

Agora se escrevem livros sobre o Primrose Hill Group; felizes daqueles que compraram obras do grupo enquanto foi possível. George, que tinha abandonado a pintura por causa de Serena, era tão refratário a Sally Anne que Serena ficava longe da Primrosetti, perdendo assim uma ocasional obra barata de Hockney ou Auerbach. Certa vez eu teria comprado um Edward Piper, mas precisei mandar consertar a máquina de lavar roupa. Sally Anne, ainda que generosa com seus artistas — ela podia se dar ao luxo —, pagava-me um salário que, de tão irrisório, era inferior ao de Roseanna. Dos que trabalham nas artes se espera que trabalhem por amor à arte.

Roseanna ganhava cinco libras semanais prestando serviços como *au pair* para George e Serena e para mim. Eu recebia 4,15 libras por semana, sem auxílio-alimentação, para mostrar e até algumas vezes vender pinturas, cuidar da correspondência, manter os registros, varrer, tirar o pó, polir e fazer faxina nos banheiros. Para mim teria sido melhor ter aprendido um ofício, e estudado e obtido alguma qualificação profissional, mas aquela era a década de 1960, o que nós sabíamos? O papel da mulher era ser sustentada; o do homem era prover. E caso ele falhasse em seu papel, como Charles falhou, a mulher se fazia de vítima, e nisso eu tinha competência.

A tendência à martirização em mim costumava irritar minha mãe.

— O que você está esperando? — perguntava ela. — É claro que esse seu Charlie não vai lhe sustentar. Não perca tempo alimentando esperanças. Os homens só sustentam as mulheres quando elas estão debaixo do nariz deles, enchendo a cama e fazendo a comida. Eu lhe avisei para não se casar com ele.

Embora, ela podia ter dito, mas teve a gentileza de não dizer, ele tenha pelo menos feito uma mulher honesta de você, que na época era pouco mais que uma piranha bêbada e drogada. No começo da juventude, eu passei por uma péssima fase hormonal, ou pelo menos tão ruim quanto o começo da década de 1950 conseguiria aceitar.

Serena, aventurando-se brevemente pelo submundo boêmio de Londres, colheu um fã apaixonado, que passaria o resto da vida em contato com ela, e depois saiu correndo de volta para a barra da saia da mãe. Mas eu segui a atração da liberdade e do excesso, indo do submundo ao subterrâneo, e levei anos até conseguir voltar para casa.

Martyn e Hattie brigam

— Você não pode fazer isso, Martyn — insiste Hattie. Kitty está dormindo. — Não pode escrever um artigo elogiando o sanduíche de fritas. Você sempre me disse que foi isso que matou seu pai.

— Pelo amor de Deus, Hattie, você é tão literal quando lhe convém. Procure aliviar um pouco. Pega leve.

Como se ele pudesse falar, pensa Hattie, que sente que tem sido tolerante com o excesso de seriedade de Martyn desde que a filha nasceu. É a segunda semana de seu regresso ao trabalho. Aos olhos de Martyn, ela já está parecendo ansiosa demais para dar opinião e julgar. É a Hattie pré-Kitty que está de volta, mas ele tem esperança de que ela não exagere. Ele percebe que ficou muito acostumado, e muito satisfeito, com a versão deplorável de sua mulher.

Esta noite os dois pais estão em casa a tempo de ajudar a banhar o bebê, enquanto Agnieszka prepara rapidamente um tipo de torta de atum e cenoura — ela usa bastante cenoura: vitamina A, caroteno e fibras delicadas, que podem ir parar no liquidificador na manhã seguinte para o almoço do bebê. Hattie reduziu as mamadas a uma só, de manhã bem cedo, ocasião que atualmente até aguarda com prazer. Seus seios já não se sentem doloridos e explorados. Ela e a filhinha podem se aninhar juntas e fazer pequenos jogos de esconde-esconde quando ninguém está olhando, e Martyn não se sente excluído.

Eles são obrigados a fazer amor em silêncio, por causa da babá no quarto ao lado, mas o ato é estranhamente excitante, deliciosamente proibido, como nos primeiros tempos. Não que alguém haja algum dia proibido sexo para nenhum dos dois; ao contrário, o espírito de faça-amor-não-faça-guerra, que absorveu tanto a geração dos pais deles, já não causa surpresa a ninguém. Mas, em qualquer geração, o amor desenfreado que se expressa livremente parece gostoso demais para escapar impune.

— Mas o que aconteceu com a *Devolution*? — pergunta Hattie.
— Achei que a ideia era que fosse uma publicação séria. Por que de repente eles estão lhe pedindo que escreva porcarias?
— Não é porcaria — defende-se Martyn. — É jornalismo do bom. Estamos mudando de enfoque. Estamos nos concentrando menos no que é ruim para você, e mais no que é bom para você, é só.
— Acho que você devia recusar. *Por que você e o sanduíche de fritas podem ser amigos.* Todo mundo vai rir da sua cara.

— Não vai, não — rebate ele. — Vão ler meu artigo, mesmo que o desprezem. Harold me ofereceu minha própria coluna. Eles realmente gostaram de *Mãos-de-vaca e desmancha-prazeres*. Pelo jeito provocou mudanças em algumas mentes do alto-comando.

— Imagino que eles tenham mentes — ironiza Hattie.

— Onde está a profunda seriedade, a missão de mudar o mundo, da juventude de todos nós? Por que você está compactuando com isso?

Martyn confessa que, ao que tudo indica, a alternativa para o elogio ao sanduíche de fritas e a um cassino em cada esquina é uma transferência para a reforma da previdência, e frisa que suas perspectivas em termos parlamentares e financeiros estarão mais favorecidas se ele promover sua carreira jornalística do que se ficar enterrado em estatísticas.

— Eles compraram você! — exclama Hattie. Está usando um conjunto vermelho que Serena comprou para ela como parte do enxoval de volta ao trabalho e que lhe cai muito bem. É um conjunto Prada. Hattie ficou só um pouco mais cheinha de corpo, por causa dos jantares e desjejuns que Agnieszka prepara, e talvez por causa da taça de vinho branco que toma no sushi bar ao lado do escritório. Deixou de parecer esquálida, e sua aparência está sensacional.

— Acho que você não deveria dizer isso — retruca Martyn.

— Segundo mostra a estatística, o corpo absorve nutrientes com mais eficiência quando o alimento é desfrutado do que quando não é. Um sanduíche de fritas, de vez em quando, não prejudica ninguém. Ao contrário, ele faz é bem.

— Você quer dizer que ele ganha a eleição — ressalta Hattie.

— Principalmente no norte. O corpo do homem nortista está se transformando em pó dentro do túmulo, mas a alma dele está murchando.

— Estou começando a me perguntar do lado de quem você está — reclama ele. — Se duas semanas na Dinton & Seltz conseguem fazer isso com você, Deus ajude a classe trabalhadora. Uma agência literária é a mais capitalista de todas as instituições capitalistas. Não cria nada, não melhora nada; só faz repassar o lucro. E o que é este livro que você está se empenhando tanto em vender para a Polônia, o tal de *PutaMerdaCacete?!*

— É um livro escrito por um portador da Síndrome de Tourette — explica Hattie. — Vendeu muito bem na América do Norte. Essa síndrome* é um quadro terrível, e as pessoas precisam saber a respeito. O fato, Martyn, é que você está colocando sua carreira acima dos princípios, depois de ter jurado que nunca faria isso.

A essa altura, Agnieszka entra sorridente pela porta. Ela entrega a Hattie uma saia e um suéter comuns e lhe sugere que troque de roupa antes que a refeição esteja pronta, para Agnieszka poder lhe pendurar as roupas de trabalho de modo a não se mancharem ou amassarem, e avisa que já

---

*Distúrbio espasmódico causador de tiques motores e vocais, que em uma reduzida parcela dos portadores pode se manifestar como o uso de palavras de baixo calão. (*N. da T.*).

separou um suéter de caxemira cor-de-rosa e uma saia curta cinza para Hattie usar no trabalho no dia seguinte.

— Você com certeza não vai querer usar a mesma roupa por dois dias seguidos — observa Agnieszka. — Precisa dar a impressão de ter um guarda-roupa infinito de coisas bonitas.

— Isso também se aplica aos homens? — pergunta Martyn.

— Não — responde Agnieszka, taxativa. — Os homens não devem parecer que estão reparando muito na aparência: devem parecer que têm coisas mais importantes a fazer.

— Isso é um pouco sexista — comenta Martyn, e Agnieszka parece confusa. O que será que ele quer dizer?

Mas ela está tirando do forno a torta de atum e cenoura. A iguaria tem por cima uma leve cobertura dourada de massa bem crescida, comprada pronta. Hattie não é contra as lâminas de massa folhada que se compram na loja, mas só chega até aí sua aprovação de alimentos industrializados. Martyn ainda está um pouco exasperado. Sente a necessidade de apelar para Agnieszka.

— Você acha que a principal obrigação de um homem é com a família ou com a sociedade a seu redor?

Hattie franze ligeiramente a testa. Com certeza a pergunta parece demasiado abstrata de se fazer a uma babá, e Hattie estranha ele não ter perguntando a ela e sim a Agnieszka, que porém não hesita:

— Na escola costumavam fazer essa pergunta a nós. Na velha Polônia, a resposta correta era a última, mas agora nós estamos mais informados, e a resposta é a família. Obviamente, se a pessoa tem um talento, como o senhor, "Seu" Martyn, também tem uma obrigação com isso. E quando as oportunidades se apresentam a um artista, seria tolice não aproveitá-las.

— Pois aí está, Hattie! — festeja Martyn, triunfante. — Eu estimulo minha criatividade, enquanto escrevo sobre a beleza do sanduíche de fritas e você publica autoajuda com a Síndrome de Tourette, e nesse diapasão podemos todos tirar umas férias adequadas no verão, e agora todos nós podemos sair para jantar fora sempre que tivermos vontade.

Rindo, ele abraça Hattie enquanto ela tira o conjunto e veste o velho suéter e a saia. Enquanto troca de roupa, ela está perfeitamente composta, de calcinha, sutiã e até combinação, que na opinião de Agnieszka toda mulher deveria usar, mas a moça parece ligeiramente surpresa, como se achasse que Hattie deveria primeiro entrar no banheiro. Hattie sente uma espécie de aperto: deseja ter de volta sua privacidade; não quer ficar sendo observada, não o tempo todo. Mas a torta, com seus estranhos ingredientes — quem iria pensar em atum, mais cenouras, mais massa folhada —, tem um cheiro delicioso, e ela, faminta, põe de lado o desconforto.

Martyn diz "Seja como for, eu te amo", e ela responde "Eu também te amo", e todos se sentam para comer. Martyn está realmente satisfeito de que Agnieszka tenha vindo em sua defesa.

Homens, mulheres, arte e emprego

Com a chegada de Roseanna a Caldicott Square e o alívio geral da pressão doméstica, surgiu em mim a inquietação de criar um pouco de ambição e parar de ficar me queixando de Charlie.

Pedi a Sally um aumento — ela aumentou de má vontade o meu salário para seis libras semanais, admitindo que eu realmente deveria ganhar mais do que a babá. Se você não pedir, não vai receber, principalmente se for mulher: também é surpreendente o quanto receberá se pedir. Serena, àquela altura prosperando em sua agência de publicidade, afirmava que as colegas dificilmente pediam aumento: sentiam que só podiam estar recebendo o que mereciam, e que a gerência decerto sabia o que estava fazendo. Os colegas homens entravam e davam um soco na mesa do chefe, fazendo exigências. É deplorável o jeito como as redatoras, ela se queixa, ficam agradecidas se um editor decide publicá-las: os homens tomam isso como seu direito natural e podem ser até violentos, quando contrariados.

Graças a Roseanna consegui arranjar tempo para olhar o que os artistas estavam, de fato, pintando. A modelo tem do que está acontecendo na tela uma visão de cima, e esta é muito limitada. Posar como modelo suga alguma coisa da própria essência do retratado — como os médiuns se queixam que ocorre quando canalizam os espíritos dos falecidos em benefício dos que continuam neste mundo. É uma atividade exaustiva. Ela lhe deixa apenas o que sobra depois que a essência de seu ser entrou na pintura; e quanto melhor o pintor, menos sobra de você. É isso que torna a pessoa sexualmente explorável. Mas agora eu realmente olhava e aprendia. Frequentava as principais galerias, os grandes leilões de arte, e as galerias dos dois lados de Cork Street, e acabei ficando com uma visão treinada.

Minha mãe, Wanda, estudou na escola de arte Slade e pintava bem, embora não fosse tão perfeccionista que levasse seis meses na mesma tela. Mas parecia se ressentir de meu novo hábito de frequentar ambientes artísticos: melhor seria que eu ficasse em casa cuidando das crianças.

Wanda achava vulgar a coleção Wallace: todo aquele ormolu de mau gosto, todas aquelas pinturas em molduras erradas e penduradas de qualquer jeito. Ela realmente detestava Fragonard e Boucher, embora se encantasse com um Turner da Tate Gallery. Ela pretendia ser a única a *Saber*.

Em relação a Serena, a atitude de George era muito semelhante. Ele preferia ir sozinho olhar obras de arte, enquanto ela ansiava por saber o que ele sabia. Porém, se ela fazia perguntas, George ficava irritado, asperamente defensivo, e sugeria que Serena fosse tomar um café na lanchonete e esperasse ali por ele, em vez de ficar falando do que não sabia. Ela deveria se limitar à publicidade. Pelo visto, o cozinheiro acha que os demais deveriam ficar longe do fogão.

Roseanna nos chegou por acidente, como um gatinho que aparece na soleira da porta tremendo de frio e com fome. Em vez de passar seu tempo usando uma engomada touca branca e avental, abrindo uma imponente porta de entrada da classe nobre inglesa, como havia imaginado sua mãe ao despachá-la de casa, Roseanna acabou indo morar na casa de um capitão polonês imigrante e sua esposa, em cima de uma loja de lãs em Primrose Hill. Em troca de casa e comida, ela estava trabalhando 12 horas por dia. Roseanna era uma coisinha bonita e gentil, mas também era prática e decidida, e calculou que, se de cada 24 horas, ela dormisse seis, ainda lhe sobrariam outras seis. Colocou um cartão na vitrina de uma loja oferecendo serviços de faxineira. Serena respondeu.

Nossa família não estava acostumada a empregar ninguém — pelo menos não desde a metade da década de 1920. Em sua juventude, minha avó Frieda tinha tido uma cozinheira e uma empregada de todo o serviço, mas na casa dos 30 anos ela estava divorciada e se havia mudado para a Califórnia, onde só os muito ricos tinham empregados.

Quando sua filha Wanda tinha 20 anos, mudou-se com o marido Edwin para a Nova Zelândia, uma terra de pioneiros onde empregados não entravam de forma alguma na equação social. Depois daquele divórcio, quando a família exclusivamente feminina — mãe, avó, Susan, Serena e eu — voltou para Londres em 1946, depois dos anos de exílio da guerra, a estrutura doméstica da sociedade se havia desmantelado. A classe dos serviçais desaparecera — quem iria ficar esfregando o piso alheio quando poderia conseguir o dobro do dinheiro pela metade do esforço, trabalhando em uma fábrica de munições? Ou entrando para a força feminina da marinha real?

A década de 1950 permaneceu majoritariamente isenta de serviçais. Durante os anos 60, graças ao aumento da prosperidade e numa época mais aventurosa, surgiram os primeiros bandos de *au pairs*, amáveis garotas vindas do estrangeiro para morar aqui e prestar ajuda. Vinham aprender inglês e de modo geral eram virtuosas, honestas e limpas. Não contavam ter namorados ou ganhar além de salário mínimo. Como poucas mães trabalhavam fora, uma *au pair* dificilmente era deixada por conta própria. Eram tratadas como pessoas da família. Em certas circunstâncias, como ocorreu com Roseanna e o capitão da marinha russa, a palavra "família" estava aberta a interpretação. Circulavam muitas histórias de maridos que fugiram com a moça; mas, em geral, era observado normalmente aquele instinto "dever de cuidar" como agora chamamos a isso, em relação aos desamparados e vulneráveis — ou "tabu", como Freud o denomina.

Hoje em dia, a *au pair* quer ter vida sexual, salário adequado, possibilidade de frequentar bares e clubes e, ocasionalmente, escolas. Tem imperativos de natureza pessoal: sua mãe terá pouca influência sobre ela. É produto de sua própria geração, e não da que veio antes. Proveniente de um país do leste distante — Hungria, Romênia, Polônia são os favoritos atuais —, cultiva hábitos talvez mais inesperados; contamos que serão como os nossos, mas não são. Ela está mais desesperada pela sobrevivência: as culturas em que os homens cuidavam das mulheres estão desaparecendo depressa. Se originária de fora da nova Europa, poderá talvez ter esperança de se casar com um inglês por causa da cidadania.

Naturalmente, é uma via de mão dupla. Muitos homens europeus procuram em anúncios uma noiva do extremo da Europa oriental que seja capaz de cozinhar, lavar e preencher a cama em troca de manutenção e um dinheirinho no bolso, e que fique sentada e calada nos jantares, considerando-se afortunada. As moças russas têm pernas mais longas, mas são perigosas. O homem escolhe de acordo com a nacionalidade, e não com o caráter.

Hattie observou para Martyn que o mundo se arranja com base na diferença entre os que têm e os que não têm. Quanto a isso não há muito que se possa fazer. Mas nunca se sabe: as coisas podem mudar. Martyn não assinalou, muito recentemente, por ocasião da contratação de Agnieszka, que havia um problema na questão? *"Será ético?"* Os princípios de Wanda ressurgem nos lugares mais estranhos. Tampouco pode se tratar de uma questão de herança genética, pois Martyn não é parente consanguíneo. Talvez Wanda esteja só assombrando a família.

Serena sempre teve secretárias e empregadas, e por vezes um motorista, mas nunca se sentiu autorizada a tê-los. Wanda, na casa dos noventa, recebeu uma "cuidadora" designada pela prefeitura de Haringey — em geral uma desvairada jovem natural de Botsuana ou da Zâmbia — a quem pedia que ficasse sentada lendo um livro até o final do horário, enquanto ela continuava a cuidar da casa e a cozinhar. Ela gostava da torrada a seu jeito, e o mesmo valia para o banho.

Susan, Serena e eu, ao contrário de Wanda, costumávamos aceitar o que nos dessem. Todas nós vivíamos demasiadamente à beira da emergência para podermos nos dar ao luxo de fazer exigências. Essa torrada serve; o banho frio demais ou quente demais está ótimo. Mas talvez a rabugice e o emprego sejam mutuamente exclusivos: minha mãe só passou pela necessidade de trabalhar fora durante alguns anos. Para Susan, Serena e eu, foi uma necessidade vital — embora a vida de Susan não tenha durado o suficiente para poder ser citada como exemplo na questão.

Mas todas nós somos do tipo que arruma tudo antes da chegada da faxineira, hábito que irrita Sebastian. Se eu dobrar suas meias limpas e guardá-las nas gavetas dele ou enfiar um pé da meia dentro do outro para manter o par, ele provavelmente vai jogá-las todas no chão, para Dafne, nossa faxineira, apanhar e separar as peças. "Por que você deveria fazer isso?", ele pergunta. "Não é para isso que pagamos a ela?" Dafne, em consequência, adora Sebastian e mal me suporta.

Sebastian é um velho egresso do Eton College e não vê necessidade da aprovação dos serviçais. Era costume os membros da aristocracia inglesa se comportarem como se os empregados domésticos não existissem. Os empregadores defecavam e copulavam na presença deles, metiam o dedo no nariz e comiam as melecas, como se os serviçais simplesmente não estivessem no recinto. Naturalmente, de lá para cá, os aristocratas aprenderam a ter doses maiores de bom-senso, já que a demanda por empregados é imensamente maior que a oferta.

O lar de George e Serena

A razão de Roseanna ter aparecido sem avisar na soleira da porta de George e Serena foi que o capitão de marinha tinha aparecido no quarto dela e, com um grupo de amigos bêbados, tentou entrar na cama com ela. Com a ajuda da mulher dele, Roseanna tinha conseguido manter os homens do outro lado da porta trancada, mas, quando o dia raiou, esgueirou-se para fora da casa e se sentou num banco em Primrose Hill, com um abrigo por cima da camisola, até achar que George e Serena podiam já ter acordado, e então bateu à porta deles. O casal naturalmente mandou-a entrar.

George voltou à casa do capitão e retirou dali os poucos pertences de Roseanna. A mulher do capitão estava furiosa porque a moça tinha ido embora sem dar aviso prévio. O capitão estava bêbado demais para se importar. Roseanna ficou dormindo no sofá até que a inquilina de Caldicott

Square, que captava fundos para o ANC (Congresso Nacional Africano) e integrava o êxodo de judeus de esquerda da África do Sul nos anos 1960, compadeceu-se dela e lhe cedeu a cama, indo viver com um poeta jamaicano em um subsolo ainda mais úmido.

Essa foi a época de ouro de Caldicott Square. Era uma casa acolhedora, hospitaleira, mal asseada. George e Serena gostavam muito de dar festas. Eu era incluída na generosidade de seu lar, mas na verdade me sentia agudamente como uma parenta pobre. Eles eram casados, eu não era, ou só não era por casualidade. Naquele tempo, era digno de pena estar na casa dos trinta sem um parceiro.

Sexo casual — de que houve muitas instâncias — dificilmente se transformava em relação duradoura. Raramente os homens estavam presentes na manhã seguinte. E quando a casa era deles, contavam que você partisse antes do café da manhã. Constrangia tomá-lo na presença de estranhos. Aquelas moças de rosto pálido e olhos de gazela da década do 1960 eram tão infelizes quanto aparentavam, em seus pontudos sapatinhos de vítima.

Mas George e Serena de certa forma tinham se encontrado. Para mim era mais do que óbvio que de vez em quando George passava a noite com outra mulher — voltava para casa de madrugada dizendo que "tinha pegado no sono sentado no sofá" ou algo parecido, e ela sempre optou por lhe dar crédito. Desde sempre incapaz de suportar muita realidade, Serena tornava-se cada vez mais incapaz, quanto mais escrevia ficções.

Ela passava agonias enquanto esperava que o marido regressasse, mas facilmente se tranquilizava. E houve ocasiões em que ela própria acabou na cama errada, pois vivíamos a década de 1960, embora Serena jamais contabilizasse isso como infidelidade. Era apenas algo a fazer enquanto esperava o amor de George se restaurar.

O vinho Chianti de baixa qualidade em cestos de vime estava cedendo lugar ao Muscadet ácido: só após a chegada dos vinhos de fora da Europa, nos anos 1980, a beberagem comum começou a ficar saborosa. Mas Serena pegava seu catálogo da Berry Brothers e encomendava excelentes vinhos tintos dos anos 50 e 60, Lafites, Latours, Margaux, por um preço baixíssimo: garrafas que, se ela tivesse guardado, valeriam agora centenas e até milhares de libras; e lá desciam eles igualmente goela abaixo de apreciadores e não apreciadores.

Serena era, no conjunto, uma das não apreciadoras, embora ela fale de um tempo no final dos anos 1970 em que, contratada para escrever a história amorosa de JFK e Jackie, estava pesquisando os antigos tugúrios do casal em companhia de dois produtores de televisão, num dos quais deu um soco em nome do bom vinho. Veteranos da Guerra do Vietnã, os produtores brigavam muito e paravam o carro para ficar se esmurrando. Certa vez, o que dirigia o carro teve os óculos quebrados e o outro se recusou a pegar o volante; ela não sabia dirigir, e eles foram obrigados a retomar a viagem com um motorista tão cego que não conseguia ver o sinal vermelho. Os produtores acrescentaram às despesas um bebê e uma babá fictícios, e cobraram pernoites em hotéis da rede Hyatt Regencies, quando na verdade eles se hospedavam em motéis Holiday Inns. Quando em um restaurante em Hyannis Point eles pediram uma garrafa de Chateau d'Yquem da safra de 1962, que o garçom informou ser a última não só no restaurante, mas em todo o território dos Estados Unidos, eles simplesmente despejaram goela abaixo o líquido transcendente; ela se pôs de pé e deu um cruzado de direita em um deles. Depois disso, os dois entraram nos eixos. O programa jamais foi realizado.

O tamanho da casa de Caldicott Square estava aumentando. George decidiu construir uma extensão para seu próprio sobrado, restaurou o subsolo, que mandou calafetar, e incorporou o compartimento de guardar carvão — no qual, outrora, o carvoeiro vitoriano tinha despejado seus sacos de carvão brilhante e imundo — para melhor abrigar Roseanna, um piano para sua talentosa sobrinha Lallie e um banheiro adequado. Até então, em Caldicott Square, tomava-se o banho na cozinha, e a banheira tinha uma tampa de madeira que servia de aparador. Antes de usar a banheira era preciso remover utensílios e mantimentos e encontrar um outro lugar para eles. No começo, Serena dava banho nos bebês na pia da cozinha.

Com o aumento da renda de Serena, a banheira foi transferida para um novo banheiro, o espaço deixado foi preenchido com armários, instalou-se uma lava-louça, a roupa passou a ser lavada em uma máquina de lavar e não na lavanderia. A fachada da casa foi pintada, as janelas foram trocadas, os cupins exterminados e até o subsolo foi escavado e convertido em uma habitação perfeitamente aceitável e bem iluminada.

Mas a renda de Serena não vinha por acidente; não caía do céu, como se fosse maná. Ela era obrigada a trabalhar fora para ganhar seu dinheiro e, enquanto estava no trabalho, as crianças ficavam sob cuidados principalmente de garotas *au pair*. E foram estas que produziram Lallie, e Lallie e eu (principalmente eu) produzimos Hattie, e agora Hattie e Agnieszka irão produzir Kitty, e ninguém poderá dizer de quem será o papel preponderante na produção.

Hattie no trabalho

Babs está em apuros. Entregue ao pranto copioso. Não consegue trabalhar, não consegue pensar, não consegue nem atender o telefone. Suas pálpebras sedutoras estão inchadas e doloridas. Ela é uma das mulheres mais bonitas que Hattie já conheceu: as duas trabalharam juntas na editora Hatham Press quando ambas estavam começando na publicidade. Na época, Babs era uma garota bem desengonçada de rosto carnudo, mas agora se transformou em algo controlado, modelado, esculpido e delicioso. Hattie usa braços para equilibrar seus passos, para levantar bebês e abraçar Martyn: normalmente eles ficam cobertos para protegê-la do frio e das exigências da vida. Babs sempre anda sem mangas, na confiança de seu corpo perfeito, de seus braços sem celulite. Quando gesticula, não é só com as mãos, mas também com os braços, tão brancos e lisos e infinitamente sensuais. Desde seu casamento com Alastair, o parlamentar conservador, herdeiro de uma fortuna, as roupas que usa têm sido perfeitas, lindas, desenhadas por estilistas tão remotos e imponentes que você dificilmente os vê nos jornais; embora às vezes ela entre na Harvey Nichols e seja vista desaparecendo em uma cabine de prova.

Hattie está muito surpresa que Babs ainda pareça considerá-la sua melhor amiga. O que pode querer uma pessoa tão extraordinária com alguém tão comum quanto Hattie? Mas Babs quer: ela é muito gentil. Pode-se invejá-la à vontade, Babs ainda é gentil. E de fato, no próprio mês em que voltou a trabalhar, Hattie também começou a parecer um pouco mais distinta e arrumada. Fez um tratamento capilar, uma depilação de sobrancelhas e está deixando as unhas crescerem.

Mas hoje, Hattie, que trabalha com Direitos Internacionais, está um pouco estressada. É obrigada a ficar correndo até a sala ao lado, para cuidar de Babs e acalmá-la. Nesse ínterim, Hilary Renshaw, que compartilha o escritório de Hattie, está recebendo os telefonemas para ela, que não tem certeza de que seja tão boa ideia. A colega parece pensar que, mesmo sendo responsável pelos Direitos em Língua Inglesa, e Hattie respondendo pelos Direitos Internacionais, estes últimos são subsidiários dos primeiros, embora de fato as duas mulheres tenham o mesmo status. No momento, Hattie está recebendo um salário menor, mas isso se deve à licença-maternidade e à estrutura de remuneração, e não ao trabalho dela ser menos vital para os interesses da agência: de fato, ela espera superar Hilary no prazo de seis meses.

Hattie aguarda uma chamada de Varsóvia e não quer que Hilary levante o fone e faça alguma burrice como fechar um acordo que ela própria não deseje fechar, pelo menos por enquanto. Pois Hattie tem bastante certeza de que os editores de Varsóvia estão preparados para oferecer mais se levarem pressão, coisa que ela planeja exercer. A colega está presa em algum ponto do passado e acredita que os ex-estados soviéticos não têm dinheiro: Hattie sabe que para eles já não funciona ficarem bancando os pobrinhos. O mercado de publicações na Polônia está em franca expansão. Foi o que Agnieszka lhe contou.

Neil Renfrew fica sentado a uma enorme escrivaninha de carvalho no último andar, presidindo a tudo que acontece abaixo dele: agentes de filmes e televisão, agentes literários, ficção e não ficção, processando o que sai das cabeças dessas pessoas estranhas, olhadas com um misto de assombro, descrédito e felicidade, conhecidas como "os escritores".

Pelo país inteiro, os escritores ficam sentados sozinhos diante do computador, minerando o interior de suas cabeças em busca de tesouros, às vezes encontrando algum, mas na maior parte do tempo, nenhum. O agente precisa persuadir os editores, cineastas e jornais de que o ouro não é falso, e sim verdadeiro. Por vezes ele é, mas não há como saber por antecipação. Todos eles arriscando a sorte. Hattie em breve terá de falar com Neil Renshaw sobre a delimitação de responsabilidades, se alguma vez ela conseguir chegar até ele.

A agência Dinton & Seltz ocupa o prédio inteiro e em breve será obrigada a se mudar para instalações maiores, ou comprar o imóvel ao lado, ou de alguma forma dividir suas operações. Há gente demais trabalhando em um espaço pequeno demais. Ao contrário do escritório de Martyn, este é antigo, muito antigo. O edifício data do final do século XVIII, quando foi construído como a residência urbana de um abastado proprietário rural. As peças são altas e graciosas — até que se chegue aos andares de serviço, mesquinhos e confinados. Computadores, arquivos e telefones se espalham, bizarros, pelos recintos, e independentemente do tipo de mobiliário empregado, o local nunca tem boa aparência. A instalação parece estar à espera de alguma coisa que nunca irá acontecer. Um poço de elevador construído cinquenta anos antes faz escadas e corredores, outrora tão graciosos e arejados, parecerem apinhados e equivocados. A fiscalização de saúde e segurança virá em breve no encalço deles, preocupada com saídas de incêndio e rampas para cadeiras de rodas. O escritório de Neil, instalado a distância da fachada da rua, para não ser visto de baixo, tem apenas cinco anos de instalação, e granjeou um ou dois prêmios para o jovem arquiteto que o projetou. Pouco faltou para não ser aprovado pelo Planejamento.

Todas as 28 mulheres da equipe de Dinton & Seltz e uma parcela dos 17 homens são um pouco apaixonados por Neil, que é bonitão e normalmente está bronzeado de férias recentes. Ele é bem casado, sai para velejar no fim de semana e volta para tomar decisões diante das quais outros se encolhem, motivo pelo qual ele está no comando.

Harold, da revista *Devolution*, pertence à velha escola dos chefes idiossincráticos, que governam por uma espécie de individualidade visionária e pela tomada de decisões pouco razoáveis, porém frequentemente inspiradas; Neil, de uma geração mais jovem, conhece seus procedimentos gerenciais, não faz jogos de soma zero, e gosta de ver sua equipe em situação de ganho para todos.

Hattie responde a um lamentoso grito de ajuda que atravessa as paredes do escritório: Babs usou todos os lenços de papel que tinha e não pode sair do escritório para ir em busca de mais lenços porque está com o nariz escorrendo; portanto, Hattie vai buscá-los para a amiga. Babs faria o mesmo por ela. Mas mesmo assim Hattie não quer se afastar por demasiado tempo do seu escritório por causa do esperado telefonema de Varsóvia e do medo de que Hilary vá bagunçar as coisas meio de propósito, meio sem premeditação.

Hilary já está na agência há 27 anos e deve ser a mulher mais velha da empresa. Usa saias de tweed, com cardigã e colar de pérolas. Tal como as freiras devotam suas vidas a Cristo, assim também ela devotou a dela à agência. Hilary não tem filhos. Todos apostam que ainda é virgem, embora no dizer de alguns ela tenha tido um caso com o Sr. Seltz, falecido de longa data. O telefone toca, mas é Babs de novo. Sua menstruação se antecipou por causa de todo o estresse. E ela que tanto havia desejado estar grávida. Não se atreve a ficar de pé porque está usando uma saia branca que ficou manchada; Hattie poderia lhe conseguir depressa uns absorventes e uma outra saia, manequim 38?

O problema de Babs é estar tendo um caso com um jovem produtor de televisão, Tavish, que veio ao escritório seis meses atrás filmar a agência em funcionamento para um documentário da BBC. Hattie nunca o viu, mas Babs o descreveu, e a amiga gosta de imaginá-lo parecido com o vovô Curran que não chegou a conhecer, o cantor de rua dono da manta McLean, que fugiu com Frances, procriou Lallie e morreu.

Babs, apesar de sua beleza, ama Tavish mais do que ele a ela. No escritório, muitas mulheres têm casos, mas raramente se proclamam apaixonadas. Isso é visto como burrice; para a mulher, é perigoso se rebaixar a tanto. Se as mulheres choram, o motivo é alguma frustração no trabalho, ou um problema de infertilidade, ou alguma observação insensível feita pelo parceiro, mas no conjunto, na Dinton & Seltz, vigora uma cultura do tipo *"Mulheres morreram, e os vermes as devoraram, mas não foi por amor"*.

Babs evidentemente está agora acima disso tudo; ela vive em algum plano extasiado e antiquado. Está apaixonada, inteiramente seduzida, com aqueles braços branquíssimos ansiosos por abraçar um homem, e somente um homem, e este, o homem errado para a carreira, o futuro e o casamento dela.

Aconteceu que Babs enviou um e-mail comprometedor, destinado a ser capturado por Tavish num café virtual, e por engano a mensagem foi para o marido dela. Basta apertar a tecla errada e sua vida se desintegra. *Eu te amo, eu te amo, eu te amo. Vou te encontrar no café, no mesmo lugar, e ele está fora, visitando seu execrável eleitorado, logo eu posso passar a noite com você.*

Segundos depois de enviar a mensagem, Babs percebeu o que havia feito e tomou um táxi para casa, na esperança de apagar a mensagem antes do retorno de Alastair. E ela teria conseguido, mas a secretária do marido estava trabalhando no computador dele, viu a palavra "eleitorado" e reenviou imediatamente a mensagem. Ou assim declarou. Babs opina que a outra agiu de propósito.

— Ela jamais gostou de mim. Ficava dizendo ao Alastair o quanto eu estava gastando com roupas, para evitar que a despesa acabasse misturada às do partido, mas isso era só uma desculpa. O que ela não entendia, e esse tipo de gente nunca entende, é que, quanto mais eu gastava, mais feliz ele ficava. Isso lhe dava tesão. Alguma coisa tinha que dar.

— Ora, essas coisas nunca são acidentais — contesta Hattie.

— Você talvez tivesse inconscientemente desejado que ele soubesse. O sentimento de culpa deve ser terrível.

— Um pouco de culpa é muito bom para o tino comercial da pessoa — diz Babs, cuja intenção é um dia se apoderar da posição de Neil. — Ajuda bastante na negociação de contratos. Você fica mesquinha e cheia de caprichos e segredos, e tem algo que os outros não têm. Mas agora o Alastair está dizendo que quer se divorciar e eu não posso me conceder tal luxo.

— Mas isso não seria uma coisa boa? — pergunta Hattie.

— Aí você ficaria livre para ir embora com o Tavish.

Mas Tavish já foi embora, de volta à mulher e aos filhos na Escócia, e nem sequer esperou para descobrir se Babs estava grávida ou não. Nem sempre eles tinham usado preservativo, não houve tempo, tudo parecia tão importante e tão urgente, e Babs não gostava de ficar lidando com química, implantes ou dispositivos intrauterinos. Cometeu o erro de dizer a ele que o amava, e isso afastava os homens, todo mundo sabia, menos ela, pelo visto.

Ela, Babs, era apenas uma inocente. Sua esperança era ter um filho de Tavish e impingi-lo como do marido. Tinha 39 anos e o relógio biológico tiquetaqueava. Que sorte a de Hattie por ter um filho, e um emprego, e um marido que não a entediava! O problema de Alastair era ser um velho chato, da nobreza proprietária de terras, e que a fazia sentir-se burra porque detestava cavalos. E, embora não fosse bom de cama, ficava de olho nas moças, e tinha começado a passar a mão em Agnieszka, que teve de ser demitida. Não que ela, Babs, se importasse tanto assim.

— Com tanta torta de cenoura, a gente acaba enjoando.

— Espere aí um minuto — disse Hattie. — Você não me contou nada disso. Eu achava que Agnieszka tivesse vindo para minha casa diretamente depois de deixar os trigêmeos na França.

— Ela ficou lá em casa umas semanas, quando não tinha para onde ir — esclareceu Babs. — Estava procurando um trabalho permanente. Costurou e pendurou todas as minhas cortinas novas, de graça. Encomendadas numa loja teriam custado milhares de libras.

— Então por que ela deixou Alice? Achei que fosse por causa das aulas de inglês.

Babs conta a Hattie que o parceiro de Alice, Jude, o pai dos trigêmeos, tinha dado um beliscão no traseiro de Agnieszka, e Alice viu e disse a ele que podia escolher: ou a babá sairia ou sairia ele; enquanto Jude se resolvia, Agnieszka disse que preferia ir embora pelo bem da família.

— Ela veio para mim aos prantos naquela mesma noite — contou Babs.

— Coitada da Agnieszka — disse Hattie. — Alice devia ter jogado o Jude na rua.

— Não tenho tanta certeza — diz Babs. — Às vezes a gente esbarra com mulheres como a Agnieszka, que desejam destruir todos os casamentos que encontram. Depois que se livram da mulher, perdem o interesse. Meu terapeuta diz que é uma coisa edipiana. São apaixonadas pelo pai e odeiam a mãe.

Hattie decide que Babs está falando sobre si mesma, e não sobre Agnieszka. Está projetando sua própria culpa em relação à mulher de Tavish e não precisa ser levada a sério. Hattie pode confiar que Martyn não irá apalpar, beliscar nem molestar de algum modo uma mulher só porque ela está na casa dele.

— Você tem muita sorte em ter o Martyn — diz Babs, e Hattie sente pena dela.
— Ora, você tem o Alastair — assinala Hattie. — E se aceita meu conselho, vai fazer o possível para mantê-lo, o que não inclui tentar fazer passar o filho de outro homem por filho dele. Alegre-se que isso acabou.
Ela fala com uma ponta de impertinência. Deseja voltar logo a sua sala.
— Minha vida acaba de se desmoronar — lamenta-se Babs.
— Eu gostaria de ter um pouco mais de apoio. Você ficou muito estranha depois que a Kitty nasceu. Eu não quero condenação, quero piedade. Provavelmente eu já não tenho mais um marido: você tem tudo e eu não tenho nada. Quem iria imaginar que a coisa terminaria assim?
E Babs se lamuria um pouco mais, como se exausta pelo esforço de pensar em alguém que não nela própria.
— Por favor, Hattie, faça alguma coisa a respeito da saia, não me deixe ficar sentada aqui.

Hattie se lembra de que, pendurada num dos armários dos faxineiros, há uma saia de xadrez pregueada, resto de uma festa de Natal de temática celta. Hattie não conseguiu comparecer à festa porque, grávida de Kitty, estava com a barriga grande demais para se mexer. Ela vai buscar a peça de roupa para Babs, que se espreme para tirar a que estava usando e fica nadando dentro da saia de pregas. Babs diz a Hattie que jogue fora a saia branca porque vai ficar irremediavelmente manchada, mas Hattie acha que provavelmente Agnieszka conseguirá salvá-la. Ouve o telefone tocar em seu escritório e ser atendido por Hilary.

— Preciso do dinheiro do Alastair — insiste Babs. — Eu gosto de estar casada com ele. Nós jantamos na Câmara dos Lordes outro dia, e eu era, disparado, a mulher mais bonita entre os presentes. Eu quero um bebê. Mas não quero que ele tenha a pança do Alastair, nem seus olhinhos de porco. Quero um bebê com os olhos de Tavish, que olhe para mim com adoração. Eu gosto do jeitinho como a Kitty olha para você, Hattie. Ela adora você. É isso que eu quero.

Ela torna a cair no choro. Parece linda na saia preguada, se a gente ignorar o estado de seu rosto. Na maioria das mulheres, a saia iria parecer horrorosa, mas Babs tem as pernas longas e os quadris estreitos necessários para usá-la bem. Hattie se pergunta o que lhe recorda o xadrez da estampa, e constata que faz lembrar o cobertor colocado por Frances na velha e malcheirosa cesta de Hugo.

— Eu sempre fico assim quando estou menstruada — confessa Babs, animando-se bastante. — Espero que o Alastair se acalme. Normalmente ele acaba se acalmando. Mas, se o

Tavish voltou para a mulher dele, com quem eu posso ter um bebê? Imagino que o Neil tenha genes muito bons. Você acha que ele vai ficar interessado?

Hattie volta para seu escritório e Hilary avisa:

— Acabei de receber um telefonema de Jago, da Javynski, em Varsóvia, que você não estava aqui para atender. Ocupada demais fazendo fofoca com Babs. Eles querem mudar o nome de *PutaMerdaCacete!* para *Um outro jeito de chorar*. Dizem que a tradução ficaria melhor. Então eu disse que tudo bem.

— Mas e a questão toda de que o livro trata da Síndrome de Tourette? Do jeito como estava, já foi preciso discutir com o autor. O que ele queria na capa era apenas uma linha de asteriscos e estrelas e pontos de exclamação, além do nome dele, mas eu aleguei que era preciso conseguir ler o título para poder falar sobre ele no rádio, e ele acabou me dando razão. O homem não é fácil: nunca irá aceitar *Um outro jeito de chorar*. E francamente, Hilary, cabe a mim tomar essa decisão, e não a você — protesta Hattie.

— Realmente vai ser preciso esclarecer essa questão — retruca Hilary. — Com a maior boa vontade do mundo, parece que a coisa entre nós não está funcionando muito bem. Talvez a gente deva conversar com o Neil e ver o que ele sugere.

— Por mim, tudo bem — responde Hattie, sem a gravidade que teria agradado à colega. — Acho que seria uma boa ideia. Desanuviar o ambiente.

— Então você vai sair agora — observa Hilary, enquanto Hattie procura os tênis, para andar mais depressa de volta para casa. Ela consegue fazer a caminhada em vinte minutos. Mas os tênis estão embaixo da mesa, para onde ela os empurrou, e é obrigada a ficar de quatro para apanhá-los. "Vou ficar por aqui até umas oito da noite — afirma Hilary.

— Há muita coisa para fazer. Será que você poderia ficar um pouco para repassarmos os e-mails? Ou o bebê está esperando para ser banhado?

Ao que Hattie responde, cortante:

— Minha correspondência está atualizada. E os poloneses estão uma hora adiante de nós. Já devem ter encerrado o expediente. Amanhã de manhã eu vou telefonar para Jago e nós vamos continuar a conversar sobre o título e o dinheiro.

— Eu fechei o negócio — esclarece Hilary. — Pensei que você tivesse entendido. Concordei em mudarmos o título, e o dinheiro que eles ofereceram era suficiente, considerando os riscos que estão assumindo e a própria situação financeira deles, que é bastante precária. Eu não posso desfazer agora o combinado. E *PutaMerdaCacete!* não é o tipo de livro que esta agência, com sua boa reputação literária a manter, deveria estar assumindo. De toda forma, *Um outro jeito de chorar* é um título muito mais informativo.

— Isso a gente vai pedir ao Neil para decidir — responde Hattie, com toda a calma possível.

Os cabelos de Hilary estão caindo. Hattie quase tem pena dela. Põe uma gota de perfume atrás das orelhas para mostrar que é jovem e desencanada. Normalmente não usa perfume, mas este foi Agnieszka que lhe deu. Chama-se Joy e é descrito como o mais caro do mundo, portanto Hattie imagina que deve ser bom. Pelo jeito, foi um presente de despedida dado por Alice, quando a família foi embora para a França. Mas Agnieszka não é o tipo de pessoa que usa perfume, então será que Hattie gostaria de usá-lo? Não se pode guardar um perfume por muito tempo, que ele se estraga e o gargalo do frasco, por muito bonito que seja, fica pegajoso e começa a juntar poeira.

Portanto, agora Hattie o mantém no escritório e usa um pouco quando se lembra. Nessas ocasiões, Hilary fareja o ar e solta uma ou outra variação de "meu Deus, você está usando perfume? Eu achava que hoje em dia a coisa era ser *au naturel*: feromônios e coisa e tal". Então, de forma lamentável, Hattie usa ainda mais.

Agora ela passa pelo escritório de Babs e pergunta se ela gostaria de dividir um táxi para casa, mas a outra diz que não tem casa. Hattie não entra no mérito da questão. Ela realmente quer estar de volta a tempo do banho de Kitty. Agora que está longe da filhinha sente ainda mais sua ausência física. É como se estivesse faltando uma parte de si mesma, à qual ela precisa se reunir imediatamente.

Hattie vai andando para casa em pés bem acolchoados, mas quando entra e se depara com Kitty sentada na cadeira alta, bem apoiada por almofadas limpas, a criança esconde o rosto e começa a chorar.

A boa babá e a promessa da vida após a morte

Roseanna tinha sido treinada para balconista de varejo, e parecia fazer parte de sua própria natureza dobrar tecidos e arrumar roupas e objetos em boa ordem nas prateleiras. As roupas eram coordenadas pela cor e os pratos empilhados pela ordem exata do tamanho. Qual Agnieszka, ela levava ordem para onde quer que fosse. Sob seu cuidado, as crianças ficavam arrumadas e limpas — os cabelos cortados e as unhas aparadas. À medida que George ia enchendo o quarto dela no subsolo com baús cheios de maçanetas quebradas, prataria manchada, telas rasgadas, Roseanna laboriosamente as polia, consertava e cuidava, da forma mais comedida possível, porque George gostava que os objetos ficassem como eram (não tanto objetos, porém "acontecimentos") em preparação para sua partida ao empório de George.

A única vez em que a coragem de Roseanna falhou ou seu mau humor explodiu foi na ocasião em que todos saíram em viagem para acampar na Bretanha. Foi em uma época que enxergava virtude em se viver próximo à natureza, arrastando-se de cara enfiada na grama molhada para entrar em barracas individuais de lona verde, esquentando feijão em conserva e salsichas numa lata em cima de um fogareiro a pressão. Acampar na França era diferente: as barracas dos franceses eram grandes e fortes, de cor laranja vivo, e se erguiam altas, apoiadas por estruturas metálicas de grande complexidade. Dentro delas se podiam dar festas: o cheiro de alho socado flutuava sobre os locais de acampamento na França. Acho que foi a humilhação, além do desconforto, que levou Roseanna a cair no choro e ficar batendo os pés, deixando todos nós espantados. Arrumamos as bagagens no ato e rumamos para casa mais cedo, de volta à água quente e às camas secas.

Aqueles tempos em que as crianças eram pequenas pareciam bastante conturbados enquanto os estávamos vivendo; vistos em retrospecto, eles foram deliciosos. Nós éramos jovens, esbanjávamos energia. A mudança sempre estava a um passo de distância: nós nos achávamos mais argutos que os mais velhos e nossos filhos ainda não tinham começado a nos contestar. Se corriam perigo, nós os púnhamos embaixo do braço e os levávamos dali. Mais tarde eles tomavam suas próprias decisões em relação a onde morava o perigo, e as garotas diziam "Ah, mãe, não seja boba, pode confiar em mim", enquanto os garotos diziam "Ha, ha, estou aqui na rua procurando uma parada" e você não sabia se eles estavam fazendo piada ou não.

Serena dava um jeito de equilibrar o emprego, a maternidade e o papel de esposa. Eu me dividia entre maternidade e emprego, e achava aquilo bem difícil. Sentia falta da permanente companhia de um homem em minha cama, o calor familiar nas noites de inverno — tenho certeza de que os casamentos duravam mais na época anterior ao aquecimento central —, porém conseguia ver as vantagens de uma vida de solteira.

A felicidade pode ter acontecido com George naqueles primeiros tempos, embora depois tudo se arruinasse, por causa do sucesso mundial de Serena, mas ele não era um homem "fácil", nem mesmo pelos critérios da época. George exercia controle sobre ela por meio da retirada da aprovação: ele passava dias amuado — raramente por alguma coisa que ela tivesse feito, mas sim pelo que ela era, frívola, pouco asseada, ignorante da arte, compradora compulsiva de sapatos, ligada demais na família. Elementos em relação aos quais ela não podia fazer nada — inclinada demais ao perdão, pouco interessada em política, demasiado parecida com a mãe dele. Qualquer coisa, por vezes eu pensava, servia de vara para fustigá-la — enquanto sofriam ela e ele, a casa inteira se entristecia, os amigos nos evitavam, as crianças definhavam, e choravam, e ficavam resfriadas. Era como se uma nuvem passasse diante do sol. De repente tudo clareava: George voltava a ser o de sempre.

Roseanna regressou à Áustria no momento em que conseguiu seu certificado de proficiência em inglês, que lhe exigiu mais de um ano, deixando em seu lugar uma amiga, Viera —

aquela que se casaria com um jovem sique e viveria feliz para sempre. Durante anos Roseanna escreveu a Serena e George, e a mim: gradualmente fomos passando à simples troca de cartões no Natal e depois finalmente ao silêncio, bem à maneira dessas coisas. Acho que se casou e teve filhos. Agora deve estar na casa dos cinquenta, mas ainda posso ver seu rosto sereno, suave, bonito, e a habilidade de suas mãos enquanto harmoniosa, porém obsessivamente, lavava, passava, dobrava cada retalho de tecido disponível. Imagino ser possível que ela tenha morrido — quarenta anos é muito tempo, mesmo nessa era saudável —, mas não quero pensar nisso.

Serena relata uma clássica experiência de quase morte sob anestesia. Ela se deslocava ao longo de um corredor quente e escuro, em direção a uma grande luminosidade, e, ao longo de todo o trajeto, as portas se abriam e apareciam amigos e parentes — não exatamente gente de carne e osso, mas seus espíritos — encorajando-a a prosseguir. Alguns ainda estavam no mundo; outros, não mais. Havia um sentimento de muito amor e de calor, compreensão e receptividade.

— Roseanna estava lá, e a austríaca Viera vestida de sári, e todas as pessoas que foram serviçais da casa algum dia. Não é estranho? Até mesmo a Sra. Kavanagh, a faxineira das verrugas cabeludas e do cabelo desgrenhado, e as histórias que contava de ter amarrado a filha pequena na perna da mesa, obrigando a menina a comer comida do chão, quando uma vez usou a mão em vez de garfo e faca (*Se você comer como animal, vai ser tratada como animal*). A criança tinha só três anos.

— Imagino que a Sra. Kavanagh achou que estava fazendo isso pelo bem da filha, embora eu nunca tenha gostado de deixar o Jaime e a Lallie aos cuidados dela. Você sempre foi mais otimista que eu: achava que Oliver e Christopher iam ficar bem. Mas estou feliz de saber que até os piores de nós podem ser perdoados.

— Todo mundo estava lá — insistiu Serena. — Nós todos fazíamos parte da mesma coisa. Parte da unidade, eu suponho, mesmo hesitando em usar um termo tão Nova Era. A total e suportável leveza do ser. Então eu tive de voltar, não era minha hora, e fiquei muito decepcionada. Mas de lá para cá não sinto mais medo da morte.

Mas meu pai morreu, e Wanda morreu, e Susan e George morreram, e isto eu sei: a expectativa é que, na altura em que você chega aos 70 anos, seu círculo vá estar um pouco diminuído; mas todas aquelas moças que vieram até nós e eram parte de nossas vidas, e nós das vidas delas, o que lhes aconteceu? Será que falam de nós, da mesma forma como ocasionalmente falamos delas quando aparece alguém como Agnieszka e agita o lago das recordações? Será que todos nós estaremos juntos em alguma agradável vida póstuma do tipo que Serena descreveu? Acho que só pode ser alguma excitação do cérebro, como resultado da anestesia: de fato, espero que sim. Não quero encontrar na vida póstuma meu segundo marido, que tinha os dedos dos pés em martelo e cujo nome já recordo.

Preservando a paz do lar

A maioria dos homens se comporta muito bem quando em posição de autoridade e responsabilidade. Um bom e moderno pai de família, marido ou companheiro de longa data não deixa suas fantasias sexuais se transformarem em realidade. Talvez fique sonhando com a peituda babá da Macedônia que se inclina sobre a cadeira dele durante o café da manhã ou com as lindas mãos da irlandesa que lhe entrega as chaves do carro quando ele as perdeu, mas acordará sobressaltado antes da consumação do ato. Tanto para o patrão quanto para a patroa o interesse pessoal está em jogo. Ele não quer confusão: não tem intenção de sujar seu próprio ninho. Ela quer alguém com quem dividir as tarefas árduas de dona de casa e mãe de família, para poder se concentrar em coisas mais elevadas, mais leves e luminosas.

Martyn quer pensar sobre o papel dos jogos de azar e da comida que as pessoas desejam comer, mas que as matará se comerem, na nova sociedade que ele almeja ver surgir. Hattie quer conseguir para seus escritores uma generosa fatia do contrato em todos os territórios fora da anglofonia e quer pôr Hilary sob controle. Essas são coisas que Agnieszka não pode ou não quer fazer. O que se passa na mente da babá neste momento não está claro para os patrões. Eles preferem ignorar sinais ínfimos, de somenos, como a questão do marido roteirista na Cracóvia, que não soa exatamente verdadeiro, e as razões pelas quais ela deixou o emprego anterior, que começam a parecer ligeiramente diferentes do que eles tinham acreditado. Os futuros planos da moça são um pouco obscuros — é ser dançarina do ventre em Londres ou parteira na terra natal? —, mas na verdade a esperança deles é que ela nunca mais vá embora.

E indubitavelmente, em qualquer instância, a dona da casa, exceto a excepcionalmente feia ou banal, será preferida à empregada. A patroa, por ser de uma categoria social e financeira mais alta, provavelmente será mais inteligente, terá mais energia e melhor aparência que a serviçal. Esta provavelmente será mais jovem — mas só nos homens muito frívolos será este um fator específico de indução à infidelidade.

Mas certamente qualquer mulher que convide a morar em sua casa uma mulher mais jovem deve se acautelar de duas coisas: uma moça do tipo que inspira amor romântico, uma leitora de poemas, digamos, frágil e bonita, ou uma que se alimente do instinto protetor do macho, comparecendo ao trabalho com um olho roxo e histórias de crueldade do namorado. O patrão talvez sinta necessidade de sair em socorro dela, e o caso pode se tornar difícil. Para sorte das patroas, as empregadas de baixa extração social dificilmente inspiram amor romântico: isso acontece nos contos de fadas, em que o príncipe se casa com a leiteira, ou em novelas como *Orgulho e preconceito*, na qual a Srta. Pobre-Porém-Astuta Bennett arrebata o Sr. Darcy à Srta. Bingley, mais bem-nascida e bem-afortunada.

O verdadeiro amor precisa de incentivos. George só se casou com Serena quando ela começou a ganhar um bom dinheiro, embora eu nunca diga isso a ela. Estamos falando de episódios ocorridos há quarenta anos, e ela ainda acredita que foi amor à primeira vista. E quanto a sair em socorro de uma donzela em apuros, já não é mais tão comum quanto era antes. A previdência social e os grupos de apoio vêm tomando o lugar do cavaleiro da armadura cintilante. Por que deveria este se dar ao incômodo?

Mesmo assim, Hattie é esperta por ter feito pessoalmente a escolha. Quando o homem contrata a empregada, outro elemento é envolvido. Ela é a escrava que ele traz de volta da batalha — é o despojo de guerra, e seu corpo é dele por direito. Do jeito como foi, Agnieszka se torna a empregada de Hattie, e sua lealdade vai para quem ela encontrou primeiro; neste caso, a mulher patroa, e não o homem conquistador. Hattie detesta o biologismo — de fato, tanto ela quanto Martyn ficam às gargalhadas diante dos absurdos publicados em nome da ciência na *Evolution*, a revista-irmã da *Devolution* — e eu não lhe exponho essas teorias: ela reagiria com desdém.

Mas até o momento, tudo vai bem para Hattie e Martyn e para a pequena Kitty, que adora a rotina e a presença calma de Agnieszka, e se inclina a amar com mais ardor quem ponha comida em sua boca e lhe proporcione conforto e brinque com ela de esconde-esconde. Na presença dos pais, a hora do banho é legal: tem mais diversão, mas eles deixam cair sabão nos olhos dela, e a deixam escorregar para debaixo da água, o que a deixa em pânico. Ela prefere Agnieszka.

O sonho continua

Encontro minha neta Hattie para almoçar no Pret à Manger, em Gray's Inn Road, pertinho de seu escritório, e ela está maravilhosa, tudo brilha, os olhos, os cabelos, as unhas. Encantada de ter uma neta tão maravilhosa, fico pensando que afinal de contas não me saí tão mal. Ela fala sem parar sobre o trabalho de Martyn, sobre a crise de Babs, sobre a colega de trabalho Hilary — elas ainda estão esperando para conversar com Neil — e o problema do livro *Puta-MerdaCacete!* e seu mal-humorado autor, então respira fundo e, colocando a mão em meu braço — ela foi à manicure —, para no meio da frase e diz:

— Vovó, me desculpe, é tudo eu eu eu, não é? De repente eu estou tão cheia de tudo, depois de ter sido nada nada nada desde que Kitty nasceu. Como está você, e como está Serena, e Sebastian, e a prisão e todo mundo?

Conto a ela, que mostra real interesse, e volto a pensar na sorte que tenho. Coitada da Serena que só tem filho homem: nunca vai passar pela experiência da convergência de gerações de mulheres através do DNA mitocondrial. E a linhagem vai prosseguir, passando de Frieda para Wanda, para mim e Lallie e Hattie e Kitty, e desta para sua filha, se a tiver; e através de Susan para Sarah, e de Sarah para as duas filhas de Sarah — mas no ramo de Serena ele se interrompeu. Ela só teve filho homem. Por vezes, sentir pena de Serena faz bem. Mas alguma coisa está incomodando Hattie, alguma coisa está errada, eu sei.

Ela me conta.

É o jeito como Kitty caiu no choro quando Hattie entrou no quarto depois de um dia pesado no escritório, sua ansiedade para chegar em casa. Como Agnieszka tinha sido compreensiva e dito a ela que não se incomodasse; os bebês passam mesmo por uma fase assim quando se encontram com estranhos. Em uma semana vai ter passado.

— Você dificilmente é uma estranha — reajo. — Você é a mãe. Como ela se atreve a dizer uma coisa dessas? Mesmo que pense isso, não deve dizer. É claro que você se magoou.

— Ela não é inglesa — justifica Hattie. — É só uma questão de comunicação. Ela pegou a palavra errada para estranho. Não sei por que você é tão desfavorável a ela. Você nem sequer a conhece. É só que Agnieszka fica o dia inteiro com Kitty e eu não.

— É isso que acontece quando outra pessoa cuida do filho da gente — advirto.

Quem sou eu para falar. Roseanna, Viera, Raya, Annabel, Svea, Maria, moças não arroladas e ilimitadas, todas elas cuidando de Lallie em sua própria ocasião. Lallie crescida e dando à luz Hattie, aos 16 anos.

Quem cuidava de Hattie quando Lallie tocava flauta? Não sei. Na época, ela não estava falando comigo. Eu lhe dera mais um padrasto, o anterior a Sebastian, e do qual ela se ressentia imensamente. Tampouco tenho dele boa lembrança. Era escritor, vivíamos no campo e Lallie desaprovava. Lembro-me das sandálias dele com mais clareza do que de qualquer outra coisa a seu respeito. Ele não acreditava em usar meias. Tinha os dedos do pé em martelo, com as unhas sujas, mas uma boa reputação literária.

Só durou três anos, quando fiquei livre e me apanhei cuidando de Hattie novamente. Uma mulher que tem filho pequeno faz o que pode. Tenho sabido de casos de mulheres que se casam apenas para se livrarem da mãe, dos filhos, do terapeuta, do emprego — só para terem a desculpa: "Não posso ficar cuidando de você em sua velhice, sua doença, sua obsessão artística, seu desejo de conhecer meus pensamentos íntimos, para acordar às seis da manhã todo dia e aumentar os lucros de um empregador etc. — eu sou casada. Minha obrigação agora é outra."

— O que eu não entendo — raciocina Hattie — é que ela ainda estende os bracinhos para Martyn e fica rindo quando ele entra. Ele não é recebido com lágrimas. Por que deveria ser eu a estranha, e não ele?

Inclina-se para colocar em outro prato metade da salada de abacate com agrião, imagino que para se livrar da obrigação de olhar para a comida. Ela tem mesmo tendência à anorexia. Estou contente de ouvir contar das tortas de cenoura de Agnieszka e sua cobertura de massa. Homens de vários recantos do salão estão olhando fixo para Hattie. Sinto uma vaga nostalgia dos tempos em que eles olhavam para mim. Enquanto ela se mexe, percebo que está usando perfume. Não é hábito em nossa família. O perfume insinua que alguém está tentando esconder o fato de não ter se lavado ultimamente. Wanda nos dizia isso e ninguém esqueceu.

— Você está usando perfume?
— Chama-se Joy — declara Hattie. — É muito caro. Estou usando só um pouquinho.
— Não admira Kitty ficar chorando quando você chega perto dela — digo. — O perfume mascara totalmente o cheiro materno adequado, o cheiro de leite. Não é de você que ela não gosta, é do maldito perfume.

Emprego uma palavra mais forte que maldito. Surpresa, uma outra comensal levanta os olhos de seu prato de sopa de pimentão vermelho doce. Hoje estou um pouco diáfana:

ou seja, estou usando uma echarpe de chifon cinza-rosado flutuando ao redor do pescoço. Tenho boa forma física para uma mulher de minha idade, desde que eu me olhe de frente, e não de lado. Meus cabelos embranqueceram da noite para o dia, pouco depois da partida do homem dos dedos em martelo. Desde então, cuidar dos cabelos tem sido uma alegria. É um passeio.

Eu me pareço bastante com minha mãe nessa mesma idade. Olhos separados e maçãs salientes. Oxalá eu tenha um gênio mais afável que o dela. Certamente meu vocabulário é mais enérgico. Pé de Martelo gostava de dizer palavrão: hábito que na década de 1960 a classe alta tomou da classe operária, e que por sua vez me contaminou. Hattie fica em silêncio por minutos. Não me revela que Agnieszka afirma ter recebido de Alice o perfume. Não me conta que Babs deu a entender que Agnieszka deixou o último emprego precipitadamente, e não em termos de ganhar presentes. Hattie não sabe que em breve Agnieszka vai começar a aparecer nos sonhos de Martyn.

Hattie e eu nos beijamos formalmente ao nos separarmos. Um, dois, três beijinhos no total, alternando as bochechas, à moda francesa. Não sei como esses hábitos surgiram. Antigamente as pessoas trocavam apertos de mão, de modo leve e informal; agora os lábios tocam as bochechas. Como se nós todos estivéssemos tentando entrar juntos numa cama enorme, tentando demonstrar que ninguém tem medo de pegar nada. Coisa que nós temos.

Martyn fica sozinho com Agnieszka

No dia seguinte, no escritório, Hattie dá a Babs o frasco de perfume. Não revela à amiga como o perfume chegou a sua posse. Não deseja ouvir seus comentários, só não quer desperdiçar uma coisa tão cara. Ela diz a Babs, com bastante verdade, que o aroma não agrada a Kitty.

— Eu me pergunto se realmente quero ter um filho — diz Babs. — Não quero deixar de ter, mas quando penso na realidade, meu coração fica apertado.
O marido recebeu-a de volta, na condição de começarem uma família. Mostrou-lhe fotos de si mesmo na infância e na juventude, antes de seu pescoço engrossar, quando Alastair realmente não era assim tão feio.

Depois disso, Kitty não chora mais quando Hattie chega perto dela, e sim fica rindo e fazendo gracinhas, e aprendeu a dizer "mamãe".

— Eu lhe disse que isso ia melhorar — lembra Agnieszka. — Eu lhe disse que era apenas um estágio que todos eles atravessam. Alguma coisa sobre finalmente cortar o cordão umbilical metafórico.

Seu inglês está ficando muito bom. Ela assiste a doze aulas de inglês por semana e uma aula de dança do ventre. Duas noites por semana Hattie e Martyn gostam de visitar amigos ou ir jantar fora em um restaurante; dois dias por semana eles ficam em casa e se recuperam, e por vezes Agnieszka se reúne a eles na sala de estar, mas em outras ela fica estudando.

Uma noite Hattie sai para participar da aula de dança do ventre em Camden Town. A aula vai das oito às nove horas. O ambiente é soturno; a polícia expulsou os traficantes e os viciados para Kentish Town, mas permanece a sensação de perigo grafitado e a imundície caótica. Hattie é obrigada a passar por grupos de garotos encapuzados, que felizmente parecem mais envolvidos nos próprios assuntos que nos dela. Ela espera que este ainda seja o caso quando emergir da escola. Antes da aula propriamente dita, vendem-lhe algumas lindas echarpes, cintos e saias de que não precisa, e depois lhe ensinam a destacar a barriga do resto do corpo e a girar os quadris para ajudar o movimento do estômago. É muito agradável e lhe traz a sensação de ser muito livre e sensual. A professora, que é fornida e dona de muita barriga, que ela move de forma dramática, provavelmente considera Hattie anoréxica.

No fundo, Agnieszka deveria ter vindo com Hattie para apresentá-la à professora, e Martyn ia ficar cuidando do bebê, mas a babá precisava fazer uma revisão para seu último exame de proficiência em inglês, e Martyn tem mais pesquisa a fazer sobre o teor de gordura do hambúrguer de carne bovina, para melhor defender o argumento de que ele faz bem à saúde.

Martyn e Agnieszka estão sozinhos na casa. Hattie não se permite sequer pensar no assunto. Mesmo que fosse verdade um fragmento do que disse Babs, Martyn não é nenhum Alastair. Este é um dinossauro não reconstruído, da velha escola: Martyn pertence ao novo mundo, e embora a avó dele pudesse ter presumido que deixar um homem e uma mulher sozinhos numa casa só pode dar numa coisa — sexo —, raramente é esse o caso hoje em dia.

Entretanto, por volta das oito e meia da noite, Agnieszka entra na sala de estar, e ela e Martyn fazem um intervalo em seus estudos para uma xícara de café, e o assunto gira em torno de dança do ventre. Martyn observa que Hattie pelo visto quase não tem barriga suficiente para treinar, mas Agnieszka replica que ah, isso não faz diferença; e abaixando o cós dos jeans, levanta um pouco seu delgado suéter para revelar uma cintura branca, oca e firme, que ela começa a movimentar de um lado para outro. Dá para observar a musculatura se movendo sob a pele branca e muito delicada. Tudo perfeitamente decente: Agnieszka mostra um pouco mais de barriga que muitas adolescentes do escritório, com um espaço entre os quadris e a camiseta, mas ele se vê forçado a entrar na cozinha e buscar mais café para esconder o começo de uma ereção.

A pura força de vontade faz seu corpo recuperar os sentidos, e ele volta à sala para encontrar os jeans e o suéter dela novamente juntos, e diz que talvez saia para buscar Hattie no curso, já que pelo jeito o setor é de submundo. Agnieszka diz que sim, um pouco, mas que isso nunca a preocupou: ela estudou aikidô na Polônia, habilidade que impede a pessoa de ficar nervosa em qualquer cidade do mundo. Quem sabe Hattie deveria ter aulas também?

Martyn vai até Camden e encontra Hattie quando ela, corada e satisfeita, está saindo da escola. Ele não pode contar sobre o incidente com Agnieszka; como poderia? Está convencido de que, seja como for, Agnieszka agiu sem intenção de seduzir. Ela é estranhamente inocente, com seu rosto severo e o lábio superior mais curto, os cabelos lisos sem vaidade. O errado é ele.

Mais tarde, muito tempo depois — quando ele bebeu bastante com o chefe, celebrando sua nova promoção para a revista *Devolution*, na qual foi muito bem recebido o artigo *Hambúrgueres e outras delícias da carne*, com sua singular mistura de pesquisa séria e apresentação divertida —, motivado pela habitual conversa libidinosa de Harold, Martyn descreve alguns sonhos exóticos que o incidente da dançarina do ventre havia provocado. Sonhos em que a babá vai se aproximando cada vez mais com a barriga à mostra, e ele está na cama com Hattie, e a garota também se enfia ali, e ele fica imensamente aliviado quando acorda com um susto, pouco antes da consumação, para descobrir que não aconteceu na vida real (Harold conta a Hattie, que conta a mim. Harold — e sua equipe talvez tenha razão sobre o autismo marginal — não entende bem o efeito que a informação terá sobre Hattie).

Quando Agnieszka está fora do raio de audição, Martyn compensa encontrando defeitos no trabalho dela: dizendo a Hattie que está cansado de comer cenoura, reclamando que a garota é descuidada e colocou juntas na máquina de lavar roupas brancas e pretas (na verdade, foi Hattie quem colocou, mas ela não confessa) ou deu sumiço no *New Statesman* para ele não achá-lo. A manobra visa principalmente a garantir a ele e a Hattie que a relação do casal com a empregada está em perfeita ordem.

Um outro país

Martyn tem seus sonhos, e eu tenho lembranças. O passado é um outro país, mas nele não há crianças. Nós o vemos pelos olhos de adulto.

Mas nós, as três garotas, no tempo da adolescência! O mundo ainda não tinha sido inventado. Nós ainda não éramos um mercado. Não tínhamos nada para gastar. Tínhamos dois conjuntos de roupas: um para a escola e um para fora da escola. Dois pares de sapatos: um para tempo seco e outro para tempo molhado. As roupas se destinavam a cobrir e disfarçar corpos em crescimento, e não a exibi-los. Sem dúvida havia pedófilos por aí, mas ninguém tinha ouvido falar deles. Certamente as meninas não se vestiam para tentar, negar e desafiar os homens, como elas fazem agora. Sorte para nós era ter um objeto bonito. Nossos cabelos eram presos na lateral com uma presilha metálica, para afastá-los de cima dos olhos. Era o estilo mais desfavorável que se podia conceber.

Eu era rebelde. Recusava-me a deixar que minha mãe cortasse meus cabelos, eu queria deixá-los crescer como os de Veronica Lake no filme *Casei-me com uma feiticeira*. Recusava-me a acreditar que só porque os cabelos de Veronica Lake eram macios e sedosos, os meus não poderiam nunca ser como os dela. Quando eu tinha dez anos, houve uma cena terrível. Wanda agarrou minha cabeça e começou a me tosar os cabelos. Apanhei a tesoura e espetei-a em seu traseiro, para fazê-la parar. Susan e Serena ficaram traumatizadas. Senti tanta vergonha de mim mesma que a partir daí deixei Wanda cortar meus cabelos quando tivesse vontade e do jeito que quisesse.

Wanda, culta e bem informada, capaz de citar em um piscar de olhos grandes trechos de poemas herméticos, impressionava-nos imensamente com sua capacidade de entender conceitos abstratos e soltá-los no ar. O problema é que ela nunca tinha ido à escola e aceitava a autoridade com um zelo excessivo. Vivíamos com sua ansiedade. Se pisássemos no gramado onde havia uma placa de proibição, ela não se zangava: ela sofria. Deixou-nos uma herança austera e uma visão clara, e se algum fator posteriormente levou Susan a enlouquecer, por ser menos solerte que Serena ou que eu, foi a consciência de nossa mãe.

Entre os 15 e os 18 anos, atravessei uma dessas fases em que os hormônios predominam sobre a razão e as garotas podem se viciar em álcool, drogas e sexo. Nós tínhamos saído da Nova Zelândia e vindo para Londres no primeiro barco que partiu depois da guerra. Wanda tinha herdado apenas o dinheiro suficiente para pagar passagens para si mesma, sua mãe Frieda, Susan, Serena e eu, uma família exclusivamente feminina. Agora, já nada mais tinha restado.

Minhas irmãs se acomodaram muito bem na nova vida de penúria em Londres — estudavam, passavam nas provas. Faziam principalmente o que lhes mandavam, aguardando seu momento, sujeitando as próprias opiniões, esperando a idade adulta. Eu não: estava demasiado zangada. Minha mãe tinha conseguido trabalho como doméstica que dorme no emprego — não dispunha de nenhuma fonte de renda, até Serena ficar rica — e precisava dar um jeito de prover abrigo e sustento para todas nós. Exatamente como as babás a nosso serviço outrora, e Agnieszka agora, ela conseguiu refúgio no conforto maior da casa de outra mulher, e fazia o trabalho pesado em troca de casa, comida e uns trocados. Portanto, a necessidade transforma todos nós em serviçais, ou assim costumava acontecer.

Foi no final da década de 1940, pouco depois da guerra; e as bebidas eram rum e cidra, as drogas não tinham sofisticação — tomava-se, sobretudo, xarope de benzedrina, dos estoques do exército — e a atividade sexual, mesmo abundante, era objetiva e principalmente na posição papaimamãe. O corpo ainda era o templo da alma. A existência de coisas como sexo oral não penetrava nossa jovem compreensão. Sodomia era impensável. Pornografia sem dúvida existia, mas nenhuma que tivéssemos visto. Breves erupções de amor e emoção, traduzidas em tesão, poderiam levar — se você fosse eu — a encontros fortuitos com estranhos fascinantes em hotéis decadentes, mas dificilmente a ficar de joelhos em algum beco, por dinheiro. Por volta da metade da década de 1950, tudo tinha mudado. Todo mundo sabia tudo.

Mas, na virada dos anos 1940 para os anos 1950, nossa casa era um apartamento de subsolo, escuro e úmido, com janelas de grades, embaixo da casa imponente onde minha mãe trabalhava como empregada. Aquilo me deixava humilhada. Eu achava que viver num lugar daqueles estava aquém de minha condição: sentia falta de meu pai. Achava que minha mãe não deveria ter nos levado para longe dele, deixando-o tão sozinho que ele acabou se casando de novo e começando outra família, como se suas filhas existentes não contassem para nada.

Eu desfrutava meu ódio por minha mãe e matava aula, ia para clubes noturnos, passava a noite fora, vendia-me por qualquer dinheiro se precisasse comprar roupas; abandonei a escola cedo sem os exames finais, trabalhei como (péssima) garçonete e faxineira (pior ainda), fiquei grávida de Lallie por obra do desaparecido Curran, dei à luz minha filha num abrigo católico para mães solteiras onde faziam a gente esfregar as escadas porque era bom para a musculatura do abdômen e para a alma.

Fui parar no mundo das artes. Gostava de pinturas e de artistas e o cheiro de tinta a óleo me dava tesão, embora, igual a Serena e diferente de Susan, eu não fosse capaz de desenhar nem para salvar a vida. De puta de ateliê virei modelo de artistas; fui pintada por William Gear, membro da Real Academia, e outros pintores de destaque. Joe Tilson pintou meus dentes. Meu rosto e meu corpo aparecem em várias paredes de galerias, e versões de mim mesma das quais eu quase havia esquecido aparecem de vez em quando em retrospectivas. Mas finalmente, depois de me tornar uma espécie de lenda — eu era muito bonita, acho, e devo ter sido inteligente demais para uma garota má —, recobrei de chofre algum juízo.

Os círculos em que me movia roçavam o de Christine Keeler. Stephen Ward, que era amigo de todas nós, suicidou-se ao ser acusado de viver à custa de proventos da imoralidade. Ele estava me desenhando na semana anterior à que escolheu para morrer. Ward era um homem gentil, tolo e orgulhoso, um talentoso osteopata, um bom retratista e foi acuado até a morte pelos jornais. Nós, as garotas, não éramos imorais. Só estávamos nos divertindo, e ele nos ajudava. Mas chegamos demasiado perto do centro, e aquilo precisava ser interrompido antes que os escândalos atingissem os realmente poderosos.

Por intermédio dessas conexões eu conheci Charlie Spargrove, playboy e baronete, com quem fugi e finalmente me casei, e do qual tive um filho. Embora ele não tivesse o menor pendor artístico, troquei o certo pelo incerto. Las Vegas era um lugar mais dissoluto e obsceno que Londres. Então, peguei o bebê e levei-o para casa, onde ele estaria a salvo.

Tinha parado de odiar minha mãe. Consegui ver que uma mulher tem de fazer o que é preciso. Acho que me casei com Charlie para que Wanda parasse de se preocupar comigo, e para nos devolver a todas, graças ao título dele, à classe de ex-alunos de Eton e membros da Real Academia, classe na qual minha mãe havia nascido, e da qual a família tinha sido prematuramente alijada pela guerra e pelo divórcio. Não consigo pensar em outra razão para ter me casado com ele. Não sei por que implico tanto com a pobre Beverley, a mulher de Jamie: ela é tão esnobe quanto eu.

E Serena fez o mesmo, e se tornou famosa só para aliviar o sofrimento de Wanda. Entre as duas, nós cuidamos para que nossos filhos e os filhos de nossos filhos entrem no mundo que ela quase perdeu para nós, e Hattie pode manter o aprumo aonde quer que vá.

Coitada da minha mãe! Ela havia nos rebocado de navio, moças virgens, de uma ponta a outra do mundo, saindo da Nova Zelândia, depois da guerra, na esperança de recuperar para si e para as filhas a brilhante vida intelectual do calibre para o qual ela havia nascido. Em vez disso, acabou indo trabalhar como empregada doméstica, com uma filha transviada, eu, uma seriamente introspectiva, Susan, e uma frivolamente tagarela, Serena; todas inteligentes e talentosas, mas sem perspectiva evidente de fazer sucesso em suas vidas. E no dilapidado mundo de pós-guerra ao qual retornou, não havia contexto para ela. Wanda tinha muita vergonha, penso eu, de retomar os fios da vida antiga. Ela não podia suportar ser alvo de pena, ou ser vista como desclassificada, ou ter de demonstrar gratidão.

Então, quando as filhas foram, uma a uma, repassando para ela, em plena confiança de que ela os cuidaria, seus bebês não planejados e desventurados, Wanda culpou a si mesma. Não devia ter voltado à Inglaterra. Devia ter dado um jeito de manter intacto o casamento e de não deixar o marido se divorciar dela. Se tivesse ficado na Nova Zelândia, Susan teria se transformado em algum tipo de poeta funcional, Serena teria sido a esposa de um fazendeiro, eu talvez tivesse entrado nos eixos e me casado com alguém de vida normal e provido de renda. Em nossos anos posteriores, Serena e eu consolávamos nossa mãe — *veja só, você fez o que era certo, nós todas estamos bem* —, mas ela nunca realmente acreditou em nós.

Susan, minha irmã mais velha, era a mais bonita das três. Tinha olhos escuros e pele clara, era calada, séria e esguia; Serena tinha uma tendência a engordar, assim se protegendo de terminações nervosas dolorosas que, segundo sustentava, estavam do lado de fora, e não por dentro, de sua pele, em razão de algum acidente genético. Seus professores reclamavam que ela falava e ria demais, e pelo visto nunca se esforçava. Ela ocupava o segundo ou terceiro lugar da turma, qualquer que fosse a composição do alunado, boçais ou brilhantes. Como se tivesse consciência de que é mais seguro passar despercebida, enquanto a gente espera o tempo de virar adulta. Basta se sair demasiado bem, em sendo demasiado jovem, e o destino pode notar e empurrar você para debaixo de um ônibus.

Acho que desde o começo eu sempre emiti mais feromônios que as outras duas. Nas noites quentes da Nova Zelândia, no ano anterior à nossa partida para a Inglaterra, Susan estudava astronomia e contemplava as estrelas, Serena fazia seu dever de casa e eu ficava deitada acordada, com os dedos nas partes íntimas, pensando no quanto seria extraordinariamente maravilhoso estar casada e ter um homem deitado a meu lado toda noite, *toda noite*.

Foi na viagem marítima à Inglaterra que perdi a virgindade para o comissário de bordo do navio. Eu tinha 13 anos e ele tinha 24. Nós tivemos uma desculpa. Os motores da embarcação tinham parado, havia um vento fortíssimo e ondas de mais de 12 metros de altura. Os camareiros circulavam com aquelas expressões calmas, contudo cheias de pânico, que você vê no rosto dos comissários de bordo quando existe a possibilidade concreta de um avião não conseguir chegar a seu destino (eu já vi isso duas vezes e foi mais que suficiente). O comissário estava tentando, sem ajuda, desvencilhar um barco salva-vidas: a água branca de espuma passava por cima do balaústre, a água azul-escura se elevava acima de nós. Eu estava tentando ajudá-lo, e ele — era muito bonito, no uniforme de botões dourados — ficou insistindo que eu saísse do tombadilho e voltasse para dentro. Mas eu estava fascinada demais pela majestade do mar, e pelo jeito como a espuma rodopiava sobre o convés, e na verdade pelo próprio comissário; fascinada demais para me interessar pela sobrevivência. Ousado e abrupto, ele tentou me empurrar de volta para dentro com o próprio corpo. E como no encontro de Hattie e Martyn, a proximidade física exerceu sua própria magia. Ele estava zangado e eu estava desafiadora — foi como o momento com minha mãe e a tesoura.

Antes de nos darmos conta, estávamos enroscados um no outro, ao abrigo de uma das grandes e fálicas chaminés de ventilação que brotavam do tombadilho nos velhos navios. Quando entrou, a coisa dele me machucou, mas eu não olhei e nem me preocupei. Não tinha ideia da aparência dessas "coisas" e não queria saber. Sentimos os motores vibrarem de volta à vida, sob nossos pés, e o movimento do navio enquanto este voltava lentamente para as ondas, e nós estávamos salvos. Até hoje acho que fomos eu e o comissário que salvamos o navio. O sacrifício da virgindade não está destituído de poder. Passamos o resto da viagem fingindo que não nos conhecíamos.

No entanto, senti muito carinho por ele, e quando a viagem de pesadelo terminou, e ele estava trocando apertos de mão com os passageiros que partiam, inclinou-se — era muito alto — e me deu um beijo no rosto. Minha mãe ficou indignada.

— Você é nova demais — protestou. — Não passa de uma criança. O jeito como ele lhe olhou! O que vou fazer de você?

Mas ela não tinha ideia do que acontecera e eu certamente não ia lhe contar. Eu nunca lhe contava nada se pudesse evitá-lo. Sabia antecipadamente que, fosse lá o que fosse, ela me diria que parasse; então, para que me incomodar?

Susan teve sua primeira menstruação durante a viagem; ela era mais velha, porém foi a mais lenta para amadurecer — acho que tinha a ver com seu peso corporal. Serena e eu éramos substanciais; Susan era diáfana. A enfermaria do navio dispunha de estoques de absorventes íntimos, que eram inovadores, e dos quais eles muito se orgulhavam (antes era costume usar "compressas" — faixas de tecido dobradas que, como os lenços, precisavam ser lavadas e reutilizadas). Pelos padrões atuais, os absorventes eram primitivos. Eles se desmanchavam em bolinhas de papel vermelho quando a gente caminhava — nós, as garotas, andávamos em fila indiana no convés, seguindo discretamente a trilha e catando as bolinhas deixadas pelas outras. Foi um grande alívio quando o estoque acabou e nós pudemos voltar às compressas.

Frieda, minha avó, que estava conosco nessa viagem e se sentia bastante infeliz pelo fato de dormirmos em dormitórios, fila após fila de beliches de metal no porão do navio, com surtos de diarreia e conjuntivite — havia duas mil pessoas em um navio que transportava 150 em tempo de paz —, deu graças a Deus por se encontrar além da idade reprodutiva. Eu, tal qual Serena, ainda sangro. Agora fazemos terapia de reposição hormonal e nenhuma das duas jamais alcançou perceptivelmente a menopausa. Tampouco sofremos fraturas de braços e pernas, nem nossa libido arrefeceu. Ah! Que geração venturosa!

Agnieszka e Martyn
vão às compras

Faz três meses que Agnieszka está na casa de Hattie e Martyn. Agora Kitty tem nove meses e já entrou no que Agnieszka chama fase oral. Seu curso de cuidado infantil foi pautado em linhas freudianas. Quando Kitty se aborrece com um objeto que não consegue controlar bem e tenta quebrá-lo a mordidas de seus pequeninos dentes novos — ela já tem dois dentinhos inferiores e dois superiores —, Agnieszka observa que Tánato, o instinto da morte, está aflorando de modo normal. Isso impressiona. Mas então ela completa: "Ainda bem que nós ultrapassamos a fase de amamentação ao seio", o que deixa Hattie aborrecida. *Nós?*

Kitty anda fazendo sons de ma-ma-ma para Agnieszka, e Martyn observa brincalhão a Hattie:

— Acho bom você se cuidar ou ela vai começar a se confundir pensando que Agnieszka é a mamãe. Isso é puro interesse pessoal da parte da Kitty. Agnieszka é um nome comprido demais para a cabecinha de um bebê. Você devia ter preferido Agnes.

O palpite deixa Hattie ainda mais contrariada.

Martyn está despeitado porque Hattie ultimamente chegou tarde uma ou duas vezes, porque se demorou no trabalho até mais tarde para colocar em dia algumas novas e promissoras oportunidades na Ucrânia, e por isso ele foi obrigado a dar banho sozinho no bebê, que se portou mal. Além disso, Hattie ficou fora até mais tarde para tomar um drinque comemorativo com Colleen, que acabou de ter um filho e veio ao escritório para exibi-lo. Colleen pergunta se Hattie e Martyn querem vir ao batizado, e Hattie responde que claro que sim, eles irão, embora não entre na igreja há anos, e Martyn provavelmente nunca terá entrado. Mas no tempo de escola ela gostava de cantar hinos religiosos.

Estranhamente, a visão do bebê de Colleen deixou Hattie muito cismarenta. Ela gostaria de ter um menino, mas está fora de cogitação; do jeito que estão as coisas, ela já tem demasiado o que fazer. Vai deixar para mais tarde a conversa com Martyn sobre o batizado. Nesse meio-tempo, ele precisa ser acalmado. Conciliatória como sempre, ela assinala que pelo menos Kitty falou da-da-da antes de falar ma-ma-ma, e

Martyn devia se alegrar de ter sido o primeiro dos pais a ter reconhecimento. Então Agnieszka, exclamativa, assinala que o da-da-da sempre vem antes do ma-ma-ma: é de praxe no desenvolvimento do bebê. Os sons dentais surgem antes dos labiais. Uma raiva irracional se apodera de Hattie. Quer ver Agnieszka fora de sua vida e reaver seu bebê.

Ela também sabe que, neste sábado de manhã, quando ela e Martyn ainda estão tomando seu café torrado e moído na hora, e o sol baixo do final de outono brilha através das janelas — que Agnieszka limpou dois dias antes —, a moça já desocupou e voltou a carregar a lava-louças, já buscou na lavanderia os ternos de Martyn, que pendurou no guarda-roupa, trocou e vestiu Kitty, depois de conferir as assaduras de fralda (só um trechinho, depois de duas noites de ser banhada e posta a dormir por Martyn) e limpou os ouvidos da criança com um cotonete. Portanto, Hattie trata de combater a irritação. Kitty vai ser muito bonita, todos concordam. Tem grandes olhos azuis e é muito inteligente e alegre. Sentada na cadeira alta, ela golpeia o cereal com o dorso da colher, e Agnieszka diz, calma e razoável: "Não faça isso, Kitty", e a menina obedece. Não há jeito de Hattie poder se arranjar sem Agnieszka. É tarde demais.

A tia-avó Serena telefona para perguntar como todos estão passando, e se este mês há algum problema para pagar a parcela da hipoteca. Hattie diz que não, todos estão muito bem agora que ela voltou a trabalhar, e que estarão melhor ainda em seis meses, quando receber um aumento. Agora tem seu próprio escritório: estivera dividindo uma sala com uma mulher mais velha e bastante problemática chamada Hilary, mas agora tudo se resolvera.

— Hum, você precisa ter cuidado com mulheres mais velhas. Não foi à toa que sobreviveram — avisa Serena.

— Ah, puxa vida, no meu local de trabalho não há nada de escaramuças. Só cuidamos de publicações e de agenciamento.

Serena, que já publicou 32 livros, solta uma risada artificial. Ela pergunta sobre o bebê, e Hattie, envergonhada agora de ter se sentido tão mesquinha em relação a Agnieszka, faz um sumário das façanhas da moça nas duas últimas horas.

— Um sonho — diz, ao concluir.

— Para mim, parece um pouco mirabolante, mas ela não deveria usar cotonetes. Trate de tirá-los dela. Se você usar cotonete nos ouvidos de um bebê, pode perfurar o tímpano. Basta lavar as orelhas com uma toalha ensaboada e ter o cuidado de enxugar as dobrinhas atrás delas.

Serena está cheia de conselhos, que versam do tratamento de aftas aos meios de sobreviver a um divórcio, ao de escrever romances. Ela acha que, por conhecer coisas que os demais desconhecem, tem a obrigação de transmiti-las. Muitas de suas frases começam com "Por que você não "_?".

Hattie repassa a recomendação a Agnieszka, e esta retruca, malhumorada, que todo mundo na Polônia usa cotonete nos bebês e até onde ela está informada não há nenhum problema específico de surdez na população. Hattie fica atônita. Nunca viu a outra reagir assim. A babá se senta pesadamente, em vez de usar seu deslizar gracioso de praxe, e enterra a cabeça nas mãos. Ela está chorando.

— Estou completamente só num país estrangeiro e ninguém se importa comigo. Meu marido vai encontrar outra se eu ficar longe muito tempo. Recebi dele uma carta de que não gostei. Se pelo menos eu pudesse telefonar mais vezes, mas sai muito caro, não posso usar o telefone de vocês.

Martyn entra carregando Kitty ao ombro, surpreende Agnieszka aos prantos, ouve o que ela diz e fica mortificado. Diz que é comovente da parte de Agnieszka se preocupar com o custo, mas ela realmente deve telefonar ao marido sempre que quiser.

— Mas Serena pode ter razão sobre o cotonete e sobre ser melhor usar uma toalha — acrescenta ele.

Hattie está agradecida, pelo menos por essa última observação. Percebe que Martyn conseguiu apaziguar Agnieszka e dar razão a ela, e sente um impulso de puro orgulho em relação a ele. Martyn está adquirindo um verdadeiro talento para gerir outras pessoas. Ela já estava constrangida com a questão do telefone. Babs lhe havia prevenido que orientasse Agnieszka a perguntar antes de telefonar para o exterior: mas Agnieszka certamente merece poder administrar sua vida emocional com um pouco de privacidade, e Martyn também se dá conta disso.

Ele começou a usar lentes de contato desde sua promoção a editor-assistente e Hattie reparou que ele tem bonitos olhos azuis, e se pergunta por que isso nunca lhe passou pela cabeça. Talvez não tenha havido tempo. A circulação da *Devolution* está aumentando depois de apenas dois números que apresentam a nova mentalidade, e Harold afirma que o artigo de Martyn sobre alimentos calóricos de baixo valor nutricional, *Um pouco de fantasia, muito ganho*, contribuiu bastante para o resultado.

— Além de instruir, você precisa entreter, ou vai acabar no paredão — alega Harold, e evidentemente Martyn tem jeito para a coisa.

Martyn é o protetor de Hattie e sua fortaleza, seu aliado e seu amigo. Ele parece agradável, e bonito, e positivo, e suas faces estão ficando torneadas graças à torta de cenoura e atum e outros acepipes que aparecem sobre a mesa da família. Agnieszka agora serve *borscht*, um tipo de sopa de beterraba e creme de leite azedo que é estranha e deliciosa. De vez em quando, Kitty é autorizada a tomar uma colherada. É importante estimular o paladar de um bebê com novos sabores. Agnieszka também aparece com caixas de ameixas recobertas de chocolate, que seu marido Aurek envia por correio; de aparência pouco atraente, elas são muito saborosas.

Se Kitty não tivesse nascido, se Agnieszka não estivesse na casa, eles poderiam ir para o quarto do casal e fazer amor, ou fazê-lo ali mesmo no sofá, qual nos tempos de outrora. Mas agora é outra época, e o passado já passou.

Normalmente, Hattie e Martyn vão às compras na manhã de sábado, atividade agora mais divertida porque há um pouco mais de dinheiro. Agnieszka fica cuidando do bebê. Os dois dão uma olhada no mercado e conferem as novidades na loja de produtos orgânicos. Mas hoje Hattie tem muitos originais para ler, portanto Martyn deverá ir sozinho.

— Olhe só, Agnieszka — diz Hattie —, por que você não vai às compras com o Martyn e eu fico cuidando da Kitty? Você precisa sair mais de casa. Tudo o que faz é trabalhar o tempo todo.

— Eu saio para ir à dança do ventre — diz Agnieszka. — Isso é frívolo. Frívolo é uma nova palavra para mim de que eu gosto muito.

E dá um sorriso e parece realmente bonita e agradecida.

Martyn parece ligeiramente desconcertado, mas diz:

— Sim, por que não? Venha também, Agnieszka. Embora seja bastante maçante. Eu só vou buscar um chá oolong, o que significa ir na direção do supermercado chinês.

Portanto, Agnieszka e Martyn vão às compras, não no mercado da moda, mas ao longo de ruas empoeiradas e sujas, onde os dependentes de droga ficam rondando e brandindo aos céus o punho fechado. Em casa, Kitty está irritável e turbulenta, e precisa ser embalada e distraída, portanto Hattie acaba não trabalhando muito.

Babs telefona. Hattie tomou uma bebida com ela no dia anterior, em companhia de Nisha, que agora faz a cobertura do subcontinente indiano — a maioria dos livros ainda é pirateada, mas os editores responsáveis estão começando a produzir, e até a pagar — e acabou de entrar para a empresa e precisa conhecer todo mundo. Babs tem novidades. Revela que de fato está grávida, a não gravidez foi alarme falso, e que é o bebê de Tavish, e agora, o que deve fazer? Ela e Alastair estiveram realmente tentando conceber, mas ela tem certeza de que a criança é do outro. Em tempos passados, ela poderia ter apenas disfarçado as datas e ter um bebê prematuro, mas nessa época de ultrassonografias não dá para fazê-lo: os bebês são de fato monitorados para valer, antes do nascimento. Ela parece estar em pânico.

Hattie tem uma terrível sensação de que, em seu estado de ânimo atual, Babs fará qualquer coisa que ela sugira. Portanto, diz "Em caso de dúvida não faça nada" e depois, "Vamos conversar sobre isso na segunda", embora a segunda esteja repleta de reuniões, e agora o escritor de *PutaMerdaCacete!* está irritado com ela porque alguém deveria ter dito, para começo de conversa, que o título era infeliz. Ele quer que Hilary, em vez de Hattie, o represente no estrangeiro e também no mercado doméstico. Ele não tinha dito taxativamente a Neil que é preciso esclarecer à comunidade de Tourette sobre o que é ofensivo e o que não é, por intermédio da psicoterapia comportamental? E afora Hilary, queixa-se, ninguém se preocupou em adverti-lo. Babs conta a Hattie que está começando a achar que, aliás, a Síndrome de Tourette é uma jogada de marketing, o escritor teme ser tachado de impostor e está ficando apreensivo. Babs tem um jeito de compartimentar seus problemas que Hattie admira muito.

A expectativa de Hattie é que Martyn e Agnieszka retornem a qualquer momento, mas por volta do meio-dia eles ainda não chegaram. Ela gostaria de estar na rua com Martyn. De toda forma, eles passam muito pouco tempo juntos. Por que raios ela foi sugerir que Agnieszka o acompanhasse? Por que era preciso manter Agnieszka satisfeita a todo custo? Entra no quarto da babá e olha em torno. Hattie tinha sido demasiado honrada para fazer isso antes. Há uma carta com aparência oficial num envelope pardo da autoridade educacional local, com jeito de ter sido aberta tempos atrás. Ela pega a carta e lê. Em quê acaba de tropeçar? O documento, mais formulário que carta, tem a impressão escura e manchada e o papel barato das comunicações oficiais. É da secretaria de matrículas de uma faculdade de educação continuada, informando que Agnieszka já perdeu tantas aulas que foi removida da lista de bolsistas. "Há muita procura por vagas, e tais medidas são por vezes necessárias." Hattie devolve a carta ao envelope no momento exato: na porta de entrada, Martyn e Agnieszka estão lutando com um carrinho de bebê dispendioso e novinho em folha. Nas cores vermelho-vivo e rosa-forte, o carro, estofado e guarnecido de rebites, é realmente bonito. Hattie está injuriada. Ela deveria ter acompanhado Martyn na compra do objeto para Kitty.

— Não teve jeito — defende-se Martyn. — Nós vimos isso na loja de bicicletas e eu não consegui resistir. Havia uma liquidação. Só 220 libras, remarcado de 425 libras. — 220 libras; uma loucura. Em que ele estava pensando? *Um pouco de fantasia, muito ganho?* O oposto é que era verdadeiro.

— O que você achou? Agnieszka disse que é exatamente o indicado para Kitty. Molejo adequado e um bom apoio para as costas.

Ao ver o rosto de Hattie, ele parece preocupado, percebendo que não agiu bem.

— Gostaria que você tivesse estado lá comigo, querida, para comprarmos juntos, mas não consegui suportar a ideia de que ele fosse pertencer a alguém que não a Kitty, então eu comprei.

— Tudo bem — conforma-se Hattie, e volta a seus manuscritos, emburrada, não sem antes ver os dois se entreolharem como se ela tivesse estragado a festa.

Hattie não contou a Martyn sobre a carta da faculdade. Está demasiado contrariada com ele por causa do carrinho de bebê. Ela se lembra dos prazeres do amuo, quando era uma garotinha e Lallie saía para concertos e a deixava em casa aos cuidados de Frances. "Mas agora sou adulta", pensa. Fica imaginando o que fará Agnieszka quando alega que está nas aulas de inglês e não está. Mas quem sabe ela apenas se mudou de curso e de todo modo continua na faculdade? Se Hattie contar a Martyn, ele vai armar alguma confusão e deixar todo mundo perturbado de novo. Hattie não sabe o que fazer em seguida e, ao se lembrar de suas próprias palavras, pensa, *em caso de dúvida não faça nada.*

Ela entra na cozinha e ajuda Martyn e Agnieszka a desembrulharem as delícias do dia, com gritinhos de apreciação e prazer; ao fundo, Kitty solta pequenos arrulhos. Francamente, ela é um amor de bebê.

Mulheres comuns

Eu, Frances, recebo um telefonema de Serena. Nós nos falamos uma ou duas vezes por semana, acho. É muito gostoso ficar em contato próximo com alguém que conhece você de uma vida inteira e mesmo assim ainda lhe atura. Tal não é o caso, necessariamente, com os maridos. Nada tenho a dizer a Charles Spargrove, apesar de trocarmos cartões de Natal. E certa vez, há muito tempo, quando nosso filho Jamie foi atacado por um cavalo ensandecido e pisoteado quase até a morte, indo parar num hospital em Timaru, Charlie telefonou para me contar e, em termos amáveis e clementes, perguntou sobre meu bem-estar. Beverley tinha entrado em contato com ele primeiro, e não comigo, que era apenas a mãe. Charlie tem o dinheiro e o título. Hoje em dia ele é dono de um haras onde cria cavalos de corrida e tem duas netas, outrora duas garotinhas fofas que andavam de pônei, mas que agora aparecem nas colunas de mexericos exibindo as longas pernas e dando risadinhas embriagadas. Espero que consigam superar essa fase.

Mas quem pegou um avião para estar com Jamie na ocasião fui eu, e não Charlie. Este só queria que o mantivessem informado. Quando finalmente consegui viajar, Jamie já estava sentado na cama, ainda coberto de ataduras e preso ao equipo de soro, porém animado e querendo voltar para casa. Ele sempre foi uma criança incrivelmente saudável: pensei nos primeiros tempos de sua criação e concluí que Serena e eu, e Roseanna e Viera e Maria e Raya e Sarah e as outras cujos nomes não conseguia lembrar tínhamos feito um belo trabalho nesse estranho. Entre todas nós, devemos ter conseguido alimentá-lo com algo além de palitinhos de peixe, batata frita e ervilhas. Acho que Beverley esperava que Charlie faria a viagem, e não eu, a sogra dos infernos, com uma penca de maridos, um passado duvidoso e suas echarpes vaporosas.

O marido do meio, o escritor das sandálias e dos dedos em martelo, prefere não falar comigo. Sou bastante amistosa em relação a ele, que ainda está magoado e ofendido. Não sei por quê. Não lhe pedi dinheiro, nem tentei lhe tomar a casa. Limitei-me a fazer as malas e partir, movida por aquele sentimento estranho de pânico e desespero que uma mulher tem às vezes — se não for embora neste momento, nada mais restará dela. Será uma casca vazia, sem nada dentro. Uma escura ostra morta presa a um rochedo no mar, sua concha espessada de parasitas, aberta e vazia, exceto pelo pedaço de alga viscosa que entrou arrastado pelas águas. É uma visão terrível. Ele não bate nela, nem torna sua vida insuportável, ela não consegue explicar a urgência aos amigos: só que ele é o homem errado. Está roubando a alma dela. É um sentimento urgente e irracional, mas que merece respeito.

Atrevo-me a dizer que os homens também sentem isso, razão pela qual eles também partem subitamente certa manhã e nunca mais voltam. Não foram embora com outra, eles só foram embora! Tem a ver com o fato de compartilhar uma cama, com o jeito como duas pessoas se fundem numa só, na frente da televisão, junto da pia da cozinha — pode nos levar ao pânico, e com razão. De toda forma, abandonei de repente o Pé de Martelo, que ficou profundamente transtornado e, segundo me contaram, nunca se menciona meu nome em sua casa. Ele está novamente casado, e perfeitamente feliz, com uma preparadora de originais que pôde ajudá-lo na vida profissional.

De fato, afora os anos em que atormentei Charlie para que me ajudasse a sustentar Jamie, nunca esperei ajuda financeira da parte dos homens. Sou parecida demais com minha mãe para gostar de ser dependente. Eu me lembro de seu ditado — de que os homens oferecem dinheiro e apoio à mulher que têm debaixo de vista: na cama, junto ao fogão, com os filhos. *"Longe dos olhos, longe do coração."* É por isso que existem as leis do divórcio: porque homens e mulheres têm visões muito distintas do que é certo e natural. Em todos esses anos venho aceitando muito dinheiro de

Serena, mas ela é minha irmã. Se Serena considera meu o que é dela, fico sinceramente agradecida e feliz. Eu defino minha vida, como ela define a sua comigo, ao telefone e agora também por correio eletrônico. Nós nos encontramos uma vez por mês ou coisa que o valha. Ela se queixa de escrever tanta ficção que quase não consegue mais lembrar quem ela é; afirma que eu a ajudo a conservar um sentido de identidade. Eu só gosto de ficar batendo papo e ela também. Nenhuma de nós apresenta qualquer sinal de estar perdendo a cabeça.

Quando perdemos Susan, levada pelo câncer — e foi como se amputassem uma perna do corpo daquela família só de mulheres, cuja trama apertada se compunha de Wanda, Susan, Serena e eu —, nós nos agarramos umas às outras como se só aquilo conseguisse manter nosso equilíbrio. Quando as quatro assumimos os três filhos de Susan, aquilo funcionou como uma prótese que nos permitia caminhar. Pelo menos estávamos novamente equilibradas. Quando Wanda morreu, pensei que pelo menos havia se livrado da ansiedade que escapava dela e se metia em nossas veias: fico feliz por ela. Talvez Wanda devesse ter feito mais no sentido de nos salvar daquilo, mas até onde me diz respeito eu também deixei uma herança de angústia, através do DNA mitocondrial. Lallie fica dilacerada pela ansiedade antes dos recitais. Talvez Hattie esteja apenas fingindo para mim que considera o mundo um lugar controlável, livre de surpresas.

Hoje de manhã conversamos sobre Hattie e a nova babá. Serena lhe havia telefonado ontem de manhã e recebido o relatório. Conversamos sobre cotonetes e ouvidos de bebês. Serena me pergunta como é Agnieszka, e eu respondo que, por estranho que pareça, ninguém se deu ao trabalho de me dizer. Só fazem citar a lista de suas realizações. Deve ser uma pessoa de aparência banal.

Revisamos as listas de pessoas de aparência banal que conhecemos e que destruíram casamentos. São bastante numerosas. Não é necessariamente a mulher de beleza estonteante que foge com o marido das outras. O desejo sexual não é uma motivação tão irresistível quanto a gente pensa quando jovem. A perspicácia, o espírito, o tino político, a capacidade de tocar piano bem, qualquer coisa, ou até mesmo a banalidade pode se revelar o fator de sedução.

Tenha cautela principalmente com todas as mulheres que comparecem a jantares festivos desacompanhadas, de olhos baixos, caladas e meigas, vestidas com discrição: aqueles olhos podem se arregalar, gulosos e convidativos, quando a anfitriã não estiver olhando. Como Ann Footworth, que aos 55 anos fugiu com o editor casado de Serena. Ann era a inexpressiva secretária dele. A esposa do editor, Marjorie, compadecendo-se de Ann, que estava tão sozinha no mundo, convidou-a para o jantar — e tudo terminou com a própria Marjorie parada na porta da editora, jogando pedras e gritando desaforos para a janela dele, que ficou agachado debaixo da escrivaninha com a secretária, até que a polícia foi chamada e removeu a esposa. E ninguém esquece a mulher de T. S. Eliot, aquela que ele mandou para o manicômio, e que derramou chocolate derretido dentro da caixa de correspondência da editora Faber & Faber.

Mas isso era bastante raro e especial. As duas concordamos que, nos velhos tempos, os homens só tinham aventuras e prometiam abandonar a esposa, mas nunca o faziam. Era sempre *"espere até as crianças terminarem a escola fundamental"*, e em seguida vinha o ensino médio, depois o vestibular — e por fim *"até eles terminarem a graduação"*. Era preciso chegar a tanto para a outra entender que ele provavelmente nunca iria abandonar a esposa para viver com ela. Então a esposa ficava grávida de um filho temporão e naturalmente ele tinha estado dormindo com ela o tempo todo. As mulheres acreditam naquilo que lhes dizem, se puserem bastante empenho (penso em Serena e George).

Nós tememos que Hattie talvez tenha herdado a tendência a acreditar naquilo que quer, e não no que está vendo. Aliás, muitos jovens são assim. Eles foram criados em uma dieta de excesso de ficção, cinema, televisão, romances — e se acreditam os heróis e heroínas de suas próprias vidas e confiam que tudo vai dar certo no final. O preocupante é que essa Agnieszka talvez não compartilhe semelhante ilusão. Deve ter sido criada com menos ficção que nós, ocidentais: a oferta de romances devia ser mais baixa, a televisão devia estar dedicada principalmente a exortações ou danças folclóricas nacionais. Ciente de que o mundo é complicado e grave, ela se comportará de acordo com isso. Por outro lado, se Hattie e Martyn tivessem conseguido uma moça inglesa, esta teria vindo com um superego fraco, e ficaria sentada em lanchonetes de rede alimentando a criancinha com hambúrgueres para mantê-la calada, ou na lanchonete do supermercado ensinando-a a tomar refrigerante rosa-choque com um canudinho articulado. Eu já vi disso.

Também concordamos que, é verdade, há casos conhecidos de homens que largaram a esposa pela amante no mesmo dia em que os filhos receberam as notas finais do ensino médio. Isso aconteceu com Grace. Grace e Andrew, o contador, estavam em plenas férias de verão numa casa de campo na França quando chegou a mensagem de que o mais novo tinha tido ótimas notas finais, e Andrew saiu porta afora e nunca mais voltou. Foi ao encontro da amante que o esperava, aquela de quem Grace nada sabia, e que estava passando as férias, até então sozinha, nas Bahamas.

Se hoje em dia esse tipo de coisa acontece muito menos é porque todos estão sobremaneira atormentados pela culpa e pela consciência de si e não conseguem ter uma relação sexual sem pensar que desta vez é pra valer e confessar tudo: mal saíram da cama errada já estão decididos a convertê-la na cama certa e planejando um divórcio. Todas as partes envolvidas estão falando de *autenticidade de sentimentos* e concordando que, para o bem dos filhos, todos devem ser amistosos e sempre comparecer à ceia de Natal. E os filhos às voltas com outro conjunto de padrastos e madrastas para absorver, e os dias de Natal mais movimentados até agora, com os parceiros e os filhos correndo de um lado para outro. Então o ciclo começa de novo. Os cartórios estão cheios de gente se casando pela segunda, terceira, quarta vez só porque lhes ensinaram que segredos e mentiras são ruins (falsos), e uma fagulha de sentimento é registrada como uma emoção permanente. Meu bom Deus, em questões sexuais, o segredo é a única forma pela qual a sociedade pode sobreviver. Serena e eu realmente temos muito para conversar.

Pelo menos quando eu abandonei o Pé de Martelo, recordo a Serena, não saí correndo para os braços de outro homem. Antes de Sebastian aparecer, deixei passar um ano ou dois, aliás, bem preocupantes. Detesto ficar sem homem; lembro-me daqueles primeiros dias do retorno a Caldicott Square como em parte dourados, mas em parte alarmantes e desesperançados, quando eu não tinha nada e Serena tinha tudo, e eu estava limpando o chão da galeria Primrosetti. Mas também, talvez fosse apenas questão de hábito, e de minha geração. Desde que Sebastian foi preso tenho conseguido gente para consertar a porta da garagem, reparar as rachaduras do teto do quarto de dormir, na verdade, redecorar a casa inteira, trocar a moldura dos quadros, trocar o estofamento do sofá. Sebastian não gostava de trabalhadores dentro de casa. Achava que fazer reparos era tarefa do dono da casa — cada homem é seu próprio encanador —, mas não conseguia fazê-los.

— Mas o que ele vai dizer quando sair? — pergunta Serena.
— Nem vai notar, se os trabalhadores não estiverem por aqui — respondo, e caímos na risada.

Ela diz que Sebastian e George têm muito em comum. Pergunto se sente falta dele e ela diz que sim, é claro: quanto mais o tempo passa depois da morte de alguém, mais fácil lembrar os bons momentos, ao invés dos maus. Mas ela ainda sente uma dor no estômago e outra dor como se o coração estivesse se partindo quando pensa no caso dele com Sandra, a moça comum e banal por quem ele a deixou. Doze anos depois, ela ainda está recordando incidentes: o jeito como deve ter zombado dela pelas costas, levando-a, sem ciência disso, a visitar o apartamento onde morava a amante — a traição e a crueldade do gesto dele, quando tudo que ela fez foi amá-lo.

— Calma aí, Serena — advirto. — Você também andou tendo casos.

— Eles não significavam nada — defende-se e depois tem o decoro de achar graça.

Há homens chamativos que preferem mulheres comuns, concordamos. Aqueles dos quais se espera que circulem com uma mulher deslumbrante pendurada no braço preferem, em ocasiões, parceiras realmente inexpressivas, ratinhas cinzentas que no fundo se revelam tiranas, exigindo deles que lhes subam o zíper do vestido e que lhes busquem a bolsa, coisas que poderiam perfeitamente fazer sozinhas; que ocupam uma posição de supremacia moral, reprovando o homem por sua incorreção política, e colocam a mão sobre o copo deles e dizem "Você já bebeu bastante". Resolvemos que essas mulheres fazem um homem se sentir seguro, de volta à creche;

elas estão a um passo da mulher dominadora, com suas botas de salto e chicote na mão, mas são socialmente aceitáveis.

Voltamos a Martyn e Hattie e julgamos a parceria deles bastante sadia, e Agnieszka provavelmente é o tesouro que eles acham que é, e nós não passamos de um par de velhas ranzinzas e céticas. Reparamos, contudo, que desde que Martyn recebeu a promoção e Hattie voltou a trabalhar, os dois já não têm mais suas conversas longas e irritadiças sobre política e ética, e agora conversam principalmente sobre comida, carrinhos de bebê e cotonetes. Talvez, com a chegada da prosperidade, os princípios sejam atirados pela janela: talvez as ideias precisem de um pano de fundo de pobreza, para florescer. O conforto e a falta de convicção caminham de mãos dadas.

Citamos a poesia de Yeats, como teria feito nossa mãe, Wanda. Aquela fera tenebrosa se arrastando em direção a Jerusalém, esperando a hora de nascer. Nós estremecemos.

— *Aos melhores falta qualquer convicção* — diz Serena.

— *E aos piores domina irascível intensidade* — completo.

Ambas expressamos o desejo de que Hattie e Martyn fossem casados. Não que tenhamos deixado um bom exemplo, ao nos casarmos tantas vezes. Eles devem olhar para nós pensando: para quê se dar ao incômodo?

— O motivo pelo qual nossa geração costumava se casar — elabora Serena — era que o casamento tornava menos provável o outro escapulir. Não podíamos correr o risco.

— Mas hoje todo mundo é tão intercambiável, que casar faz pouca diferença. Perca um parceiro, encontre outro.

Ela me aconselha a não fazer afirmativas tão abrangentes. Provavelmente as pessoas sofrem tanto quanto sempre sofreram. Eu digo que não. Se elas têm uma sensação de desconforto, procuram um terapeuta e o problema é eliminado.

— Pelo menos — avalio —, você e eu vamos ter de nos contentar com o que temos: é como no jogo das cadeiras. Cranmer para você, Sebastian para mim. A pessoa com quem a gente está no momento em que a música para de tocar.

— Fale por si — reage Serena depois de uma longa pausa.

Ameixas secas ao chocolate

Agnieszka distribui mais uma caixa de ameixas ao chocolate. Chegaram pelo correio desta manhã, bastante amassadas em sua caixa de cartolina azul-marinho e dourado, e bastante fundidas entre si, mas pelo menos separáveis. Ela não permite que Kitty prove o bombom. Sustenta que, para a digestão infantil, as ameixas são "demasiado agressivas".

Quando Agnieszka termina a distribuição das ameixas, lava as mãos e retoma a costura. Está pregando um botão no cós da melhor calça de Martyn. Para Hattie, aquilo parece um tanto pessoal demais. Há alguma coisa íntima ligeiramente surrada na faixa branca que reforça a braguilha dos ternos caros de boa marca. As calças jeans só têm um zíper e um botão, e chega. Mas é muito bom ter alguém que faça o reparo. Agnieszka está usando um dedal, o que deixa Martyn fascinado. Ele nem sabia para que servia o objeto, e menos ainda seu nome, até aquele momento.

— Então tudo está bem com seu marido agora? — indaga Martyn. — O suprimento de ameixas está fluindo de novo?

Agnieszka dá uma risadinha e informa que, de todo modo, a amiguinha do marido foi demitida, e que ela irá passar o Natal em casa conforme planejado. Martyn pergunta se pode ajudar a providenciar a passagem, mas a moça diz que não, que ela pode fazê-lo por intermédio de um amigo agente de viagens que ela conhece em Neasden.

Kitty está dormindo no berço. Agnieszka mantém uma rotina firme. Nada deve perturbá-la. Algumas das amigas de Hattie levam os bebês consigo para jantares festivos: a informação deixa Agnieszka muito chocada. Eles deveriam ficar dormindo pacificamente em berços conhecidos. Quanto às crianças pequenas brincarem embaixo da mesa enquanto os adultos estão comendo: se ela pudesse, mandaria os pais para a prisão.

Os três estavam sentados diante da televisão, com a tecla mudo apertada, esperando o começo de algum programa suportável, quando novamente ligariam o som. Sentem-se como uma família.

— Eu tinha imaginado que Aurek trabalhava em casa — diz Hattie. — É assim que trabalha a maioria de nossos roteiristas. Sentado a uma mesa no sótão, escrevendo roteiros que algum dia vão torná-lo famoso? Então você volta para lá e vai ser parteira, ou ele vem para cá e você vai dar aulas de dança do ventre. Não é esse o plano?

— Tantos planos — desconversa Agnieszka. — Tantas escolhas. Aurek trabalha como motorista para uma empresa de ônibus durante o dia. À noite ele escreve. Nós dois trabalhamos muito. Na Polônia não é incomum. A garota de quem eu não gostava era uma das cobradoras. Uma falsa loura muito ordinária que mascava chiclete. Ela estava roubando dos passageiros. Vocês conseguem imaginar? Uma exímia ladrazinha trabalhando como cobradora de ônibus?

— De certa forma, eu não imaginei Aurek como motorista de ônibus — declara Hattie atônita, e Martyn sacode a cabeça de leve. As origens esnobes de Hattie estão aparecendo.

— Na Polônia nós vivemos do jeito que dá — explica Agnieszka. — Os varredores de rua são contadores experientes, os porteiros da estação são médicos. Há muita informação e pouco emprego. É uma herança da URSS. E é por isso que estou aqui, cuidando de Kitty, e não em meu país.

Hattie sente-se um pouco lograda. Um motorista de ônibus! Ela foi enganada. Ultimamente a outra tampouco menciona a mãe ou a irmã doente. Hattie examinou a caderneta de poupança de Agnieszka no banco postal. Ela está economizando: não gasta dinheiro. Na conta existem alguns milhares de libras. Depois de ler secretamente a carta de outrem, não há limites para aquilo que uma pessoa pode fazer. Às vezes Hattie até se esgueira para a sala de Hilary, quando esta se ausenta do edifício, e revista os e-mails recebidos pela outra. Mas Hilary parece estar se comportando. Suas páginas favoritas na internet, segundo o Google são principalmente relacionadas à Síndrome de Tourette e agências de encontros. Pobre Hilary!

— É difícil para os escritores aqui também — diz Martyn.
— Com certeza — confirma Hattie. — Um autor pode passar anos de sua vida escrevendo um livro e depois não conseguir vendê-lo.
— Então eles são uns tolos — corta Agnieszka, com brusquidão. — Mas eu gosto de ver Aurek escrevendo um roteiro de filme porque isso o mantém longe de problemas à noite. Um dia ele vai acabar de escrever o roteiro e nós nos casaremos.
— Eu pensei que vocês já fossem casados — diz Hattie, e até Martyn a olha espantado.
— Nós somos casados aos olhos de Deus e de nossos amigos — responde Agnieszka. — É só o que importa.
— Mas você nos disse que era casada — protesta Hattie. Uma coisa é oferecer interurbanos de graça para a Polônia, no caso de um marido, mas para um namorado não parece correto.
— Vocês dois vivem como se fossem casados — observa Agnieszka —, mas não são, portanto sabem como é. Uma certidão não faz diferença, a não ser para as autoridades de imigração.

E Agnieszka distribui mais uma rodada de ameixas ao chocolate, embora isso a obrigue a deixar de lado a costura. Ela se oferece para fazer chocolate quente para todos. O chocolate que prepara é muito gostoso. Usa cacau em pó, que ferve com água e açúcar no fundo de uma caçarola até o amido cozinhar e só então despeja dentro o leite quente e espumante. Atualmente, as bochechas de Martyn estão francamente gordas, e Agnieszka saiu com Hattie e juntas compraram para esta algumas saias manequim 42, embora as blusas manequim 38 ainda pareçam assentar bem. A amamentação alterou a forma física de Hattie. Talvez ela não tenha parado de forma bastante gradual: foi obrigada a tomar pílulas para secar o leite.

Hattie deu a Agnieszka alguns vestidos que já não parecem vestir adequadamente seu corpo. Mas a moça não usa essas roupas na casa — diz que não quer deixar confusa a criancinha —; ela as deixa para quando o bebê está dormindo ou antes de sair para a aula, se é que há aulas. Mas ela sai com cadernos de exercício e livros de estudo e volta com eles, portanto pensar o contrário pode ser paranoia.

Mas, quando Agnieszka está na cozinha, Hattie não consegue deixar de dizer:
— Isso é um pouco inquietante. Talvez ela saia para visitar um namorado e não vá absolutamente assistir a aulas?
— Ora, não seria o fim do mundo se ela fizesse isso — responde Martyn. — O serviço ela faz com perfeição.

Mas Hattie ainda não se sente tranquila. Ela quer que Agnieszka dê ao bebê toda a sua atenção emocional. Cuidar de Kitty não pode ser somente alguma coisa para a qual ela é paga: precisa ser a obra máxima de sua vida. Mas Hattie sabe que está sendo absurda. Se Agnieszka tiver um namorado, pelo menos será improvável que tente se insinuar para Martyn, ou que este fique tentado a se insinuar para ela. Hattie fica chocada ao descobrir que tal pensamento sequer cruza sua mente. É tão primitivo.

Enquanto elas estão vestindo Kitty certa manhã — Agnieszka lhe calça uma meia, e Hattie a outra, um jogo que a criançada adora —, Hattie pergunta casualmente a respeito das providências tomadas por Agnieszka para a viagem de Natal, e esta, com ar tristonho, lhe diz que afinal de contas não irá à Polônia. A mãe e a irmã estão indo de avião para Sidney, viver com a tia dela, porque o clima será melhor e a assistência médica é muito boa. Elas conseguiram visto de residência por razões humanitárias. Agnieszka vai sentir falta de encontrar os amigos e o resto da família, mas seu namorado planeja vir à Inglaterra para visitá-la, só por alguns dias. Então, no fim das contas, ela só vai precisar tirar uma semana de folga. Corajosa, Hattie lhe diz que o namorado pode ficar na casa deles, se não encontrarem alojamento, embora vá ficar um pouco apertado. O berço de Kitty pode ficar no quarto do casal para variar. Mas Agnieszka diz que está tudo bem, eles podem ficar com amigos dela em Neasden, onde há mais espaço.

Hattie telefona para sua avó e avisa que se acabou a emergência do cuidado infantil: as férias de Agnieszka vão coincidir com o feriado de Natal da Dinton & Seltz, e então combinam que irão todos passar o Natal com Serena. Cranmer vai preparar uma ceia de Natal exótica — ele desaprova o peru, mas gosta de assar coelhos e patos e faisões lado a lado no forno Aga, para os sabores se misturarem e se fundirem; haverá uma árvore de Natal que Kitty vai adorar, e todos passarão momentos saborosos e mais espaçosos do que passariam em Pentridge Road ou no bangalô de Frances.

A visita

Serena me telefona e me diz que tem um intervalo entre prazos finais do trabalho; pode abrir espaço para a visita a Sebastian; pergunta se eu gostaria de ir com ela. Vai comprar as passagens. Podemos voar em classe econômica e nos hospedar no Amstel Intercontinental, que, segundo ela, tem todos os confortos, e ela tem viajado bastante.

Assinalo que a penitenciária de Bijlmer exige que a visita seja marcada com pelo menos três dias de antecedência, mas ela informa que já telefonou para lá e os levou na conversa. Ela é uma visitante conhecida e eles deram um jeitinho; as duas podemos ir, e estamos na lista para sexta-feira. Uma limusine vai nos levar do aeroporto Schiphol até o presídio e, depois de esperar as duas horas que se leva para entrar e sair do local, nos levará de volta ao Amstel de Amsterdã.

A visita propriamente dita leva uma hora — o resto do tempo é tomado pelas aborrecidas formalidades, que envolvem buscar nomes em listas, verificar identidades, tirar fotos na hora, o estrondo de portas batendo, passar pela varredura da íris, retirar sapatos e cintos para inspeção, submeter-se a exame do interior da boca para ver se você está trazendo drogas escondidas em um dente postiço, descobrir como funcionam os escaninhos em que se devem colocar todos os pertences portáteis e esperar o prisioneiro ser localizado, trazido e introduzido na sala falsamente jovial em que a visita se realiza.

Tenho como certo que o mundo inteiro, na maior parte do tempo, se parece com Bijlmer, quero dizer, que é cansativo, com raros e ocasionais trechos agradáveis; logo, a vida coincide com meu padrão de expectativas. Serena tem muita esperança no futuro, então este a favorece. Se eu telefonar ao programa de visitantes de Bijlmer, minha voz vai parecer lamentosa, e eu choro e nada acontece: eles vão decidir que eu solicitei a visita com pouca antecedência. Serena está para o que der e vier; ela entra decidida e consegue tudo do jeito que lhe agrada.

Depois da visita, que será emocionalmente exaustiva, e na qual vou chorar um pouco e Serena vai estar saltitante, pois este é meu marido, e não dela, embora ela goste de Sebastian o bastante para visitá-lo com a máxima frequência possível, pois bem, então nós nos retiramos para o Amstel e suas glórias. Eu vou me alegrar por ela não ter me dado ouvidos quando eu disse:

— Ah, não, eu posso ir e voltar no mesmo dia pela easyJet; francamente, Serena, é mais fácil. Eu encontro você lá.

É verdade que, depois de chegarmos ao hotel, provavelmente não teremos liberdade para abrir as janelas, já que é muito grande o número de hóspedes com tendência a saltar por elas; e os garçons e a camareira nos observarão e falarão de nós pelas costas, e o motorista da limusine revelará para todos onde nós estivemos, mas não estaremos trancadas e, pelas janelas, veremos os canais de Amsterdã e as castanheiras que os cercam e teremos consciência da história e da civilização avançando lentamente e sempre rumo a um futuro destinado.

Não seremos obrigadas a olhar para fora e ver concreto e arame farpado e a depressão cinza — o que mais deprime é a feiura das prisões — ou a não ouvir nada além do estrépito de portões e o bater de botas no piso, e o som distante de uma centena de televisões ligadas em emissoras diferentes, e os súbitos berros e gritos reverberantes dos loucos e quase loucos.

Ao contrário, ouviremos o som de Vivaldi vindo do televisor quando nos berra as boas-vindas mencionando nossos nomes — bem-vinda ao Amstel, Srta. Hallsey-Coe, e bem-vinda ao Amstel, Sra. Watt. É quase como se a própria televisão nos conhecesse e nos reconhecesse e se importasse conosco.

Hoje, depois da visita ao presídio, um mensageiro traz a nossa suíte dois quadros de Sebastian — pinturas a óleo, a tela estendida no bastidor, mas sem moldura. A prisão generosamente nos permitiu retirá-las de lá. Nós as vemos de relance ao entrar, e eles nos permitem levá-las conosco quando formos embora. Sem dúvida foram inspecionadas e passadas nos raios X em busca de drogas. Esse tráfico pode acontecer para fora da prisão, assim como para dentro. Uma das pinturas é uma cama preta contra um fundo cinzento comum. A outra é uma cadeira de plástico moldado cor-de-rosa, contra mais um fundo cinzento. Isso da parte de Sebastian, que normalmente faz paisagens tumultuadas quando está infeliz e ousados campos cromáticos quando está alegre. As pinturas nos causam surpresa: acho que gosto delas.

— Tudo que eu tenho para olhar parece cinzento — declara Sebastian, quando, durante a visita, me avisa que as pinturas podem sair, ainda que ele não possa. — É tudo que eu consigo pintar, e alguns objetos interrompendo isso. Acho que minha memória visual deve estar desaparecendo.
Lembro a ele que Van Gogh também andou pintando uma cadeira ou outra.
— Mas não de plástico moldado — retruca Sebastian, bastante contrariado.

Ele ainda tem um ano da sentença a cumprir na prisão. Está pálido e deprimido, e seus olhos, irrequietos. Diz que todos ali acabam ficando assim por estarem sempre olhando por cima do ombro. Serena depois comenta que as pinturas parecem pintura de interior, da arte holandesa, e as duas rimos nervosas, já que é verdade. São detalhadas e meticulosas. Não vou tentar vendê-las na galeria: vamos guardá-las para a próxima exposição dele.

— Diga-me — perguntou outro dia um desconfiado funcionário da imigração no aeroporto de Schiphol, colocando meu nome na tela do computador —, por que a senhora fica fazendo essas viagens curtas de ida e volta a Amsterdã?
— Eu vou visitar meu marido na prisão — explico.
— Que bom para a senhora — ele aprova e dá um sorriso extremamente amistoso, e eu me comovo e me sinto menos desmoralizada.

Se Hattie estivesse em meu lugar, teria de dizer "Eu vou visitar meu parceiro na prisão", e a frase não soaria tão bem. Mas, naturalmente, ela nunca estaria em meu lugar.

Suspeitas

Babs resolveu que não pode ter o filho sem ter certeza de quem é o pai. Optou por interromper uma gravidez da qual Alastair não está ciente. Hattie não contou a Martyn porque Babs lhe pediu que jurasse guardar segredo, e porque Martyn talvez achasse que era seu dever moral revelar ao outro o que estava acontecendo.

Hattie está horrorizada de notar que por sua mente passou voando, e saiu tão rápido quanto ela pôde expulsá-la, a percepção de que realmente não deseja ver nada se interpor no caminho do aborto de Babs. Se tiver o bebê, Babs talvez tente reaver Agnieszka. Mas isto certamente é ser absurdamente paranoica. Agnieszka é uma *au pair*; Babs pode se dar ao luxo de ter uma babá de categoria. Mas Hattie percebe que, se quiser oferecer o conselho correto a Babs, terá de se empenhar muito em ser imparcial e não deixar o interesse pessoal atrapalhar a obrigação que tem com a amiga.

— Ah, Babs, é uma decisão terrível de tomar. Você precisa ter certeza de que é o que realmente deseja. — Está encantada com sua própria retidão moral.

Hattie acabou de sair com Martyn para comprar um anel. Agora que ela está trabalhando, eles podem se dar a semelhante luxo. Não um anel de noivado, nem uma aliança de casamento — como sugere Martyn, deixando-a furiosa —, mas só um anel para celebrar o fato de as mãos dela estarem brancas e macias, e não mais vermelhas do trabalho doméstico e atacadas de eczema causado pelo detergente de louça. O anel é perfeitamente simples, custa cerca de cem libras e ela usa no dedo médio da mão direita. A promoção de Hattie ainda não saiu: Neil alega que precisa reunir a documentação, mas que ela não precisa se preocupar, já está a caminho.

Naquela noite, quando Agnieszka está na aula, Hattie repara em um selo estranho, colado em um pedaço de papel de embrulho que foi rasgado e atirado ao lixo. É a embalagem bastante inadequada que envolvia a caixa avariada de ameixas ao chocolate. O carimbo é grande, bonito e estranho. Uma guirlanda de flores circunda uma pintura de um antigo mosteiro. No carimbo consta "Ucrânia".

Hattie coloca o papel de volta onde o encontrou. Bem, ela pensa, Aurek pode ter ido à Ucrânia em férias. Talvez um feriado de motoristas de ônibus. Onde exatamente fica a

Ucrânia? Ela não tem certeza. Procura na internet. Não, não fica na União Europeia. Varsóvia está a curta distância da fronteira ucraniana. O trajeto do ônibus pode até levá-lo diariamente de uma nação à vizinha, embora haja uma irritante espera na fronteira. Será que eles deixam os ônibus cruzarem automaticamente para o outro lado? Não parece que eles estejam em guerra. Aurek, doador de ameixas, enviou o pacote de uma agência de correios, em vez de outra, foi só.

Hattie vai procurar a caixa e constata que as ameixas ao chocolate alegadamente polonesas, postas no correio na Hungria, na verdade, vêm da República Tcheca. E, supondo-se que Agnieszka esteja mentindo ao se afirmar proveniente da Polônia, que diferença faz? Ora, se ela nasceu na Ucrânia, precisará ter um visto de entrada. Será que Agnieszka tem visto? Possivelmente não. Possivelmente Agnieszka é uma imigrante ilegal. Isso importa a ela? Não seria bom para a carreira política de Martyn, caso a questão algum dia viesse à atenção pública. Mas talvez não venha, e nesse meio-tempo as melenas de Kitty estão fazendo cachinhos que descem por sua nuca. Pequeninos caracóis avermelhados — ela vai ter os cabelos de Hattie.

Hattie decide que não, que não se importa. A nacionalidade de Agnieszka é assunto da própria. Não, ela não vai contar a Martyn. Aquilo que você não sabe não pode lhe dar preocupação. Se ela não tivesse visto o carimbo, não estaria agora se preocupando com essas coisas imponderáveis. Rebobinar, rebobinar, rebobinar, apagar, deletar.

Enquanto isso, nos sonhos de Martyn, Agnieszka está cada vez menos parecida com uma versão abstrata da empregada da casa, e cada vez mais parecida com a Agnieszka real. A coisa não para por aí. Uma noite ela vem na direção da cama onde ele está deitado com Hattie. Está despida. Seus pequenos seios se balançam. Ela apanha o anel que Hattie tira antes de ir dormir e o coloca no próprio dedo. Mesmo no sonho ele pode ver que é o terceiro dedo da mão esquerda. A mãe dele usava uma aliança de casamento, o pai, não. O pai achava que anéis para homens eram perigosos, podiam ficar presos nas máquinas. Ele sabia de casos em que acontecera e a empresa envolvida não pagara indenização. Alegaram que, se os empregados usavam anéis, era por própria conta e risco, e o tribunal apoiava os patrões. Martyn percebe que está acordado de novo. Qual o problema com ele? Volta-se para Hattie e lhe acaricia as coxas e ela suspira e, quase sem acordar, se abre para ele. É a ela que ele ama, e depois dela, a Kitty. O resto não conta.

Eles precisam ser silenciosos, pois Agnieszka está exatamente do outro lado da parede, mas estão acostumados a isso.

Frances apaixonada

Uma coisa bastante extraordinária e inesperada aconteceu. Estou apaixonada. É absurdo e ridículo, e os jovens vão achar revoltante, mas mesmo assim aconteceu. Todos os velhos sinais estão presentes, a sensação de estar respirando um ar diferente, mais fresco, que as árvores e as folhas e as nuvens estão envolvidas em algum jogo cósmico e hilariante que subitamente inclui você, o indício de possibilidades infinitas, a consciência de que você está plenamente viva na companhia da pessoa amada — confiança e dúvida, medo e convicção, tudo misturado e estimulante. Seria deplorável se não fosse recíproco. Mas é.

Não que a palavra "amor" tenha passado entre nós dois: é uma palavra muito fácil e usada equivocadamente em grande parte das ocasiões. Ele não falou nisso, eu não falei nisso, nós dois apenas sabemos. Ele parece presumir que vou viver com ele pelo resto de nossas vidas. Não sabe a minha idade: não me perguntou e eu não disse. Tampouco tenho a menor ideia da idade dele. Parece irrelevante. Ele é grisalho como um urso cinzento, isso eu sei. Também como um urso, ele vem do Canadá. Não se parece com nenhuma outra pessoa. Para começar, ele é maior: mais de 1,90m, eu imaginaria, e, além de tudo, robusto. Ele se mexe pesadamente, enchendo minha pequena galeria com sua presença. Tenho medo de que, ao se movimentar, acabe quebrando alguma coisa. Tenho lindas peças em vidro tipo Murano expostas em uma mesa, e elas são frágeis. Sebastian também já teve mais de 1,90m de altura, mas a idade e os problemas lhe tiraram no mínimo 5cm. Eu meço 1,62m e numa escala diversa da dele, portanto acho que meu detalhe não é particularmente notável para esse urso, o que provavelmente ajuda.

O nome dele é Patrick. Irlandês de extração, emigrou para Vancouver na década de 1950. Fez fortuna na indústria madeireira no Canadá. Possuiu e destruiu provavelmente tantas árvores quanto as estrelas que Susan conseguia ver por meio do telescópio erradamente focalizado, naqueles últimos dias na Nova Zelândia, quando Serena estudava e eu brincava infantilmente com minhas partes íntimas e ansiava por esse homem, entre todos, fato que agora ficou claro.

Ele me conta que vive numa cabana de troncos, mas acho que provavelmente exagera suas características de lenhador. Pelo visto também tem um palácio na Itália que abriga crianças extraviadas. Acho que se sente mal em relação a todas as árvores que cortou e, agora que se cansou do negócio e que de toda forma o governo está se interessando muito, ele tenta compensar, mas não sonharia em declarar tal intenção. Não é do tipo de falar dos próprios sentimentos ou ter como certo o excessivo respeito por eles. São sentimentos dele, e a ele compete suportá-los.

Ele entrou na minha galeria em Bath às 11 horas da manhã de uma terça-feira e tentou comprá-la. Não só os quadros, porém todo o restante: o imóvel, o mobiliário, os utensílios, o ponto e a clientela. Declarou que estava entediado com as árvores, o trabalho da natureza, e queria olhar para pinturas, o trabalho do homem. E da mulher também, acrescentou, olhando para mim de soslaio, para o caso de eu ser sensível à questão feminista. Ele era rápido, muito rápido. Sabia o que andava acontecendo pelo mundo.

Gostava de Bath, uma nobre cidade. Se comprasse a galeria, exibiria de graça as telas dos artistas locais. Isso me faz recordar Sally Ann Emberley e seu produtor cinematográfico e o quanto todos riram dela. Talvez o mundo tenha ficado adulto e ninguém vá ficar rindo.

Propõe-se a me comprar o negócio inteiro por 550 mil libras, uma soma que sem dúvida tiraria de apuros a Sebastian e a mim. Foi muito preciso a respeito da quantia, bem próxima do valor de mercado: ele não estava jogando dinheiro fora. Ficou sentado lá em minha galeria fazendo essas propostas extraordinárias, e quebrou a cadeira em que se sentou, uma peça ridícula, comprida e estreita.

Falamos de nossas vidas e amores e fortunas enquanto almoçávamos, e durante o chá, e durante o jantar, quando ele às 19 horas olhou o relógio e disse que era tarde e que estaria de volta na manhã seguinte. Tranquei a galeria e ele me ajudou com a grade e me acompanhou até a porta do Royal Crescent Hotel, onde se hospedava, e me mandou para casa de táxi. Em um mundo perfeito, ele teria me levado de táxi até minha casa, mas este não é um mundo perfeito: ele me mandou para casa.

Eu disse a mim mesma: o cara é maluco, e quem poderia viver com um homem tão falastrão, e de toda forma eu era Penélope para o Ulisses de Sebastian.

Quando abri na manhã seguinte, pouco depois das 10 horas, ele estava lá. Apontou que eu me atrasara dez minutos e que não era assim que se geria um negócio; melhor seria que o comprasse de mim, e eu então poderia entrar ali quando quisesse. Eu disse não. O homem continuou falando até 11 horas da manhã, 24 horas depois da primeira vez em que nos víramos, quando enfim ele disse "Chega de conversa" e parou. E ficamos sentados ali, e eu fiquei enrolando e atendi alguns clientes, nenhum dos quais comprou nada, e ele me observava e ocasionalmente sorria e eu pensei: "Quem poderia viver com um homem tão calado?" Nós já havíamos presumido que "viver com" era uma opção.

Ele tinha sido casado uma vez: ela havia morrido. Fazia exatamente 12 anos naquele dia. Isso, ele achava, era um período de luto depois de um casamento de 32 anos. Aquele homem tomava decisões imediatas. "O dia é hoje!", e era. "A árvore vai tombar para aquele lado!", ele gritava e apontava e todos saltavam e a árvore caía e tinha sido bem a tempo, ou todos eles estariam mortos. Aquilo, imagino, era a arte de ter êxito na derrubada de árvores. Aquilo e ficar saltando de um tronco para outro enquanto as toras de madeira vão rolando do rio para o porto. Ele tinha uma perna manca e um braço torto por ter sido esmagado entre toras flutuantes.

E tinha entrado nessa pequena galeria de arte em Bath e visto uma mulher de cabelos brancos em uma nuvem pré-rafaelita, e boa forma física, e echarpes vaporosas, e foi o quanto bastou para presumir que ela tinha sido enviada para entrar na vida dele porque era o momento propício. Por que eu? Não tenho ideia. Estávamos *destinados*?

Outro detalhe extraordinário. Você sabe que eu disse que ele era de origem irlandesa. Contou-me de seu irmão Curran, que tinha morrido numa briga de bar havia muito tempo. Tinha sido um grande musicista com o arco e o violino. Patrick tinha ido para Vancouver, onde fizera fortuna. O irmão tinha ido para Londres e cantado no metrô, principalmente na estação de Charing Cross, e morrido. Um estranho mundo, comentou.

Sim, concordei, um estranho mundo. De tão apavorada, recusei-me a ver esse Patrick no dia seguinte, e no outro, e no outro. Não conseguia suportar os padrões traçados pela vida, de modo a nada se acabar algum dia. Devo dizer a Lallie que ela tem um tio? "Acho que não consigo arranjar tempo para encontrá-lo", é tudo que ela diria. "Eu tenho um concerto." Ela se move nesse mundo de som líquido, uma esfera que parece não ter muito a ver com o restante de nós.

Retiro o que disse. Não estou apaixonada. Levei um choque que me devolveu a sanidade. Sou a mulher de Sebastian e é o que vou continuar a ser. Vocês aí me desculpem.

Mas peguei seu cartão de visita no momento em que o despachei.

O passaporte de Agnieszka

O Natal chegou e passou. Em torno da mesa de Serena e Cranmer sentaram-se 23 convivas; foguetinhos natalinos, anedotas e presentes em torno da árvore de Natal, e todas as camas e sofás da casa foram ocupados. Martyn se sente menos deslocado que antes. No começo ele tinha achado a família de Hattie bastante ruidosa, cheia de opiniões, socialmente suspeita e totalmente fora de contato com a realidade. O dinheiro de Serena tinha servido de amortecedor para todos eles e os deixara moles. Agora Martyn sente que faz parte da família: gostaria de estar casado e ter mais filhos.

Gostaria de se casar numa cerimônia em família, com Hattie de vestido branco, e discursos, mas pode ver que isso está fora de questão. O querer deveria ser dono dele, como sua mãe gostava de dizer. "*Quero isso, quero aquilo; o quero devia ser seu dono.*" A mãe vinha de uma família católica, e o pai de Martyn era ateu e foi para seu próprio casamento em estado de protesto, recusando-se a participar das orações, ajoelhar ou cantar os hinos, embora tivesse colocado aliança na noiva e permitido que o abençoassem. Ou assim reza a história da família Arkwright.

Martyn vai ficar no escritório até mais tarde. É noite de sexta-feira. A edição desse mês da revista *Devolution* vai para o prelo em duas horas. Ele está reescrevendo o artigo de um colega sobre a Europa. Não há tempo de pedir ao outro, Toby Holliday, que o faça pessoalmente. Toby é um desses escritores que escrevem no derradeiro momento e depois desligam o celular para o caso de lhe pedirem que refaça o texto. Se o artigo for impresso com alterações não aprovadas, Toby vai armar uma tempestade e berrar e exigir que as bolas de alguém sejam transformadas em ligas. Neste caso serão as bolas de Martyn, mas este não tem escolha, tocou-lhe a responsabilidade: Harold viajou para uma quinzena "sabática". O artigo de Toby é um elogio da nova Europa, o que está perfeito — a revista *Devolution* é pró-Europa em palavra, pensamento e espírito —, mas precisa ser feito com mais sutileza ou o texto se tornará simplesmente risível. Martyn percorre as linhas apressado, mudando palavras como "total" para "até certo ponto", "fabuloso" para "prazeroso" e "triunfo" para "resultado positivo".

Martyn telefona para casa e avisa que chegará tarde, e Agnieszka responde com sua voz doce e familiar, com leves toques de exotismo e sotaque estrangeiro. Sempre que a ouve, ele pensa nos músculos trabalhando sob a pele fina e macia da barriga dela e é obrigado a apagar a imagem. Não, Hattie ainda não chegou em casa e Agnieszka precisa sair para a aula de inglês. Kitty já está banhada e na cama, dormindo. Mas Agnieszka naturalmente vai esperar até alguém chegar de volta em casa. Felizmente ele escuta Hattie entrar em casa com a frase habitual "Ah, meu Deus, eu me atrasei de novo?" e pode voltar ao trabalho com a consciência limpa. "A sociedade pós-cristã da Europa" transforma-se em "A comunidade multirreligiosa da Europa".

Se ao menos Harold tivesse deixado à mão os documentos necessários para garantir a Martyn um pouco mais de dinheiro — afinal de contas, ele está efetivamente fazendo o trabalho do outro —, o casal poderia se dar ao luxo de dispensar Agnieszka. O problema dela é estar sempre *tão presente*. Ele gosta de que ela esteja presente de certa forma, mas também não gosta do choque de prazer que sente ao lhe ouvir a voz. Martyn está confuso. Em certas ocasiões ele realmente gostaria de estar sozinho com Hattie. E com Kitty, é claro. Mas se Hattie, e não Agnieszka, tivesse de cuidar de Kitty, a criança deixaria de ser um bebê contente, que não chora, que se adapta à rotina, e se transformaria num feixe de exigências e aprovações, do tipo que seus amigos enfrentam, e de toda forma não haveria mais sossego doméstico e Hattie voltaria a ser impertinente e mesquinha. Portanto, Agnieszka terá de ficar.

Enquanto isso, em casa, em Pentridge Road, Agnieszka saiu para a aula usando um vestido de seda vermelha que foi de Hattie, agora muito justo para esta nos quadris, mas que veste bem a babá. Martyn ainda levará uma hora ou mais para voltar. Kitty está dormindo a sono solto. O bebê gosta de seu novo carrinho, que pode se tornar seguro contra o vento e as intempéries, graças ao visor de plástico transparente; e é bom que assim seja. Agnieszka opina que mais vale ignorar a chuva, e que os bebês precisam de ar fresco e as mudanças de temperatura não fazem mal. O inverno está avançando e o instinto de Hattie é se enroscar embaixo do edredom e ligar a calefação central no máximo, mas Agnieszka acha mais saudável vestir uma camada extra de roupas e permitir que o corpo se adapte ao clima, em vez de tentar adaptar o clima ao bebê.

A casa está silenciosa, e muito limpa. Até as plantas dos vasos parecem ter sido treinadas para crescer aprumadas: tantos brotos para este lado, tantos para o outro. Hattie entra no quarto de Agnieszka. Kitty está dormindo, deitada de costas no berço, banhada, rosada e limpa, os bracinhos jogados para cima em atitude confiante. Hattie resolve procurar o passaporte de Agnieszka. Ela quer *saber*, não tem certeza exatamente o quê, mas quer *saber*.

Não está na gaveta do criado-mudo, nem na cômoda, nem na pasta de plástico marcada "Documentos" — em cujo interior estão, principalmente, cartões de sócia de clubes de dança do ventre, e cartões de fidelidade de lojas, e formulários de matrícula para cursos de inglês dobrados cuidadosamente —; ele está sob o colchão. Ora, você não vai perder o documento ali, vai? Principalmente se é você quem vira o colchão.

É um documento de capa vermelho-escura, bem maior que o despojado passaporte europeu, positivamente bonito e orgulhoso, com uma cruz diagonal atravessando a capa de lado a lado e inscrições em alfabeto cirílico. Hattie abre o passaporte que tem uma fotografia de Agnieszka, quieta e recatada. O que o documento revela a respeito da babá Hattie não pode dizer, porque não sabe ler cirílico. Conhece o suficiente para dizer que não é um passaporte polonês, mas de algum país mais a leste, fora da Comunidade Europeia. Imagina que será a Ucrânia, por causa do carimbo no pacote das ameixas ao chocolate. No interior do documento, não vê nada parecido com um carimbo inglês, que possa acompanhar um visto ou permissão de trabalho.

Hattie decide que isso não tem importância. Apoia os despossuídos, os que pedem asilo, as vítimas em toda parte. Ela foi criada assim. Defenderá Agnieszka até a morte, ou certamente diante do Departamento de Imigração. Sabe que Martyn também o fará, embora não vá contar a ele sobre o passaporte, como não contou acerca do carimbo ucraniano. Ele pode começar a criar confusão. É simplesmente injusto que o fato de ter nascido a alguns quilômetros do lado errado da fronteira — poderia ser uma distância como um quintal — possa fazer diferença em relação ao lugar onde a pessoa trabalha ou vive. Ela devolve o passaporte a seu lugar sob o colchão de Agnieszka e faz para si uma xícara de café muito forte, muito preto. Agnieszka não aprova o consumo de café por causa da cafeína, mas Hattie acha que vai se dar um prazer. É realmente agradável ter a casa toda para si.

Então o telefone toca e sua paz se estilhaça. É Babs num estado de histeria. O que deve fazer? Interromper ou não a gravidez? Eis a questão. Babs tem 39 anos. Se ela não tiver esse bebê, talvez nunca mais consiga voltar a engravidar.

— Você não teve dificuldade desta vez — lembra Hattie.
— Mas este foi um caso ilícito — contesta Babs, e observa à amiga que as mulheres têm muito mais chance de engravidar se estiverem fazendo algo indevido. Está associado à excitação e à comoção emocional e à descida do óvulo pelas trompas de Falópio. É por isso que as vítimas de estupro engravidam mais do que a média nacional do intercurso reprodutivo.
— Calma aí, não me interessam tantos detalhes — retruca Hattie.

Babs se queixa que Hattie é muito inepta para pensar no que não lhe agrada, e que a possibilidade de os óvulos descerem quando está com Alastair é muito reduzida. Ela gosta muito dele, que dará um excelente pai — mas não faz descerem os óvulos de ninguém, e tende a querer que ela fique em casa com o bebê, e boas empregadas são mesmo difíceis de achar. Então Babs pergunta a Hattie como está se entendendo com Agnieszka e a outra responde que muito bem. Babs diz:

— Naturalmente, talvez tenha sido imaginação minha aquela história sobre ela ficar tocando os pés de Alastair sob a mesa, eu estava em péssimo estado "naquela época. Você já reparou como é fácil desconfiar que os outros estão fazendo aquilo que a gente está fazendo?

— O quê, bolinar os pés do amante por baixo da mesa?

— Aconteceu uma ou duas vezes — admite Babs. — Enquanto Tavish estava editando o filme. Alastair o convidou para vir a nossa casa, e eu não querer recebê-lo teria parecido suspeito. Foi por isso que Alastair ficou tão zangado. Em sua própria mesa de jantar, esse tipo de coisa. Mas agora ele está bem. E eu devo alguma coisa ao pobre homem.

— Provavelmente você deve — concorda Hattie. Dá para ver o rumo que a mente da outra está tomando. Se ela tiver mesmo um filho, vai tentar subornar Agnieszka a servi-la. Babs tem dinheiro ilimitado e uma casa esplêndida. Hattie tem esperança de que Agnieszka seja leal, mas nunca se sabe. Portanto, diz apenas que Babs tem muito tempo para pensar na questão, e a outra diz, bem, não, aos três meses a alma entra no corpo e então é tarde demais, depois disso é assassinato.

— Desculpe, como é mesmo? — pergunta Hattie, surpresa.

— A doutrina da recepção da alma — esclarece Babs. — Fui criada no catolicismo, e a alma entra no corpo aos três meses. O presidente Bush afirma que ela entra no momento da concepção, e que por isso não pode haver pesquisa de células-tronco, mas não me parece verdade. Alastair acha que Bush tem razão, nós tivemos discussões terríveis sobre isso. Logo, o que quer que seja feito deve ser feito secretamente. Atualmente não se precisa ter um formulário de consentimento paterno, não é?

— Não sei — responde Hattie. — Mas se Alastair achar que o filho é dele, e pedir o exame de DNA, e for ao tribunal para impedir você de abortar, acho que ele consegue.

— Nem fale nisso — alarma-se Babs, e Hattie concorda que é melhor não falar. A outra desliga.

Hattie vai dar uma olhada na criança adormecida. Ela pensa em Wanda, e Lallie, e Frances, e Serena, e com Agnieszka ou sem esta, parece uma grande vergonha decepar um ramo da árvore da vida. Ela telefona de volta a Babs.

— Olhe, Babs, acho que você deveria ir fundo e ter esse filho — diz Hattie, corajosa.

Babs não consegue perceber o grau de sacrifício pessoal envolvido na decisão de Hattie.

— Ah, para você é fácil. Já passou por todo esse lance do parto, e conta com Agnieszka, e você nunca se preocupa com roupas, nem com a aparência. Não posso falar agora: Alastair acabou de entrar.

Hattie escuta Babs dar as boas-vindas ao marido, com amor e efusão.

Animais

Enquanto Hattie e Martyn estavam no trabalho certo dia, Agnieszka escutou alguma coisa arranhando e miando na porta da frente, que abriu para um gatinho. Agora a família de quatro membros — Hattie, Martyn, Kitty e Agnieszka — conta com mais um membro, Silvie. Hattie telefona a Serena, excitada e satisfeita.

— De certa forma, isso fecha nossa família por baixo — avalia. — Agora existe alguém mais novo que Kitty. Eu sempre quis ter uma gata. Ela é tão bonitinha e engraçada e se esconde e salta em cima de você, pula com as quatro patas no ar como se pensasse que é um carneiro, e posso jurar que fica fazendo graça.

Serena observa que costumava ser comum recolher gatos extraviados, mas, graças aos abrigos de animais que oferecem castração gratuita, eles se tornaram bastante raros em Londres. Ela espera que o casal tenha colocado avisos nas bancas de jornal anunciando que um gatinho foi encontrado, e Hattie diz que, na verdade, não. Agnieszka gosta muito do bichinho. Teve um gato como aquele quando vivia na Cracóvia e ele lhe traz a sensação de estar em casa.

Serena me telefona para informar do diálogo com Hattie.

— Estou realmente surpresa, Frances. Antigamente, Martyn e Hattie não teriam sequer sonhado em não *tentar* pelo menos encontrar o proprietário legítimo, não importa o quanto a criatura fosse bonitinha. O que está acontecendo com eles?

— Manter a babá satisfeita se tornou uma das maiores preocupações para eles — observo. — A moral inteira vai para o espaço.

Pergunto a Serena a raça do gatinho e, quando ela diz que, segundo apurou, ele tem pelagem longa e prateada, um nariz chato e esnobe, uma cara achatada e grandes olhos redondos e alaranjados, eu digo:

— É um gato persa, e eles são caros. E tem mais: esse gato usa bandeja de areia sanitária, e não o quintal, deixa pelos por toda parte, não é muito esperto e provavelmente vai deixar Kitty com asma. Nas circunstâncias, é uma pena eles terem dado a Kitty esse nome;* será que nunca pensaram que um dia poderiam querer um gato?

---

*Em inglês, apelativo comum para filhotes de gato (*N. da T.*)

Observo que a confusão entre empregada e patroa já é bastante funesta, mas agora também haverá confusão entre a criança e o animal de estimação. Quem visitá-los pela primeira vez vai concluir que Silvie é a criança e Kitty, o animal. Eu me empolgo com o tema.

Kitty não vai mais acordar com o canto dos pássaros, eu digo, mas sim com os miados dos gatos nos quintais úmidos de Pentridge Road. Estou realmente muito contrariada. Sou apreciadora de cães. Também conheço muito sobre os gatos. A mãe do Pé de Martelo criava gatos persas. E visitá-la era uma verdadeira provação por causa do cheiro, e dos pelos, e da sensação de viver no meio de alienígenas, se houvesse mais de três das criaturas no recinto, em algum momento. O que sempre havia, e em vários estágios da gravidez e do cio. A única vez em que realmente me comovi com Pé de Martelo foi quando me disse, contristado, acerca da mãe: "Ela amava mais os gatos que a mim", e eu senti aquela onda de preocupação comum às esposas quando querem compensar os maridos por todas as coisas que algum dia lhes aconteceram, e que quase corresponde a amor. Mas não durou o suficiente, eu temo. Não era amor verdadeiro. Eu só consegui fazer com que mais coisas ruins, ou quase isso, acontecessem com ele. Depois que fui embora, ele ficou deprimido e ninguém queria seus textos.

Telefono a Hattie na manhã de sábado e digo:
— Ouvi dizer que você arranjou um gato — e ela percebe, pelo som da minha voz, que não estou contente.

— Não briga comigo, tia-vovó. É só uma gatinha. Ela é um amor e tão engraçada, e a Kitty a adora. Eu sei de todo aquele papo idiota sobre passarinhos e doenças dos olhos, mas ela é muito saudável e de toda forma não há nenhum passarinho por aqui.

Fico pensando em Sebastian, lá onde os pássaros não cantam, e me admiro de como as pessoas fazem prisões para si mesmas quando realmente não há necessidade.

— Agnieszka diz que ela tem uns três meses, o que realmente é o indicado para um filhote. Nós a levamos ao veterinário e ela já tomou todas as vacinas, e Agnieszka a penteia todos os dias.
Fico na dúvida se ela estará tentando tranquilizar a si mesma ou a mim, mas acabo concluindo que é só a mim.
— E no veterinário não havia nenhum aviso sobre um filhote de gato persa extraviado?
— Não — responde ela secamente.
— Enquanto Agnieszka estiver por aí, não será tão mal — observo. — Mas o que vai acontecer se ela sair de férias, ou for embora, ou abrir sua própria escola de dança do ventre ou seu curso de parteira?
— Acho que Agnieszka está muito feliz conosco — defende-se Hattie. — Ela diz que somos um tipo de família que nunca teve.
— Ela não tem supostamente um marido escondido em algum lugar, e uma mãe, e uma irmã doente?

— Não sei por que você está tão contra a pobre Agnieszka — reclama Hattie. — Houve problemas de comunicação quando ela chegou aqui em casa: o marido não é marido, e sim namorado, e esse tipo de coisa, e ele é motorista de ônibus e também roteirista, e vai vir morar aqui tão logo tenha vendido seu roteiro, o que quer dizer que Agnieszka pode continuar trabalhando para a gente por muito tempo. Você sabe como é vender roteiro de filme. Kitty já vai estar velha antes que isso aconteça.

— Deve ser mais fácil em Londres que na Cracóvia, eu imagino.

— Quanto à mãe e à irmã, ela imigraram para a Austrália — anuncia Hattie. — As coisas não ficam estáticas no mundo aqui fora — acrescenta, insinuando (talvez) que sou velha demais para estar atualizada do que anda acontecendo.

— Você conheceu o namorado quando ele veio passar o Natal?

— Não, porque ele perdeu o avião; houve uma ameaça de bomba no aeroporto de Heathrow e os voos foram suspensos. Quando por fim ele apareceu, nós tínhamos ido para a casa de Serena. Ele foi embora antes de nós voltarmos.

— Porque o feriado dos motoristas de ônibus havia acabado. No entanto, a amiga em Neasden, a que planta cenouras, continua sendo real — eu digo.

— Ela já não está mais plantando cenouras — esclarece Hattie. — Existe uma coisa chamada rotação de culturas. O solo precisa descansar, e ela não acredita em adubo artificial.

— É, a mosca da cenoura pode ser um problema sério — admito —, principalmente se você não gosta de usar inseticida.

Não sei por que estou fula de raiva com ela, mas estou. Então Hattie informa que precisa desligar, Agnieszka está servindo o almoço. Foi o mais próximo que já cheguei de ter realmente um bate-boca com ela; e nem que disso dependesse minha vida, eu saberia determinar a causa.

Telefono para Serena. Ela sugere que eu vá almoçar com ela. Digo que não posso porque estou na galeria, e ela está a uma distância de 45 minutos de carro. Ela pergunta quantos clientes eu tive hoje, e digo que só dois, e que estavam "só olhando" — as coisas andam paradas —, mas um especulador está firmemente interessado numa gravura de William Bates e vai dar a resposta amanhã. Serena me diz que ponha um bilhete na vitrina dizendo "fui almoçar", o que é apenas a verdade, e que eu vá até a casa dela, coisa que faço. A maior parte de minha clientela é de compradores regulares, e de toda forma eles têm meu número de celular.

Serena é mais habilidosa que eu para lidar com animais. Depois que ela se mudou para Wiltshire com George, a família tinha um sítio. Eles criavam carneiros Soay — sete animais, pequenos, pelados, criaturas semelhantes ao muflão e cujo ambiente nativo era as terras altas da Escócia. Os carneiros tinham uma estrutura familiar elaborada — macho principal, macho secundário, primeira esposa, segunda, terceira e quarta esposas, avó. Viviam no campo ao lado do imóvel rural e ficavam de pé sobre um outeiro, miniatura de Primrose Hill, situado no meio do campo e feito dos escombros de pedra cobertos de grama de antigas construções rurais e da terra que fora removida para a construção da fossa séptica. O macho principal se encarapitava orgulhoso no topo, e o resto do rebanho se distribuía por ordem de hierarquia. O macho dominante tinha chifres fortes e recurvados, impressionantes; os do macho secundário eram mais fracos e menores, combinando com seu status inferior; a primeira esposa se enfeitava e se envaidecia; a segunda, a terceira e a quarta ficavam emburradas; a avó estava autorizada a acompanhar a tropa.

Depois disso, Serena e George acumularam gansos, galinhas e patos e em certa ocasião engordaram e comeram — com muita relutância — dois porcos. Eles tinham três cachorros e dois gatos e chegaram a ter um peixe tropical. Quando os dois precisavam se ausentar, eu era solicitada a ir morar na casa e "cuidar dos animais" e das crianças que ainda estivessem na casa. E eu cuidava, mas nunca o fiz com grande entusiasmo.

Serena teve um filho temporão com George pouco depois de se mudarem de Londres para o campo: foi como se a casa estivesse esperando para ser preenchida. O novo bebê naturalmente cimentou a relação — mas cimento não era necessariamente o que George queria. Ele teria preferido liberdade e flexibilidade. Naquela altura, aos 55 anos, estava farto de crianças. Serena tinha 46 anos. Perguntou ao médico se era seguro ter um bebê tão tarde, e ele respondeu que a mãe dele tinha 48 anos quando ele nascera e que a idade não tinha nada a ver com nada. E foi só.

À semelhança de tantos citadinos do paranoico início da década de 70, George tinha querido sair da cidade — a ameaça nuclear estava crescendo. A OPEP tinha se organizado, o preço do petróleo estava se aproximando de 13 centavos o litro, houve uma semana de três dias úteis — no decorrer da qual a produtividade paradoxalmente cresceu — e uma greve dos bombeiros — novamente, o número de incêndios comunicados caiu para um terço — e circulavam boatos de que cupons de racionamento estavam sendo impressos.

E como Serena havia observado, para exasperação de George, no departamento de meias da Harrods só havia à venda duas tonalidades de meia-calça. A menção àquela loja de departamentos sempre enfureceu George, como hoje enfurece Martyn. A mesma fúria contra a praga capitalista, contra o pecado da exibição de riqueza. A intenção era estar associado aos deserdados da terra, e não aos ricos e poderosos. Uma sacola da Harrods era vista como uma ofensa contra a humanidade, e Serena, de modo bem petulante, havia solicitado para si um cartão de crédito da loja. Hattie, tendo mais consciência que Serena, não sonharia em possuir algo assim, ainda que sua avaliação de crédito lhe permitisse.

George tinha fugido para o campo, para Grovewood, uma propriedade rural com uma casa, ainda com seus velhos estábulos e chaminés como num desenho infantil, cobertos de trepadeiras e rosas, um cenário doméstico ideal entre os campos abertos. Serena havia ido com ele. Para ela, fazia pouca diferença se estava na cidade ou no campo a mesa à qual se sentava para escrever. Mas era bom que não fosse arrebatada de sob a caneta dela e vendida a um estranho. Agora isso era menos provável de acontecer. George queria abandonar o comércio de antiguidades, viver junto à natureza, possuir e arar a própria terra, cuidar de animais, começar de novo a pintar — e para onde George fosse, Serena iria também, sem discussão. Ela escrevia e os cheques continuavam a chegar.

Ele só não esperava, nem ela, ter outro filho. Para George significava o fim de um pacífico devaneio de vida rural. Agora eram mamadeiras para todo lado, e amamentação ao seio, e balbuciar infantil e mais uma rodada de babás e empregadas domésticas. Havia Maureen Parks, a costureira, que foi à casa deles para reformar os lençóis, virando as bordas para o centro, e terminou fazendo roupas para Serena; tão talentosa quanto qualquer uma que você encontrasse num ateliê de costura parisiense. Havia as moças do campo, peitudas e atarracadas: Marie, Judite, Anne, Jean — moças locais com fraquezas locais, que incluíam namorados pederastas, cleptomania, narcolepsia — que ninguém fique pensando que o campo é menos movimentado que a cidade. Pelo menos, não por minha vivência, tampouco pela de Serena. Tanto ela quanto eu vivemos agora em cidades pequenas, e não no campo aberto. Dessa forma, você obtém uma espécie de experiência mediana, dividindo a sinergia do tédio e o excesso de acontecimentos, saltando de um para o outro.

Nenhum dos animais do sítio foi realmente buscado: ninguém saiu de seu caminho para reuni-los — eles só foram aparecendo, como Silvie. Com frequência os animais acabam sem ter onde morar — os donos adoecem, morrem, são postos na prisão, ficam sem dinheiro, fogem — e o que acontece em seguida é normalmente a pancada na cabeça, o saco atirado no rio, a não ser que apareça gente de bom coração como Serena e George. A velha senhora que era dona dos carneiros morreu; um fazendeiro local os reuniu — tarefa nada fácil, pois esses caprinos gostam de correr, e são velozes — e os largou no campo de Grovewood, com uma breve instrução sobre como alimentá-los. Precisavam comer ração de carneiro diariamente, e lamber pedras de sal.

O próspero galinheiro começou com duas míseras galinhas resgatadas de uma granja de frangos de corte — vendidas aos passantes como rendosa alternativa ao abate. No começo elas viveram nos fundos do barracão de guardar ferramentas de jardinagem, aterrorizadas pela luz, sofrendo de agorafobia, mas afinal se aventuraram a sair e se tornaram valentes, atrevidas e mal-humoradas, como se fossem feministas tentando compensar os anos de opressão. George trouxe um galo novo, para devolvê-las a seu estado natural, e com certeza elas se transformaram em galinhas chocas alvoroçadas, joviais, que rapidamente produziram uma nova raça de pintinhos. Portanto, era preciso construir um galinheiro formal e adequado. Daí pareceu meramente sensato acrescentar extensões para gansos enjeitados, encontrados a vagar, ou os patos que um dia chegaram voando sem mais aquela e entraram no lago, e ficaram por ali.

Coitadinha da Silvie, não devo ficar tão ressentida com ela. Não me importaria ter uma gatinha, mas Hugo não gostaria. Serena não tem animais, agora que está com Cranmer. Os gatos o fazem espirrar; cachorros são um fardo pesado. Ele até que tem razão. Mas é positivo criar laços, argumenta Serena. Depois que os filhos crescem, é preciso que o dia tenha alguma forma, e os animais a fornecem. A tarde cai e as galinhas têm de ser subornadas ou forçadas a entrar no galinheiro, por medo de raposas; a comida tem de ser levada a elas debaixo de chuva, granizo ou nevasca. A ração para animais que nós comprávamos ensacada, nos armazéns, durante a década de 1980, e colocávamos nos comedouros pela manhã e à noite, depois descobrimos que era, de fato, um alimento hediondo. O que acreditávamos ser uma inocente farinha de grãos moídos vinha misturada com cadáveres triturados de animais, segundo se revelou.

Uma nova legislação entrou em vigor. Uma vez por ano, os carneiros teriam de ser mergulhados em desinfetante, e completamente afundados, com a cabeça e tudo, no estranho líquido cor de metal escuro, verde-azulado, fornecido em grandes latões pelo Ministério da Agricultura, para evitar escabiose e parasitos. Não conseguimos arrebanhar facilmente nossas criaturas semisselvagens e colocar num caminhão, para levá-las até o centro oficial de tratamento, portanto nós mesmos os banhávamos. Ou seja, George cavou um fosso que revestiu de concreto e no qual derramava a mistura e reunia amigos e parentes para pegar os carneiros um por um — quatro pessoas e um cão, por cabeça — e trazê-los ao lugar onde estava George, que atirava o animal dentro do poço e lhe empurrava a cabeça para baixo com uma vara. Havia muito espadanar de água, e gritos, e aplausos, e o carneiro emergia se sacudindo, furioso.

Vínhamos de mais de trinta quilômetros de distância, Sebastian e eu, para ajudar a pegar os carneiros. George usava luvas grossas de borracha, mas não atentava muito para a caveira com duas tíbias cruzadas, pintada em vermelho e preto nas laterais dos latões. Não confiava que as autoridades soubessem o que estavam fazendo, e estava mais certo do que nós acreditávamos, naqueles dias venturosos. O poço de líquido azul-metálico era praticamente puro organofosfato: ficava aberto aos pássaros e às abelhas, às raposas e aos arganazes, até George ter tempo de esvaziá-lo e lavá-lo com mangueira, e seu conteúdo se infiltrar no lençol freático.

Serena às vezes alega que o contato com o organofosfato foi o que levou George à loucura, causando lesões no coração, deixando-o paranoico, de forma que ela, a própria esposa dele, se transformou em foco de ódio, e não de amor, e lhe corroeu o ser moral, fazendo-o finalmente preferir a amante a ela. Não tenho tanta certeza. Ele já era bastante temperamental antes mesmo de ser contaminado por organofosfato, embora este não tenha ajudado, atrevo-me a dizer.

Por vezes eu sonho com aquele tanque oleoso no campo de Grovewood: sedoso, perigoso e parado, cercado de moitas verdejantes, urtigas e cerefólio dos bosques. Hattie também sonha com isso, mas pelo menos eu nunca deixei que ela chegasse perto. Não fui irresponsável a esse ponto.

O batizado

O bebê de Colleen, Deborah, foi batizado. Hattie me telefona para passar o relatório da cerimônia.

— Foi tão bonito — diz ela. — O padre segurava uma vela e o bebê ficava olhando: seu rostinho brilhava. Eu tinha esquecido como eram os bebês realmente novinhos: só pedacinhos de vida. A Kitty está ficando tão pesada e robusta.

— O Martyn foi com você a um batizado? — pergunto, surpresa.

— Foi, sim — responde, como se essa mudança nos hábitos dele não fosse digna de nota. — Agnieszka disse que o bebê da Colleen era pequeno demais: a água da pia batismal estaria gelada, mas dessa vez ela se enganou. O neném não chorou nem um pouquinho.

— Talvez alguém tenha fervido uma chaleira na sacristia e acrescentado à água — digo, estranhando que Agnieszka tenha acompanhado o casal. Mas talvez tenha sido apenas para empurrar o carrinho de Kitty.

— Esse comentário não parece muito abençoado — reclama Hattie, chocada. Os ateus se chocam facilmente quando a religião alheia está na berlinda.

— Digamos que mais vale a intenção — contemporizo.

— Agnieszka gostou da cerimônia?

— Acho que sim. A Kitty gostou. Ficou olhando para a vela como se tivesse sido acesa para ela. Mas também, foi a Agnieszka quem a segurou no colo. Quando eu a seguro, ela fica se contorcendo e regateando.

— Imagino que você ainda esteja com cheiro de leite materno, e ela queira chegar nele.

— Eu não quero ouvir isso, vó.

Estou em suas boas graças. Promovida de tia-vovó! Ela está mais feliz, agora que voltou ao trabalho. Não sente mais necessidade de ser mesquinha. Quando Sebastian sair da prisão, imagino se será chamado de bisavô, como uma atenção especial — sua aceitação final na família depois de vinte anos — ou pelo menos de biso, e com certeza espero que não leve o nome de *bisavovô*.

Ainda estou abalada com o advento e o desaparecimento de Patrick de minha vida. Talvez eu não tenha dado a minha neta a plena atenção de que ela precisava. Em minha cabeça deveriam ter soado mais sinais de alarme diante do que ela disse em seguida; não que eu suponha que Hattie tivesse percebido.

— Agnieszka fez uma coisa estranha e maravilhosa — relatou. — Ela pegou no vaso de flores um raminho de avenca, lavou cuidadosamente a haste e o prendeu com alfinete ao vestido de Kitty, antes de nós sairmos. É um velho costume polonês. Significa renascimento.

— Mas não era Kitty que estava sendo batizada — protesto. — Era o bebê de sua amiga.

— Eu achei uma graça, e o Martyn também achou — Martyn achou uma graça? Logo ele, que tanto abomina as superstições?

Mas Serena depois me alerta para o fato de as pessoas poderem descobrir subitamente que adoram as mesmas coisas que tanto abominam. Não se trata necessariamente de influência indevida da parte de Agnieszka. É mais possível que seja apenas uma ocorrência discreta de um processo a que Jung chamou enantiodromia. É São Paulo no caminho para Damasco, quando uma luz cai do céu e o perseguidor subitamente se transforma no cristão. Nós nos perguntamos se Martyn, o severo racionalista, irá se transformar em Martyn, o guru da Nova Era, e, rindo, concluímos que é improvável, mas ele precisa ser observado.

Hattie continua a tagarelar sobre o batizado e o padre Flanahan, que era casado; eu disse que não sabia que os padres podiam se casar e ela disse que sim; por exemplo, se eles se casaram quando eram padres da Igreja Anglicana e se converteram ao Catolicismo por questão de princípio — como a questão do sacerdócio feminino —, podem manter suas esposas. Ela, Martyn, Agnieszka e o padre Flanahan tiveram uma conversa sobre isso do lado de fora da igreja, depois da cerimônia. Martyn declarou que achava tudo aquilo ligeiramente hipócrita, mas o padre não pareceu se importar.

— Ele parecia contente de falar sobre isso — diz Hattie. Falava e falava, e Agnieszka declarou que gostaria de vir à missa no domingo de manhã, se nós estivéssemos de acordo. Naturalmente respondemos que sim; o que mais poderíamos dizer? A gente não pode se interpor entre as pessoas e a religião delas, não é? Nem mesmo se não soubéssemos que elas tinham religião, e se tivessem sido criadas num país comunista.

— Não, não à custa da roupa passada.

— Uma coisa muito engraçada aconteceu — lembra Hattie.

— O padre Flanahan perguntou a Agnieszka quando ela e Martyn iriam trazer o bebê para o devido batizado. Ele tinha chegado à conclusão de que ela era a mãe, porque estava com Kitty no colo.

— Mas você esclareceu para ele? — pergunto, e Hattie responde:

— Bem, na verdade, não; tudo tinha sido bastante constrangedor, além de engraçado.

— Acho que Martyn ficou um tanto estupefato diante daquilo. Disse ao padre Flanahan que, provavelmente, quanto mais padres casados houvesse na igreja, melhor, porque então haveria menos bispos abusando de garotinhos, e eu tive de botá-lo para correr dali.

Botando os homens para correr

Se Serena chutar Cranmer por baixo da mesa para impedi-lo de dizer a coisa errada, ou quando achar que ele está a ponto de cometer alguma gafe social, ou se eles tiverem ficado até muito tarde, ou se ele estiver ignorando totalmente alguma mulher de aparência comum sentada diante dele à mesa, ele simplesmente perguntará a ela por que o está chutando por baixo da mesa. Portanto, ela acabou desistindo, e aliás, em geral a gafe é bem menor do que ela havia presumido.

Cranmer é mais novo que Serena quase vinte anos, e a convenção de nossa geração de que nunca se deve discutir religião ou política durante o jantar está fora de moda e é aborrecida. O que substituiu tal convenção é uma nova forma de evitar inadequação social: desde que pessoas da mesma religião e opinião política se reúnam com outras de mesma tendência, e os forasteiros sejam mantidos à margem, então as opiniões existentes serão reforçadas e o discurso social será agradável. Os convivas poderão discutir qualquer assunto enquanto comem polenta ou tomam sopa de cervo, sem medo de qualquer constrangimento.

É preciso, naturalmente, ter mais cautela em relação a quem você convida com quem: espera-se dos anfitriões que aturem as opiniões alheias, ainda que com ranger de dentes, mas o mesmo não pode ser dito dos convivas. É certo Babs e Hattie serem amigas no escritório, e Hattie ter encontrado Alastair em algumas ocasiões, na casa dele, e Babs ter encontrado Martyn quando ele veio em visita, mas um jantar em grupo estaria fora de questão. Alastair é de direita e Martyn é de esquerda, e o par nunca deve se encontrar. Eles não têm vontade de mudar seus pontos de vista.

Cranmer também está muito à direita em termos políticos, e acho que Serena também está aos poucos derivando para a direita. Ela diz que ele está no lado da razão, e não do sentimento. Eu fico com os artistas, que afinal nunca percebem nada do que está acontecendo, mas que por sua própria natureza estão à esquerda e acreditam na irmandade dos homens e na abolição à dívida do Terceiro Mundo. Que ainda acreditam que a natureza humana é de uma bondade inata, mesmo quando estão trancados na prisão como Sebastian, junto com assassinos, estupradores e estelionatários, que só se expressam por imprecações, gritos e ameaças — *"Que diabos você está olhando?"*

Em geral, Serena sustenta que as mulheres aspiram a que tudo seja agradável no mundo social e familiar, a que todos vivam em harmonia e se amem, e então tudo certamente dará certo. É contagioso: no novo mundo feminilizado, também os homens começam a se sentir assim. Na Escola de Negócios, o foco mudou para elegantes estratégias ganha-ganha: os jogos de soma zero saíram de moda. Harold vai dar um jeito de esquecer a documentação referente à nova função de Martyn, mas vai louvar audível e publicamente as habilidades do outro. Hattie até agora não ganhou seu aumento em termos concretos, embora ninguém diga uma palavra desabonadora e ela tenha sido obviamente promovida em termos de responsabilidade. Babs está perdida num atoleiro emocional, mas ainda assim tem esperança de não perturbar ninguém. Só Hilary conseguiu dar um ou outro golpe baixo, mas ela faz parte do velho mundo.

Serena se queixa que os aspirantes a escritores hoje em dia recebem rejeições elogiosas: meia página de palavras entusiastas sobre o original apresentado e só depois então: "Mas, desculpe, não é para nós." Vamos todos viver em harmonia, com empatia pelos demais e sem irritar ninguém, ou tudo vai terminar nas Torres Gêmeas. Martyn começa a falar mal dos bispos e Hattie precisa botá-lo para correr. Ela também gosta de que as coisas sejam amenas.

Em minha juventude, poucas vezes botei os homens para correr. Eles ficavam, era eu quem saía. O mesmo ocorria com Serena, quando passava de casa em casa e de cama em cama — ou porque éramos mandadas embora ou porque não suportávamos ficar. Era incomum ficar mais que um fim de semana. A mulher ou namorada permanente de alguém estava sempre a ponto de voltar para casa; ou então tínhamos prazos a atender, crianças para buscar. Os artistas que me pintavam queriam que eu ficasse até que terminassem um retrato, mas depois disso eles passavam sem demora ao próximo tema: eu me mudava, da cama para as tábuas ásperas e nuas do piso de algum atelier, com seus surrados tapetes persas e manchas de tinta a óleo; e o homem ainda ficava deitado numa cama desarrumada, quase sempre não muito limpa, com a cabeça repleta de visões de uma beleza que não era a minha.

— No começo eu ia contando o número de homens com quem tinha dormido — Serena me disse uma vez —, até que fiquei com vergonha e comecei a esquecer os nomes. Eu sempre achava que, para conhecer bem um homem, era preciso ir para a cama com ele, mas logo percebi que em todo caso você nunca chegaria a conhecê-lo; daí que isso não deve entrar em seus cálculos. Não que tenha havido muito cálculo: o tesão e o amor eram motivos suficientes. O álcool afrouxava as restrições — o próprio interesse não entrava na conta.

As duas achávamos que Wanda, embora tão frugal em termos sexuais — por nossas contas, ela havia passado pelo menos cinquenta anos sem um homem, dos 49 aos 99 anos —, havia conseguido nos dar a ideia de que, se um homem quisesse sexo, era deselegante e mesquinho privá-lo disso.

E que era um tanto humilhante fazer exigências emocionais a um homem. Não se deve manipular os outros. É preciso acatar o que eles querem, porque provavelmente são mais sábios e, seja como for, você tem coisas mais relevantes em que pensar.

Wanda passou anos escrevendo um livro em caligrafia minúscula sobre a natureza da experiência estética e sua relação com a religião. Minha sobrinha o tem agora em sua guarda, as folhas amareladas de bordos rasgados, amarradas em resmas com um cordão obsoleto e enfiadas em uma caixa debaixo da cama. Talvez alguém, algum dia, vá ter a coragem de abri-lo e inspecionar. Talvez ele contenha a sabedoria do mundo, quem poderá dizer? Eu não me surpreenderia.

Nós conversamos sobre dirigir. Serena é uma motorista nervosa, e está assim desde que se divorciou de George. Quando ela perdeu a fé no destino que os havia reunido, também perdeu a fé em que jamais sofreria um acidente no trânsito. Começou a esbarrar em meios-fios e a não saber em que momento ultrapassar. Como passageira, tornou-se ainda mais nervosa que como motorista. As técnicas de direção de seu primeiro marido voltam a acossá-la, sob a forma de trauma, em sua idade madura — George gostava de aterrorizar os outros motoristas ultrapassando-os nas curvas em seu pequeno e turbinado Ford popular, e dava freadas abruptas para ensinar os demais a não dirigirem colados na traseira dele.

Serena me conta agora que George uma vez saiu correndo pela autoestrada a 180 quilômetros por hora, com Cranmer a segui-lo em um outro carro. Ela estava de carona com Cranmer. Na época, ela pensou que George estava tentando competir com o outro como rival. Agora ela acha que George estava simplesmente tentando fugir de perto dela, tentando não estar associado a ela, origem de seu sentimento de culpa, fugindo da escritora famosa e da publicidade que a acompanhava. O fato é que George tinha se tornado tão relutante em ser visto em público na companhia dela que 180 quilômetros horários não eram nada. Ela está ficando estressada, como sempre acontece quando fala sobre ele, e a nossa conversa está acontecendo quinze anos depois daquele incidente específico na rodovia.

Trato de mudar o assunto para tópicos menos dolorosos. Falamos um pouco sobre o fato de que, se você pedir a um homem que não corra tanto, ele irá fazê-lo, principalmente se for seu marido. Você o faz recordar a própria mãe, com a frase: "Não faça isso, querido!" Eu dirijo confiante e relaxada, exceto em Londres, onde passo o tempo todo olhando pelo retrovisor, à maneira dos motoristas da zona rural, e fico aterrorizada e confusa com o que vejo atrás de mim. Como interpretar corretamente todo aquele tráfego rodopiante e onduloso, em que cada carro está voltado para uma direção diferente? Fora de Londres é perfeito: a gente se senta ao volante e vai em frente, ou se senta no banco do carona e reza para o motorista não querer que a gente vá de copiloto.

As duas achamos que os homens dirigem com rapidez e nervosismo quando a caminho de qualquer compromisso social, e mais devagar a caminho de casa. Eles saem como quem vai para uma batalha, enquanto as mulheres preferem surgir na porta compostas e imperturbáveis, como se no Victory Ball,* com o pulso batendo no ritmo normal.

Também opinamos que a determinação de Hattie e Martyn a não terem carro, em benefício do planeta, mostra a natureza solidária do casal, mas não necessariamente seu bom-senso. Eles calcularam que sai mais barato tomar táxi que ter um carro, mas a inibição de tomar um táxi é muito grande; de todo modo, até recentemente fora contagiosa a impressão de Martyn de que tomar táxi é proibido, a não ser para correr ao hospital ou acompanhar lentamente um cortejo fúnebre. Serena por vezes se lamenta de que ela seria incontestavelmente rica se tivesse guardado todo o dinheiro que entregou a motoristas de táxi desde que seu psicanalista lhe indicou que ela tinha direito a tomar táxi, e ela então se tornou uma usuária quase fanática desse meio de transporte, até para viagens curtas.

Falamos sobre Agnieszka no batizado e sobre o padre ter se confundido, tomando-a por mãe de Kitty, e Serena diz:

---

*Baile cujos participantes se fantasiam de celebridades (*N. da T.*)

— Ela está armando alguma coisa, mas não sei o quê.

Eu digo que, quando a patroa está sendo confundida com a empregada, é hora de a patroa pedir à empregada que vá embora.

Serena diz:

— Ela não pode ir embora.

O chefe vem para o jantar

Bem, não exatamente um jantar, que parece muito formal e à luz de velas, e o tipo de coisa que se faz em Islington,* mas sim "um jantarzinho". Harold vive com Débora, que é tão conservadora quanto o parceiro. Ela é advogada de contratos da Iniciativa da Reforma da Previdência — um trabalho não muito estimulante, porém árduo e de responsabilidade. Eles realmente moram em Islington, não por escolha própria, segundo alegam, mas por mera coincidência. Débora está cogitando ter um bebê e gostaria de dar uma olhada no de Hattie, antes de tomar a decisão. Até hoje teve pouco contato com criancinhas, embora o companheiro tenha dois filhos de um casamento anterior; agora adultos, eles não têm

---

*Setor central de Londres que, a partir dos anos 1960, após longa decadência, foi revitalizado e voltou à moda; entre seus residentes, várias celebridades: políticos (entre eles Tony Blair), intelectuais, escritores, atores, músicos etc. (*N. da T.*)

nada a ver com o pai, desde que se ofenderam porque este os abandonou aos 16 e 17 anos, respectivamente.

O estranhamento com os filhos é fonte de alguma tensão para Harold, mas não muita. Ele vê a si mesmo e a sua vida com uma espécie de distanciamento divertido, como se de fato aquilo não lhe dissesse muito respeito. Se Débora quiser ter um filho, ele a apoiará na decisão e tentará fazer tudo certo, e até está planejando uma coluna no jornal na qual irá mapear o trajeto de sua nova paternidade em idade madura. Não é bem um tema adequado para a *Devolution*, embora um ou dois anos adiante, quem poderá prever?

Faz muito tempo que Martyn e Hattie não recebem amigos, mas agora Martyn não hesita quando Harold lhe diz:
— Débora ia adorar ir à casa de vocês qualquer dia para conversar sobre bebês com Hattie.
— Que tal vocês virem para um jantarzinho uma noite dessas? — sugere Martyn. — Amanhã está perfeito.

Hattie também gostou da ideia, embora esteja achando o trabalho muito exaustivo: não que ela pareça estar fazendo muito, é só que tudo dá a impressão de levar um tempo enorme. Recados irrelevantes por correio eletrônico se reproduzem exponencialmente, ninguém nunca telefona de volta quando promete. Ela e Hilary foram separadas; então, pelo menos, agora Hattie tem uma sala só sua, mas isso também quer dizer que já não pode ficar de olho na colega. Uma vez apagada a divisão entre direitos autorais nacionais e internacionais, como aconteceu no caso do autor da Tourette, Hilary pode começar a roubar os autores que estão a cargo de Hattie. Mas obviamente é uma boa ideia convidar o chefe de Martyn para um jantar, e ela pode ter certeza de que Kitty vai estar um amor e ficará acordada durante toda a refeição, e Agnieszka pode fazer a comida.

Hattie se pergunta rapidamente quem mais ela poderia convidar — Babs e Alastair não convêm por motivos políticos — e ela não pode convidar Neil e a esposa até que ela e Martyn tenham subido bastante na escala salarial e possuam uma casa melhor. O fato de ser sobrinha-neta de Serena talvez os ajude a subir um pouquinho na escala social, mas Hattie não é ingênua o suficiente para achar que isso compensa totalmente os outros fatores. Provavelmente é mais proveitoso ter o pai de Martyn, o mártir da greve dos eletricistas, como falecido sogro do que Serena como tia-avó. Ela poderia mencionar a mãe Lallie, flautista de fama internacional, que é muito conhecida nos círculos musicais; literatura e música, porém, como literatura e política, não se misturam necessariamente. Ademais, se tiver escolha, ela prefere não pensar na mãe. O pensamento desperta uma profusão de emoções complexas. Lallie é uma criatura demasiado estranha e remota para ter a aparência de família verdadeira: Hattie é mais próxima de Frances.

Além disso, Hattie é orgulhosa. Prefere ser avaliada por seu próprio valor: ou seja, não como alguém com parentes que impressionam, mas como uma executiva vivaz e competente da área editorial, que pode ter uma filha, mas tem igualmente um marido apoiador e uma empregada de confiança, e que um dia estará à altura de ser uma anfitriã adequada para Neil e a esposa, mas não por enquanto. Em todo caso, ela se lembra de que Neil viajou novamente para as Bahamas.

Ela poderia convidar Frances, mas quem convida a própria avó para ocasiões festivas? E é provável que Frances mencione Sebastian, e suas próprias opiniões sobre drogas serão excessivamente ingênuas para não serem constrangedoras. Ela provavelmente argumentará que sejam removidos todos os controle de todas as drogas, inclusive o cigarro, e que o mercado seja deixado livre. Pelo que ouvi dizer, Débora vai opinar que maconha não faz mal, mas o tabaco é nocivo. Portanto, Hattie vai ficar do lado seguro; serão apenas ela e Martyn, e Harold e Débora, e naturalmente Agnieszka.

Hattie está realmente animada para conhecer Débora e exibir Kitty, e lhe encanta que Martyn os tenha convidado, ainda que o tenha feito sem consultá-la, e tão em cima da hora. Ela tem uma reunião com Hilary às cinco e meia da tarde — a outra sempre marca reuniões internas com as colegas para o último horário, supostamente para apanhar aquelas que estão correndo para casa e para os filhos —, mas Hattie, ousada, vai cancelar o compromisso e chegar cedo em casa.

Ela vai servir *moules marinières* seguidas de um cuscuz leve, depois queijos e biscoitos e frutas. Hattie combinou tudo com Agnieszka pela manhã. Ela própria vai preparar os mariscos e Agnieszka poderá fazer seu prato especial, cuscuz de frango com legumes marinados, do qual todos se tornaram fãs. Agnieszka parece um pouco hesitante e sugere que, em vez de *moules marinières*, que pode ser um tanto ácido e bastante óbvio, além de levarem muito tempo no preparo, e você precisa ter cuidado de jogar fora as conchas que estejam abertas, por que ela não prepara *coquilles au gratin* — vieiras com farinha de rosca, queijo e alho, postas ao forno por alguns minutos — para poder prestar a devida atenção aos convidados. Hattie acha ótima a ideia.

No dia do jantar (ou refeição compartilhada — "só para falar de bebês"), Agnieszka faz as compras e traz vieiras frescas da barraca de peixes do mercado. Os mariscos são muito bonitos de se olhar, mas ela não os comprou abertos, lavados e arrumados graciosamente dentro das cascas, com aqueles estranhos segmentos alaranjados — de fato, os órgãos sexuais do molusco — colocados ordeiramente ao lado da carne — mas sim, ainda vivos, e dentro da concha. Fez isso para conservar o "frescor".

Hattie chegou do trabalho às seis e meia — Hilary acabou conseguindo segurá-la até mais tarde, falando sobre outro romance que um de "seus" escritores, Marina Faircroft, nome verdadeiro Joan Barnes, havia vendido ela mesma, em um movimento bastante estranho, para diversos territórios estrangeiros; portanto, era irrelevante discutir se a escritora era dela ou de Hattie. Esta nada objetava a que Marina fosse de Hilary, a qual, no entanto, queria conversar sobre a questão em detalhe, e telefonou à casa de Marina. Então foram todos obrigados a esperar que a escritora, que tinha acabado de sair para buscar a filha pequena em Guides, telefonasse de volta e confirmasse sua aquiescência.

Agora Hattie se dá conta de que terá de abrir os mariscos vivos, separar a carne da carapaça, limpá-los e cozinhá-los, indagando, o tempo todo, em que altura do processo a vida abandonará seus corpinhos.

Agnieszka ainda está pondo a criança para dormir. Ela convoca Hattie a ler para Kitty uma história que escolheu, e deixa a criança bastante confusa, porque o texto é cheio de palavras, e não de imagens. A garotinha fica procurando figuras que nem mesmo estão ali.

Enquanto isso, Agnieszka vai preparando um cuscuz, que está cozinhando em um caldo que ela preparou mais cedo naquele dia, e acrescenta frango e legumes marinados. Martyn e Hattie conhecem muito bem o prato a essa altura, e o aprovam. Hattie fica sozinha com as vieiras, que resistem a cada tentativa dela de abri-las. Passa a faca entre os bordos de uma concha bivalve e esta se abre milimetricamente, só para voltar a se fechar prendendo a lâmina da faca. Quando torce a faca para retirá-la, a lâmina se quebra e Hattie tem sorte de não ficar cega. Há uma asquerosa bolsa preta, que é uma espécie de tripa. As enormes partes privadas, ou seja lá o que for, se dependuram das duas conchas. Como separá-las? Ela é forçada a consultar a internet, onde felizmente uma pessoa generosa oferece instruções escritas e ilustradas sobre como fazê-lo.

Quando ela já limpou três dos moluscos e ainda faltam 22 para processar, e ainda não começou o processo de cozimento, e que dirá preparar o queijo, a cebola, o alho e a farinha de rosca, Hattie escuta Harold e Débora entrarem na casa com Martyn, rindo e conversando. Eles entram na sala de estar onde Agnieszka, que já trocou de roupa e está usando o vestido vermelho de Hattie, além de batom, está terminando um arranjo de flores, já com a mesa posta e as velas acesas.

É Agnieszka quem leva Débora lá dentro para ver a agora adormecida Kitty. Os gritinhos apreciativos da visitante chegam pela porta aberta do quarto, o que é ótimo, mas Hattie está vermelha de frustração e inadequação. Ainda vestida de jeans e camiseta, ela agora troca de roupa e veste de novo o que usou no escritório. Ela tinha querido ter sua melhor aparência, e não a pior, para receber o casal de convidados. Estão de volta os dias pré-Agnieszka, quando nada ficava pronto e nada era feito adequadamente. A menstruação de Hattie começou, o que lhe traz alívio, pois agora entende por que razão o trabalho do escritório estava pesando tanto, mas também é um transtorno, porque tem cólicas.

— E você deve ser Agnieszka — diz Débora a Hattie, ao entrar na cozinha. E Débora fala educadamente com ela, como se faz aos serviçais, consciente de que eles não estão em posição de mudar a natureza de seu emprego e devem ser bem tratados como todas as criaturas vulneráveis. — Sua fama já se espalhou. Ouvi dizer que é excelente cozinheira.

— Na verdade — retruca Hattie —, não sou Agnieszka. Sou Hattie, companheira de Martyn e mãe de Kitty. Muito prazer em conhecê-la.
E Hattie lhe oferece a mão vermelha, maltratada, arranhada e cheirando a peixe.

Débora, mortificada, se oferece para ajudar com os moluscos, e Hattie aceita com gratidão. Mas a outra insiste em usar luvas de borracha e é ainda menos eficaz que a anfitriã em abrir, esfaquear e limpar: as conchas se fecham, prendendo as pontas dos dedos da luva, e Débora se dá conta, com um gritinho de horror, de que as criaturas ainda estão vivas.

A família e os convidados acabam ficando sem as entradas e passando direto ao cuscuz, que é delicioso, portanto todos ficam felizes, discutindo a extensão da lei que proíbe a caça à raposa para incluir a pesca de linha, e o que deve ser feito para evitar crueldade com as lagostas, vieiras, ostras, mexilhões e assim por diante. e em que estágio acaba a responsabilidade humana pelo bem-estar dos organismos mais simples. Todos concordam que o frango que estão comendo, por ser orgânico, levou uma vida boa e plena, ainda que a tenham ceifado cedo. Há muita risada. Contudo, Hattie leva algum tempo para se reunir de bom grado à alegria geral: ela gostaria de culpar Agnieszka, mas na verdade não pode, já que a babá estava simplesmente seguindo as regras básicas da casa, que sempre foram comprar os alimentos tão pouco acondicionados e pré-preparados quanto possível.

A conversa se detém no dilema de Débora: ter ou não ter um filho? Pelo visto, seu desejo de ser mãe deriva do sentimento de que ela tem diante do cosmo o dever de espalhar os genes do casal: ela e Harold juntos com certeza produziriam um bebê capaz de dirigir a OMS ou a Oxfam. Com o talento logístico de Débora e a compaixão de Harold — o qual, a essa altura, começa a parecer um tanto constrangido —, eles certamente produzirão um bebê que seja brilhante e bonito; o filho deles seria um bebê de designer, mas feito como a natureza intentou, em vez de ser o resultado de manipulação no laboratório.

— Talvez não seja bem assim — objeta Hattie. — O que sair, saiu.

— Se for a vontade de Deus — completa Agnieszka —, temos de aceitá-lo.

Era praticamente tudo que tinha dito naquela noite. A luz das velas lhe favorece a pele e ela fala com doçura e suavidade.

A conversa para de fluir por um instante e depois é retomada.

— Se ela fosse prejudicada em suas habilidades — declara Débora —, nós ainda iríamos amá-la, não é, Harold? Não nos furtaríamos a nossa responsabilidade.

Harold observa que o bebê tem 50 por cento de chance de ser um menino, e Débora parece bastante desgostosa.

— Ah, eu acho que não — protesta. — Eu só teria uma menina.

Mas, quando lhe perguntam por quê, responde que é o tipo de pessoa que tem filhas. De todo modo, Harold já tem dois filhos.

— A questão é que este bebê ideal ainda não existe — assinala Martyn. — Está tudo na mente, e se vocês ficarem assim por muito tempo não vão ter filho nenhum. Você sabe que a fertilidade feminina cai depois dos 35 anos.

— O mesmo sujeito direto de sempre — diz Harold, um pouco tenso. — É isso que admiramos em você. Débora tem 36 anos.

Hattie, para disfarçar a gafe, se declara esperançosa de que a filha pelo menos tenha herdado um pouco do talento da avó, e quando lhe perguntam de quem se trata, menciona o nome de Lallie. Débora fica impassível, mas Harold reage. Os pais dele costumavam ir a concertos e se interessavam pelo mundo da música. Hattie se sente gratificada, e teria dito mais, porém Martyn agora deseja falar sobre as aventuras de seu pai no Partido Comunista, e Débora quer falar de si mesma. Ela ganha a disputa, pois é amante do chefe. Débora declara que — levando tudo em consideração — ela talvez não esteja, afinal de contas, tão pronta assim para ter um bebê, e Harold, talvez pensando na coluna que escreveria, parece vagamente decepcionado, mas também aliviado.

Hattie, que já tomou alguns cálices de vinho — Agnieszka não bebe —, começa a fazer uma defesa inflamada da maternidade e de como esta não precisa interferir na carreira, desde que a mulher se organize, mas sua voz se arrefece ao ver Martyn e Agnieszka olharem para ela intrigados. O vestido de seda vermelha, agora decididamente justo demais para Hattie, envolve o formoso busto de Agnieszka, verdadeiro ímã para os olhos masculinos, e, de fato, os de Débora e de Hattie.

A Hattie ocorre que talvez Agnieszka tenha feito uma plástica de busto, ideia evidentemente estapafúrdia — onde ela teria encontrado tempo? Então Hattie percebe que se trata apenas de um eficiente sutiã com enchimento, e provavelmente um de seus próprios sutiãs, porque, quando a babá retira os pratos da mesa, ela consegue ver as típicas alças vermelhas da peça íntima. O sutiã foi presente de Serena, e fabulosamente caro: Serena diz que era aquilo que ela gostaria de ter, se tivesse a forma física e a juventude para usá-lo, o que já não é mais o caso. Por conseguinte, ela o comprou para Hattie usar.

Mas é gostoso ficar só sentada ali e ter alguém que retire os pratos da mesa e traga os queijos. Martyn está fazendo café.

Enquanto Agnieszka e Martyn estão ambos fora da sala levando e trazendo coisas, Harold comenta com Hattie:

— Que coragem a sua de tê-la em casa. A inspiradora dos sonhos.

— Não estou entendendo — estranha Hattie. Ela acha que não gostou muito de Harold. Ele sorri como se fosse amistoso, e suspira muito como se fosse sensível, mas é sexista e desdenhoso.

— Agnieszka aparece em sonhos ao Martyn — explica Débora. Hattie começa a achar que também não gosta muito de Débora e deseja que a outra tenha dificuldade em engravidar. Depois fica envergonhada dos próprios pensamentos.

— Como você ficou sabendo disso?

— Porque o Martyn contou ao Harold, que contou para mim — explica Débora. — Você sabe como é: fofoca de escritório e confidências ao travesseiro. Se algum dia eu contratar uma babá, vou procurar uma que seja tão banal quanto um sapo.

— As comuns são as piores — alerta Harold. — Nunca pense que está segura. Mas não se preocupe com Martyn, Hattie. Quando a gente sonha, a gente não faz.

Hattie se pergunta se eles estarão tentando irritá-la, e resolve que estão com ciúme porque ela é feliz, e eles não são.

— Como o suicídio? — pergunta Débora. — Quem ameaça se matar não se mata.

— Estatisticamente você está errada, Débora — adverte Harold. — Os que ameaçam frequentemente acabam se matando.

Martyn e Agnieszka trazem os queijos e um pouco de chutney de tomate verde que a babá trouxe ao voltar da casa dos amigos em Neasden. Martyn alisa com as mãos os ombros de Hattie quando passa atrás de sua cadeira, e ela se sente reconfortada. A noitada não foi nada fácil.

Naquela noite, quando Martyn e Hattie vão se deitar, ela comenta:

— Você não devia ter dito aquilo sobre infertilidade e faixa etária.

— Por que não? É a verdade.

— Acho que você tocou num nervo exposto.

Martyn veste o pijama que Agnieszka tinha separado para ele.

— Foi muito esquisito o jantar sem entradas — diz ele. — Aquilo não ajudou nada. Espero que eles não tenham achado estranho demais.

— Foi por culpa de Agnieszka — exime-se Hattie. — Ela comprou vieiras vivas, e não vieiras tratadas. Acho que ela sabia o que estava pretendendo. Ela adora me fazer passar vexame.

E Martyn responde:

— Espere aí, Hattie; não desconte seus defeitos em Agnieszka.

Desastres culinários

— Não gosto do jeito disso — observa Serena. — Não só de que a lealdade de Martyn talvez esteja ficando confusa, mas também de que Hattie tivesse ido contar a você o comentário que ele fez.

— Está na natureza feminina contar a outras mulheres o mau comportamento dos homens: *ele fez isso, depois disse aquilo, eu não consigo suportar mais nem um minuto.* Não estão supondo que serão levadas a sério.

Serena e eu somos de opinião que sem dúvida é mais seguro contar os erros cometidos a outras mulheres que aos homens. Ela relata que recentemente esteve sondando a respeito de Cranmer com um amigo e, meses depois, quando voltou a encontrá-lo, ouviu dele:

— Graças a Deus vocês ainda estão juntos: pensei que estivessem se separando — e ela já não conseguia nem lembrar qual tinha sido o motivo do desentendimento, mas só que na época estava muito zangada. Que mulher conseguirá algum dia lembrar? A não ser que, naturalmente, Serena observa, envolva infidelidade, tema sobre o qual a memória feminina parece mais persistente que a masculina. Obviamente está falando de si própria.

Agora faz mais de dez anos que George morreu, e ela se lembra daquelas discussões, das ofensas, das lágrimas, como se tivessem acontecido ontem. Estamos nos aproximando da data de seu aniversário de morte. Serena se esforça, segundo afirma, por manter longe do pensamento as lembranças e imagens, mas elas continuam a voltar. Hoje ela escolhe se lembrar dos dias finais do casamento e de George dizendo, enquanto a rebocava para uma terapeuta alternativa — que ela até então não percebera que ele estava namorando — "Ela logo vai te dizer algumas coisas importantes sobre você e seu relacionamento", e como ela, atônita, pensou: "Mas eu o amo. Por que ele parece me odiar? O que será que eu fiz, além de ser eu mesma?" Ela sabia que George estava deprimido; era cíclico e, se o deixassem em paz, o problema logo se resolveria. A depressão se manifestava como hostilidade a ela, mas passaria. Já acontecera antes: ela devia esperar sentada pelo retorno dos dias amenos.

A Dra. Wendy Style, terapeuta alternativa, que já havia lido o mapa astral de George e o de Serena e chegado à conclusão de que eles eram totalmente incompatíveis, ressalvou que os dois poderiam perfeitamente viver sem o outro. George tinha concordado. Isso havia deixado Serena boquiaberta dentro do consultório, e engasgada com as lágrimas na viagem de carro de volta a Grovewood, mas George não se comoveu. Ela não conseguia viver sem ele, mas ele evidentemente achava que poderia viver muito bem sem ela. Só depois Serena entendeu que esta era a forma escolhida por ele para lhe comunicar o fim do casamento. Não tivera coragem de dizer pessoalmente. É a má notícia por fax, torpedo, mensagem eletrônica — ou terapeuta; eis a maneira pós-moderna. Retalhos do passado, reunidos, distorcidos e transmitidos.

Mas tenham alguma compaixão por George. Vitimado por um leve infarto, ele fora avisado pelos médicos da necessidade de fazer grandes transformações em sua vida e fora enviado a uma terapeuta que lhe disse que, para sobreviver, ele deveria "cortar os laços que prendem", e pela primeira vez na vida estava fazendo o que lhe fora dito. Se a terapeuta dele recomendou que deixasse a esposa, para poder viver com saúde, respirar devidamente, ter pensamentos elevados e encontrar seu destino como grande artista e líder espiritual, ele acreditaria nela.

É bem verdade que suas pinturas estavam cada vez melhores, e também melhoraram todos os outros problemas pessoais. As obras tinham riqueza de cores: ele pintava flores, peixes, paisagens como se os possuísse, ou tivesse pensado neles antes de mais ninguém, de fato era quase como se ele fosse o criador original. As pinturas tinham uma intensidade assombrosa.

Atualmente elas estão na reserva técnica, ganhando força, à espera de compradores. Algumas pinturas perdem poder depois da morte do artista; outras parecem ganhar. É o caso dos quadros de George. Até ele terminar o casamento com Serena, eu as punha em exibição na minha galeria e elas vendiam rápido e bem. Por lealdade a Serena, eu deixei de expô-las. Agora que ela está vivendo com Cranmer, não quer nenhuma delas em casa, mas paga para que eu as guarde, e fala-se de montar em Londres uma coletiva de George (póstumo) e Sebastian (encarcerado), que ela vai incentivar os filhos a organizar.

Naqueles tempos remotos, Serena pensava em terapeutas como pessoas sábias e bondosas, gente que conhecia as normas de uma vida bem-sucedida. Ela achava que a Dra. Style devia saber o que estava fazendo, e quando esta sugeriu a Serena que se mudasse de casa para dar "espaço" a George, foi exatamente o que ela fez, saindo de Grovewood para morar em um chalé na mesma estrada, distante uns trezentos metros. Ou seja, ela fez o que nenhuma mulher em circunstâncias difíceis deveria fazer — deixar a casa matrimonial. No entanto, ela ainda voltava à casa, por vezes à noite, e entrava na cama de George, onde ele parecia bastante feliz em recebê-la.

Mas chegou a ela a informação de que uma mulher de chapéu de palha tinha o hábito de sentar a desenhar no jardim lateral que ela e George tinham feito; a mulher colocava o banquinho à sombra, junto ao tanque de peixes com o chafariz antigo que nunca funcionou, não fora ele uma das peças de George. O tanque, Serena gostava de me dizer, era o lugar em que todo ano ela ajudava os girinos a atingirem a maturidade de sapos, saindo da água para as pedras e respirando ao ar livre pela primeira vez.

Quem poderia ser a mulher? Os amigos disseram que ela se chamava Sandra e estava na vida de George havia anos. Serena achou difícil acreditar. Ela moveu uma ação de divórcio na esperança de devolver o marido ao bom-senso, no espírito de "agora você está vendo o que me forçou a fazer". Mas tudo que conseguiu foi fazer o jogo de George, cuja resposta foi requerer, ele também, o divórcio. É claro que o faria: tinha outra mulher à sua espera, e ele (Sandra também) queria a casa e uma generosa pensão concedida por Serena. Tecnicamente, ela o havia abandonado, um homem doente. Minha irmã se comportou como uma idiota. Eu não lhe recordo isso; é melhor tomar sua defesa e esperar que o surto de aflição passe. Ela agora tem Cranmer a seu lado. Eu não tenho Sebastian.

O surto não passa. Ela me conta de novo, como já contou muitas vezes, que gritou ao telefone sua angústia, certo domingo na hora do almoço, depois que George a deixou trancada fora de casa, e ele e Sandra tinham convidado os "amigos" que vieram de boa vontade, e ele se sentou com Sandra à mesa de jantar de Serena, com os filhos dela e os amigos que a traíram. E depois de cinco minutos, George anunciou: "Coloquei o fone no alto-falante. Todos os presentes podem ouvir você e seus desvarios." Ela me conta que desligou e ficou sentada na beirada da cama por quatro horas, incapaz de se mexer. Eles tinham sido casados durante trinta anos. Sua mesa, suas panelas, seus pratos, seus amigos, seus filhos. Seu marido.

Faço para ela um chá acompanhado de torrada com molho Marmite, que a deixa mais animada. Agrada-me que ela tenha vindo me visitar — quase sempre sou eu quem vai à casa dela e de Cranmer. Mas com ele presente ela não passa horas e horas falando sobre George do jeito que faz quando estamos sós. Ele ficaria magoado. Acha que George está seguro no passado, e, se Serena fosse mais parecida comigo, ele estaria.

É domingo e a galeria está fechada. Estamos em meu pequeno chalé apinhado de coisas, cheio de janelas com mainel, cadeiras forradas de chintz e escadas estreitas e íngremes, e ela não pode ficar andando para todo lado como lhe agrada fazer. Se o fizer, vai quebrar alguma coisa. Sebastian e eu estamos acostumados, como gente que mora em pequenos espaços rapidamente se acostuma, mas os cômodos da casa de Serena são altos e amplos. A população da metade da era vitoriana era expansiva em suas construções, cheia de aspirações em relação ao futuro. Meus antecessores nesta casa foram camponeses, que se amontoavam para proteção contra o mau tempo e a escuridão, o infortúnio e a pestilência.

Posso ver que, se naquela noite Patrick tivesse vindo à minha casa, esta lhe teria parecido demasiado pequena, pois ele estava habituado às florestas do Alasca e aos palácios italianos. Os únicos centímetros quadrados de espaço desocupado estavam no atelier em que trabalhava Sebastian, construído como extensão do fundo, que é bastante alto e espaçoso. E eu não poderia ter convidado Patrick a me visitar, para o caso de o fantasma de Sebastian se materializar.

Seu carro virá buscá-la em mais ou menos três horas, Serena anuncia. Pede mais torradas com molho Marmite e eu as dou a ela. Seu motorista quis ir a Bath fazer compras com a esposa, ela me diz, portanto ela lhe atendeu o desejo, pedindo-lhe que a trouxesse de carro para me visitar, embora eu ache que o verdadeiro motivo é apenas conversar sobre George longe de Cranmer.

Serena sustenta hoje que, à medida que George foi envelhecendo, também foi perdendo o juízo. Isso acontece a muitos homens, segundo minha experiência. A vida não corresponde às expectativas deles: ficam velhos e desiludidos. Aos cinquenta percebem que outros os ultrapassaram, ganharam mais dinheiro, merecem mais respeito. Seu impulso sexual se atenua, como também a autoestima que o acompanha. Adquirem o gosto por processos judiciais e sacodem o punho ameaçador para outros motoristas.

Não é exclusivamente um traço masculino. À medida que a mulher começar a se comportar cada vez mais como os homens, a negar a distinção física entre a fisiologia feminina e a masculina, a tomar testosterona para se tornar mais decidida, a desafiar seu ciclo menstrual, a regular seu humor com drogas (prescritas por médico ou não) e a participar dos riscos profissionais, o mesmo irá lhe acontecer. Elas vão abrir processo por discriminação sexual, tornar-se agressivas ao volante. É mais divertido e compensador que ser tímida e prestativa.

Débora, pelo que me conta Hattie, está nessa estrada específica. Viva como homem, sofra como homem. Quando chegar aos cinquenta, vai estar entediada com sua carreira, não terá conseguido se tornar diretora-gerente, nem escrever um romance que alguém seja capaz de lembrar, terá uma sobrinha ou um sobrinho para quem comprar presentes, se tiver sorte, e nem isso, se não tiver. A ceia de Natal será em um hotel, com amigos idosos e falsa jovialidade.

Um homem que tenha posição idêntica provavelmente terá mulher e filhos enfiados numa casa agradável e, quando alcançar a velhice, poderá se valer da companhia deles e de seus cuidados.

Certa vez perguntei a Wanda por que, em sua opinião, isso era assim, e ela disse que as mulheres passavam tanto tempo arrumando os cabelos, decidindo que vestido comprar e tomando comprimidos para cólicas menstruais que não tinham tempo de prestar atenção às suas vidas emocionais. Quisessem ou não, elas eram regidas por aquele buraco que tinham no meio, como meu pai, um médico, certa vez descreveu o útero, causador de todo tipo de perturbações desconhecidas dos homens. E se elas se livram dele, por escolha própria ou não, acabam envelhecendo antes da hora.

Serena hoje não quer saber dessa conversa funesta, exceto se for pertinente a ela e George. Diz que eu adoto uma visão desequilibrada das mulheres: elas também são gente, e não só um feixe de estrógeno. Que é muito pior ver em um asilo de velhos alguém que tenha filhos que nunca vêm visitá-lo, e a humilhação que acompanha o fato, do que alguém sem filhos, mas que tem uma boa pensão. As poltronas serão melhores, o carpete, menos fedorento. Ela diz que a soma da felicidade humana ao longo de uma vida se perfaz do jeito que quer: algumas mulheres preferem recebê-la no final, algumas no começo. Algumas consideram a fecundidade uma bênção; outras, uma maldição.

Não conto a ela sobre a erupção de Patrick em minha vida, e de sua célere saída dela. Contarei no devido tempo, mas ainda é uma ocorrência recente demais para ser adequadamente absorvida. E é provável que ela só vá dizer, enérgica: "Tanto melhor assim, seria uma confusão dos diabos quando Sebastian saísse da prisão, e quem precisa disso na sua idade?"

E se eu dissesse "mas era o irmão de Curran", ela provavelmente teria reagido como eu reagi. É assustador perceber que os círculos de relações e acontecimentos que você acreditava estarem seguramente relegados ao passado revelam que ainda estão girando e se tocando, se aproximando e se repelindo como átomos numa molécula superaquecida.

Eu diria "mas nós estamos falando do tio-avô de Hattie", e ela diria que Hattie já tem problemas e obrigações suficientes neste momento, sem o acréscimo de um tio-avô, principalmente se este fosse se transformar em mais um avô-padrasto. O tio-bisavô de Kitty. Eca!

Falamos de desastres culinários e humilhações que conhecemos. É nosso consenso que a produção de uma refeição aceitável para outros ficou muito mais difícil que antes. Não que algum dia tenha sido fácil. Quando Serena fugiu de um marido, lá pelos anos 1950, um amigo dele — que tinha uma loja em Bounds Green, ela se lembra do detalhe —, ao saber que Serena fora embora, declarou, e ela ouviu:
"Ainda bem, era uma péssima cozinheira."
Desde então ela nunca mais passou em Bounds Green sem lembrar do episódio e se envergonhar.

Ela recorda uma refeição que preparou para aquele marido 50 anos antes. Evoca a trabalheira que teve para fazer uma sopa de cogumelos com caldo de galinha de verdade, e ensopadinho de carne, esperando ser aprovada. Teria se saído melhor, eu digo, do jeito que os tempos eram, se tivesse aberto uma lata de sopa e acrescentado *croutons*, e assado uma galinha, pratos que na época eram reconhecidos como comidas de festa. Ela tem esperança de que o problema tenha sido o paladar do amigo, e não os próprios dotes culinários.

— Tenho certeza de que foi isso — declaro.

Eu me lembro do assado de vitela ao limão que preparei na minúscula cozinha em Rothwell Street, para George e Serena e um novo candidato a meu namorado. Estava tão nervosa que cozinhei pouco a carne, recheada de fatias de toucinho cru. Serena e George comeram lealmente suas porções, mas meu pretendente deixou a dele no prato e, quando telefonou no dia seguinte para elogiar o jantar e dizer o quanto lhe agradou conhecer minha interessante família e perguntar se poderia me levar ao teatro no fim de semana, eu respondi que sentia muito, mas ficaria fora por seis meses.

Hoje em dia, quase sempre sirvo batatas assadas e frango e salada quando recebo visitas. Se estas são especiais de alguma forma, ponho as batatas para assar no forno Aga; caso contrário, dou preferência à rapidez, em vez de à qualidade, e são sete minutos no forno de micro-ondas.

Hattie é jovem e tem a ambição e a energia a seu favor; então, se alguém insinuar que *moules marinières* são um prato sem graça e que vieiras são melhores, ela acredita na pessoa. Contudo, quem não arrisca não petisca. Não deu certo, mas ela está de parabéns.

Hattie telefona de novo à tarde, depois que o carro veio buscar Serena. Pergunto como está Agnieszka, e ela diz que Martyn vai levá-la de carro à igreja, para fazer os arranjos de flores do padre Flanahan. Agnieszka pelo visto abandonou sua amiga horticultora de Neasden e agora está se interessando pelas questões da paróquia local. Hattie está inteiramente favorável.

— Agnieszka está num país estrangeiro, e por vezes deve se sentir muito só. E é bom que ela queira se integrar.
Ela parece ter esquecido ou perdoado o envolvimento de Agnieszka no incidente das vieiras. Eu lhe pergunto se a babá está usando as próprias roupas ou as de Hattie para ir à igreja, e ela responde:
— Não seja tão implicante. Na verdade, ela está usando meus jeans porque eu não consigo mais entrar neles. Mas também sua própria camiseta.

Eu a escuto mastigar. Perguntou o que está comendo e ela diz que é uma cenoura e um biscoito de avelã, feito por Agnieszka.

Agnieszka e a internet

— Babs, preciso lhe contar o que aconteceu — diz Hattie à amiga e colega de trabalho, na manhã seguinte, na Dinton & Seltz. — Ontem à noite eu entrei no quarto de Agnieszka quando ela estava na aula de dança do ventre, e abri seu computador. Ele ligou sozinho e tinha pornografia para todo lado. Mas da pesada mesmo: garotas com seios enormes, fazendo todo tipo de coisas umas com as outras, e três homens com uma mulher, esse tipo de coisa, tudo em cores berrantes, saltando para todo lado como se estivessem tentando sair da tela. E Kitty estava dormindo no mesmo quarto.

— Acho que ela não conseguiria entender, mesmo que acordasse — contemporiza Babs. — Depois que esse tipo de coisa entra em sua tela, é quase impossível se livrar. Aquilo vem sem ser pedido.

— Então você acha que não devo perguntar a Agnieszka sobre isso?

— Acho que não — responde Babs. — Ela só ficaria constrangida, ou então iria se ofender e ir embora, do jeito como largou Alice.

Babs está lixando as unhas. Não está absolutamente sofrendo de enjoo matinal. Tem um volume elegante e pequeno entre a jaqueta curta e as calças, bem ali onde ela, quando levanta os braços, mostra uma nesga estreita e sensual de pele nua, bem contida e disciplinada pelo excelente tônus muscular. Para Babs, nada do inchaço geral que afligia Hattie quando estava grávida de Kitty. A Hattie ocorre a ideia de que Babs vendeu a alma ao diabo. A amiga agora decidiu com Tavish que jamais será feita qualquer menção à paternidade da criança que vai nascer: ela será atribuída a Alastair, que já está se candidatando a uma vaga para o filho em uma boa escola. Hattie duvida que seja a única a quem Babs confiou o segredo. Hattie já contou a Martyn. Mas, de certa forma, Babs vai escapar ilesa. A sorte vai estar a seu favor porque ela parte do princípio de que assim será.

— Mas pela ultrassonografia não vai ficar evidente que a data não está certa? — pergunta Hattie. Babs lhe assegura que Alastair não está interessado em questões médicas, e que ela terá sorte se ele pelo menos levá-la ao hospital quando chegar a hora do parto. Talvez seja obrigada a chamar um táxi. Hattie declara que gostaria de ter feito exatamente isso quando Kitty ia nascer. Martyn ficou discutindo com o pessoal da ambulância sobre a forma mais rápida de chegar ao hospital. Os socorristas tinham avisado ao hospital que estavam a caminho com um pai agitado, e, quinze minutos depois de Hattie ter dado entrada na enfermaria de parturientes, Martyn ainda estava debatendo a questão. Uma enfermeira amável garantiu a Hattie que esse tipo de coisa não era absolutamente incomum. A raiva é uma excelente cura para o medo. No parto de Kitty, os pés se apresentaram primeiro, e Martyn achou que isso também era, até certo ponto, responsabilidade do hospital e protestou ruidosamente. Ainda assim, sobreviveram todos.

— Ah, esses homens! — opinaram as duas.

Babs e Hattie falam sobre uma nova escritora que escreveu um livro inteligente e vendável, mas tem os olhos esbugalhados de um peixe e o queixo duplo de um buldogue, e imaginam a quem será melhor mandar o original para possível publicação — a uma equipe editorial só de mulheres ou uma outra dominada pelos homens? As duas concordam que a autora receberá melhor tratamento da parte dos homens.

Hilary telefona para a sala de Babs e avisa que atendeu o telefone de Hattie porque este estava tocando sem parar e ninguém atendia, e que a babá pelo visto estava tentando se comunicar com Hattie. Ela sugeriu à moça que, se houvesse pânico, deveria chamar o pai: no clima atual, certamente o pai era tão significativo quanto a mãe. Ela pessoalmente achava um pouco de exagero as empresas terem de conceder licença-paternidade além da licença-maternidade: os que não tinham filhos sofriam discriminação. Todas essas novas iniciativas do governo só representavam feriados adicionais para alguns, pelos quais todos os contribuintes pagavam. Mas Hilary ficou falando a esmo.

Hattie estava no celular, do lado de fora, onde havia recepção melhor, telefonando para casa. Martyn respondeu. Kitty estava bem, brincando feliz no chiqueirinho; quem estava desesperada era Agnieszka, que tinha acabado de receber uma visita das autoridades da imigração e estava aos prantos. Não, Hattie não precisava vir para casa. Com certeza era inconveniente, mas *a Devolution* podia se arranjar sem ele por metade da manhã: antes do nascimento da filha, eles tinham combinado que os dois dividiriam a responsabilidade como pais, e este era o caso. Ele estava na metade de um artigo sobre religião, ética e política que não tinha uma só linha engraçada, e se alegrou por sair fora.

Hattie informou que, de todo modo, iria para casa: tinha levado tamanho susto em relação à filha que sentia náuseas e tremores. Ao entrar de novo para juntar seus objetos e trocar os sapatos, encontra Neil, parecendo particularmente bronzeado e imperturbável na sala dela — com Hilary, que está folheando os papéis sobre a escrivaninha de Hattie.

Hilary diz:
— Emergência doméstica, eu imagino. Mas nós realmente precisamos pegar os contratos alemães. Não consigo achálos no arquivo. Você sabe quais são, os da Srta. Cara de Peixe. Neil não está inclinado a deixar que eles tenham os direitos, mas, ao que tudo indica, você já começou as negociações.

Neil protesta que talvez não seja prudente chamar a cliente de Srta. Cara de Peixe pelas costas; poderia chamá-la assim por acidente na presença da própria. Hilary responde com altivez:
— Neil, eu não sou tão burra quanto você julga.

Neil entrou na empresa como assistente de Hilary, e agora é chefe da seção. Na opinião de Hattie, ele se sente intimidado por Hilary, e esta despreza todo mundo que trabalhou para a agência desde os dias em que ela era protegida do velho Sr. Seltz e teve, ou não teve, conhecimento carnal com ele deitada sobre a grande e lustrosa escrivaninha.

Neil se limita a dizer:
— Hilary, os contratos da Alemanha podem perfeitamente esperar até amanhã. Acho melhor, Hattie, você ir direto para casa. Sinto que está em ritmo de emergência, sei como é isso.
— E Hattie sai correndo.

Não foi um contato muito auspicioso, mas tampouco um infortúnio. Neil veio em defesa dela. Mas, por outro lado, talvez fosse como uma dessas rejeições elogiosas em que todos eram tão hábeis: "Gostamos de seu estilo, seu visual, sua conduta, sua facilidade e espírito de cooperação; entendemos por completo sua necessidade de ser mãe e também ser uma funcionária, *mas*" — procure varrer com os olhos a carta, ou fax, ou e-mail, procurando pelo *mas* — "não é adequado para nós."

Pânico materno

Será que Serena e eu nascemos propensas ao pânico ou aprendemos a ansiedade no colo de Wanda? Quando se defrontava com um problema, Wanda ficava acordada de madrugada se preocupando. Às sete da manhã tinha conseguido resolvê-lo, e às oito tirava todo mundo da cama para ouvir seu plano de ação. Teríamos de mudar de casa para nos livrarmos dos vizinhos; Susan deixaria a escola porque esta a deixava infeliz; Serena seria impedida de ver as amigas porque estava virando lésbica; eu seria internada num convento porque estava encontrando rapazes na esquina; teríamos de voltar de navio à Inglaterra porque estávamos adquirindo sotaque da Nova Zelândia. Não havia maneira de desviar minha mãe de suas ondas cerebrais, e todas elas eram desastrosas.

O pior, a meu ver, foi quando, depois de passar a noite deitada e insone, angustiada porque meu pai estava com outra mulher, ela decidiu ter ela própria um caso e dessa forma fazer o marido voltar ao bom-senso. O "caso" durou uma noite, e ela não se divertiu nem um pouco. Meu pai descobriu e se divorciou dela. Assim funcionavam as coisas, naquele tempo. E ela o amava.

Quando David engravidou Serena, nada servia para Wanda, senão que ela mudasse de nome por escritura unilateral e abrisse mão de seu trabalho para evitar a desmoralização social; eu teria de me casar com o Pé de Martelo, pois de que outra forma poderia sustentar Lallie e James? — etc. etc.

Se Wanda estivesse viva hoje, estaria com os nervos em frangalhos porque Hattie estava criando uma gatinha de pelo longo: e a asma? Não seria injusto ter animais de estimação solitários? Eles não deveriam ser comprados aos pares, para fazerem companhia um ao outro? A solução matinal de Wanda dessa vez seria a imediata adição de um cachorrinho à família, porque cães e gatos convivem muito bem se forem criados juntos, e Kitty provavelmente iria acariciar o cachorro em vez do gato, e assim evitaria a asma.

As angústias de Wanda sempre eram motivadas por outrem, jamais por ela mesma. Nesse ponto, Serena e eu nos parecemos com ela, embora, eu espero, nossas soluções sejam menos alucinadas. Uma dor no coração para nós é apenas isso: podemos ir ao médico, mas se for inconveniente ou se houver trabalho a fazer, podemos não ir. Vamos esperar que desapareça, o que provavelmente ocorrerá. Mas, para nossos filhos, cônjuges, parentes — aí a coisa muda. A criança que sangra pelo nariz: *será um tumor cerebral?*; que tem uma dor de barriga: *rápido, já para o pronto-socorro, é apendicite, vai supurar!*; que demora a chegar da escola: *sequestrada, destruída!*; que chega tarde da festa: *idem*. O filho que comprou uma moto: *machucado e sangrando, ele vai morrer. Cuidado com a rolha do champanhe*, como eu ouvi Serena dizer um dia, *você sabia que quatro pessoas por ano perdem um olho por causa da rolha que saltou?* Ah, sim, nós somos mesmo ansiosas.

Quando penso em mim mesma entre os 15 e os 22 anos, quando desaparecia de casa por dias, noites, negava que sequer fosse minha casa, acusava minha mãe de "tudo", vivia acompanhada de artistas drogados, fiquei grávida de um músico de rua — tenho muita pena de minha pobre mãe. Como foi que ela sobreviveu a isso? Como conseguiu chegar aos 94 anos, suportando a angústia daquele jeito? Como irá consegui-lo qualquer uma de nós?

A geração de Hattie tem outras preocupações: leve ao hospital uma criança com um braço quebrado e a primeira conclusão será que os pais são responsáveis. Se quem levar a criança for o cuidador, então é ainda mais provável que o tenha feito de propósito. A pessoa é culpada até prova em contrário. Você pode chegar à escola para buscar sua filha e descobrir que já não está mais ali, foi levada sob custódia e nem mesmo um telefonema para lhe informar o que está acontecendo. A criança está com um olho roxo. Disse à professora que você jogou um livro nela. E você jogou — de brincadeira, o livro de exercícios dela, e ela não conseguiu apanhá-lo. Desde que Hattie faltou às aulas de amamentação ao seio, eles estão de olho nela. Quando Agnieszka leva Kitty à clínica, a criança é inspecionada com especial cuidado: eles pesam, medem, dão a ela bonecas para brincar, no intuito de ver se emerge algum indicativo de abusos. Ela é uma criança abundantemente saudável e feliz, mas as anotações que lhe dizem respeito incluem uma interrogação.

Serena e eu reagimos mal aos telefonemas da madrugada. Os tons ásperos interrompem o sono, a mão se estende para o receptor ao lado da cama: *que diabo será isso?* Se tivermos sorte, será uma chamada matutina de um aeroporto — o filho pródigo retorna ao lar sem aviso, numa pausa entre dois estágios de sua vida. *Venha me buscar*. Graças a Deus! Graças a Deus! Mas na maioria das vezes é uma enfermidade súbita, uma corrida ao hospital, morte, notícias que podem esperar o dia nascer, porém nem um minuto a mais. Ou é a polícia. O acidente. Não, não foi fatal, mas eles estiveram bebendo.

Ou então é um advogado de Roterdã, falando um inglês rebuscado:

— É meu dever, segundo a lei holandesa, informar à senhora que seu marido está sob custódia policial em Roterdã. Ele será mantido incomunicável por cinco dias e a senhora não deve tentar se comunicar com ele durante esse tempo. Não, não estou autorizado a prestar mais informações. Quando o magistrado da investigação tiver concluído seu interrogatório, as autoridades entrarão em contato com a senhora.

E o telefone é desligado. E isso é tudo. Roterdã? Eu achava que Sebastian estava em Paris, vendo a exposição do Museu Getty. Ele queria dar uma olhada nas obras de Daumier. Penso que é um sonho, mas não é. A cama está fria e vazia ao meu lado. Tenho anos de espera até que volte a estar quente e ocupada.

As más notícias chegam de madrugada, antes que os pássaros comecem a cantar; as boas notícias chegam mais tarde, com o carteiro: um cheque aqui, uma carta de um amigo ali. Contas, naturalmente, mas você já as conhece de cor, e tantas estão no débito automático que você quase já não sabe mais quanto dinheiro deve a quem. As mensagens de correio eletrônico em geral são boas notícias, a não ser quando têm a ver com sua vida amorosa e o "The End" aparece na tela: *É hora de colocar um espaço entre nós.* Ou em torpedos: *stá akbdo* veio com o pequeno jorro de som que precede uma mensagem de texto, no celular da garota que agora faz a faxina da galeria. Nós todas nos revezamos. Ela é estudante. Vai ficar bem, mas como chorou; ainda bem que não sou mãe dela.

À medida que os filhos vão crescendo, a angústia aumenta, em vez de diminuir. Ela serve de talismã contra a desgraça. No entanto, as mães de filhos homens informam que depois do casamento do filho, a ansiedade pode ser repassada para a mulher dele. Deixe que ela se preocupe com os jogos de azar, o consumo de drogas, a bebedeira, a fornicação que leva à Aids. É como praga do diabo — se conseguir achar alguém a quem possa transferi-la, você se salva. Isso só funciona para gente formalmente casada, não para quem vive junto. Não me preocupo menos com Hattie porque ela está com Martyn. Se pelo menos se casasse formalmente com ele, ela iria parecer responsabilidade dele. Eu poderia relaxar. Mas não posso. Uma cerimônia seria necessária, mas não houve nenhuma.

Naturalmente, Hattie entra em pânico ao receber um telefonema de Agnieszka. Martyn disse que tudo estava bem, mas ela precisa saber os detalhes, e precisa saber *agora*, ver com seus próprios olhos que Kitty está sã e salva.

Drama no cemitério

Hattie chega em casa sem fôlego e descobre o local vazio e um bilhete em cima da mesa. Antes que consiga ler a nota, Silvie salta sobre a mesa e Hattie diz automaticamente "Na mesa não, Silvie, não é permitido", e a gata se enrola em torno da mão de Hattie formando uma bola que cospe e arranha e tira sangue. Hattie sacode a mão, rápido e com força, e o animal é atirado ao chão — para semelhante massa de pelos, e cada dia maior, ela é tão leve! — de onde recupera o equilíbrio e, de costas arqueadas, começa a sibilar como se enfrentasse uma inimiga. Hattie considera muito perturbador o episódio.

A gata salta para o alto da cômoda e fica lá, emburrada, e de certa forma encolhida de maneira que mal se distinguem de seu pelo os olhos alaranjados e redondos — por algum motivo ela não foi penteada hoje — e fica olhando fixo enquanto Hattie lê o bilhete. A letra é de Martyn. Esqueceu o celular no escritório, mas foi até a igreja com Kitty e Agnieszka. Hattie pode ir encontrá-los se desejar, mas tudo está em ordem. Hattie passa água oxigenada nos arranhões mais fundos, que começam a arder, encontra um curativo na caixa de primeiros socorros caprichosamente equipada de Agnieszka, troca de roupa e vai procurar sua família entre os túmulos.

Ela encontra Martyn sentado num banco lendo o *Guardian* ao sol do começo de primavera e Kitty embrulhada e bem abrigada dentro do carrinho, que foi seguramente encaixado entre duas lápides vitorianas, de inscrições ilegíveis por causa das fezes cinzentas de passarinhos e dos líquenes esverdeados. Kitty está olhando uma margarida prematura. Hattie sente prazer e orgulho de que ela seja deles e eles sejam dela, e só um pouco de ansiedade por não estar no escritório desviando os ataques de Hilary. Senta-se ao lado de Martyn e lhe segura a mão.

— Ela foi conversar com o padre Flanahan — diz Martyn. — Está muito transtornada. Eu a acompanhei até aqui. Dois sujeitos desagradáveis da imigração vieram vê-la. Algum filho da puta deve ter mandado uma carta a eles dizendo que ela era imigrante ilegal. Queriam ver o passaporte dela, mas Agnieszka não conseguiu achá-lo. Eles vão voltar. Mas tenho certeza de que a gente resolve isso. Se a coisa complicar, provavelmente o Harold vai conseguir dar um jeito, pelo Ministério do Interior: ele tem amigos lá.

— Você não deve tentar mexer os pauzinhos — corta Hattie, alarmada. — Poderia causar uma tremenda enrascada.

— Nós não queremos perder nossa babá — lembra Martyn.

— Mas é claro que não — concorda Hattie. — Mas a questão é que ela não perdeu o passaporte: está embaixo do colchão. Precisamos explicar a ela que, na Grã-Bretanha, é sempre melhor ser franco e aberto com as autoridades.

— Você olhou embaixo do colchão dela? Você está espionando Agnieszka?

Sua voz parece escandalizada, como se só Hattie fosse culpada de impostura.

— Eu não estava espionando — defende-se Hattie. — Em relação a Agnieszka, eu tenho obrigação de cuidar. Preciso saber o que está acontecendo.

— E o que está acontecendo senão especulação ociosa? Tem mais alguma coisa que eu deva saber?

Ele não está de bom humor, apesar de parecer tão feliz e bonito sentado no banco da igreja. Foi obrigado a deixar o trabalho para acudir uma emergência doméstica. Os chefes não gostam disso, por mais que, de boca, expressem solidariedade. Hattie está a ponto de dizer que ele pode voltar ao trabalho, que ela cuidará a partir daí, mas então pensa que não, por que ela deveria? Martyn também é pai da criança.

— Agnieszka não é absolutamente polonesa — revela Hattie. — Ela é da Ucrânia. Do outro lado da fronteira. É o exemplo mais horrível que se possa imaginar de loteria de código postal. Acho que ela frequentou a escola no lado polonês da fronteira, mas ainda assim é ucraniana para efeito de passaporte.

Martyn analisa a questão por algum tempo. Inclinando-se distraída, Hattie colhe a margarida e a entrega a Kitty, que começa a comê-la.

— Há quanto tempo você sabe disso e não me contou? — pergunta Martyn. Parece muito rígido e hostil. Nem um pouco parecido com seu jeito habitual. — Nós poderíamos ter feito alguma coisa antes que chegasse a esse estágio. Depois que a pessoa entra nos livros desses babacas, eles são como cães de caça. Não soltam mais.

Ele arranca dos lábios de Kitty a margarida. A criança faz beicinho, mas não chora. É um bebê corajoso. Martyn não está acusando Hattie de ser uma mãe relapsa, mas ela sabe que ele pensa assim e também sabe que provavelmente está certo. Que espécie de mãe deixa um bebê comer uma margarida num cemitério?

— Martyn — diz Hattie calmamente. — Agnieszka é só a babá. Nós vivemos sem ela antes que chegasse, e podemos viver sem ela quando for embora.

— Tenho minhas dúvidas — responde ele. Então alega que está sentindo frio, que o vento está forte, que eles devem entrar na igreja e esperar lá dentro por Agnieszka.

— Kitty não vai gostar — avisa Hattie. — As igrejas são muito escuras e deprimentes.

— Agnieszka assiste à missa do meio da manhã uma ou duas vezes por semana — revela Martyn. — Ela traz o bebê. Kitty adora. Você não sabia disso?

— Não, não sabia.

— Você não se interessa muito pelo destino de sua filha — diz ele com uma risada, mas esta tem uma nota estranha.

— O incenso é cancerígeno — explica Hattie — e não quero ninguém empurrando para Kitty esse tipo de besteira de Virgem Mãe, Virgem Maria, Madonna, puta, essas coisas. Ela precisa crescer para encarar uma nova era. Graças a Deus!

— É melhor ser criado em um sistema de crença do que em nenhum — sustenta Martyn. — É fácil entrar no caminho da descrença: o difícil é fazer o percurso contrário.

— Ora, bolas, ponha isso num artigo — responde Hattie. Kitty fica olhando de um para outro, sentindo a discórdia, e torna a fazer beicinho. Ela empurra para fora da boca alguma coisa que fica entre seus lábios, e é uma pétala de margarida. Com a língua, volta a puxá-la para dentro. Nenhum dos pais reage. Aquilo a surpreende.

— Acho que, no momento, temos outras coisas com que nos preocupar que não a religião — diz Martyn, usando seu talento diplomático. Ele acabou de fazer um curso ou dois sobre técnicas de gerenciamento.

— Desculpe, a Silvie me arranhou e me deixou estressada — diz Hattie.

Agnieszka sai da igreja com o padre Flanahan. Está usando de novo o vestido vermelho de Hattie, e uma pequena jaqueta de pele falsa que já não veste bem a patroa. Esta sabe que, se revistasse o guarda-roupa da babá, provavelmente o encontraria cheio de suas próprias roupas, mas tudo bem.

As peças ou já não lhe assentam bem ou não são adequadas para usar no escritório. De toda forma, Martyn declara que gosta de Hattie um pouco fornida, não tão ossuda. No momento, a vida sexual deles é assídua e animada, quatro ou cinco vezes por semana, embora conduzida num silêncio que Hattie considera estranhamente excitante.

Padre Flanahan acena para eles da porta da igreja e torna a entrar. Kitty estende os bracinhos a Agnieszka para ser levantada ao colo. Ela se senta na fila ao longo do banco, junto a Martyn, com a menina sentada no colo. O sol saiu de novo e tudo parece agradável e permanente.

— Eu me sinto muito mal — declara Agnieszka. — Vocês foram tão bondosos comigo e eu menti para vocês, e agora vou ser mandada para casa, e minha mãe está aqui em Neasden com minha irmã, e não há espaço para mim. A ladra dos ônibus roubou meu namorado e agora me manda coisas horríveis pelo computador.

— Ah, Agnieszka — diz Hattie —, por que não nos contou tudo isso antes? Você deve ter ficado tão angustiada. Saiba que sempre pode contar conosco.

— Foi a polícia de imigração de vocês que me contou que ele estava morando com ela. Eles descobrem tudo. Eu não sabia, estou tão perturbada. Eles não se importam com os sentimentos, com as vidas das pessoas.

— Essas profissões atraem verdadeiros canalhas — diz Martyn. — Mas sei que eles têm pavor da imprensa.

— Mas eu pensei que sua mãe e sua irmã estivessem na Austrália — aponta Hattie.

— Em vez de ir para a Austrália, elas vieram para cá — esclarece Agnieszka. — A Austrália é muito longe, e elas querem ficar comigo. Agora minha mãe tem uma casinha e minha irmã está fazendo tratamento para câncer.

— Câncer! — diz Hattie. — Ah, coitada da sua mãe! Isso é terrível!

— O que vou fazer? Preciso interromper minhas aulas de inglês para ficar com ela à noite. Minha irmã está muito pálida e magra. Mas é seguro, não é contagioso. Desculpem eu ter enganado vocês.

— Não se preocupe com isso — releva Hattie.

As lágrimas escorrem abundantes pelas faces de Agnieszka. Kitty procura secá-las com beijos, consegue, gosta do sabor e procura mais lágrimas com sua pequena língua rosada.

— O sal faz mal a ela — diz Agnieszka, desviando o rosto.

Hattie fica rindo com um puro exagero de afeição pela moça. Martyn parece constrangido; ele não entende de lágrimas de mulher.

— E seus parentes também são ilegais? — pergunta ele.

Agnieszka faz que sim com a cabeça.

— São três quilômetros — lamenta. — Três quilômetros mais a oeste e tudo seria diferente para nós. Eles vão me deportar, eu sei que vão.

— Não há muito que pareça animador nessa questão — admite Martyn.

Padre Flanahan sai da igreja com um pássaro preso entre as mãos em concha. Abre as mãos e o pássaro sai voando.

— Acontece o tempo todo — grita para o grupo. — Eles entram e depois não conseguem sair. Quando Deus os fez, deixou de fora o juízo.

Ele volta a entrar na igreja. Ninguém se mexe.

Hattie rompe o silêncio:

— Agora você tem sua resposta. O porquê de nunca termos nos casado. O destino tinha outros planos para a gente. Nós dois somos cidadãos da Comunidade Europeia, que é a nossa sorte: podemos compartilhá-la. O casamento de lésbicas ainda não chegou aqui, então vai ter de ser você, Martyn. Você tem de se casar com Agnieszka. Ela vai ser a Sra. Arkwright. Agnes Arkwright, se preferir. Imagino que faça uma concessão a você.

Kitty fecha os olhos e adormece. Agnieszka não diz nada, mas as lágrimas secaram das faces.

— Não acredito que isso esteja acontecendo! — exclama Martyn.

— Só no nome — frisa Hattie. — Estou sugerindo que seja só no nome. Deus do céu!

Martyn parece paralisado. Olha para Hattie e desvia de novo o olhar.

— Não muda nada — explica Hattie. — Eu ainda sou sua companheira. É só uma folha de papel, um documento legal, para armar uma situação da qual todo mundo se beneficia. Depois de dois anos, você e ela se divorciam e tudo volta ao normal.

— Agora não é tão fácil se casar — informa Agnieszka. — As leis mudaram.

— Elas mudam tão depressa que a gente não consegue acompanhar — queixa-se Martyn.

— Padre Flanahan nos casaria — diz Agnieszka. — Sou uma de suas paroquianas. Faço arranjos de flores. Ele também lhe conhece, "Seu" Martyn: o senhor falou com ele dos bispos, ele se lembra disso.

Kitty está profundamente adormecida no carrinho. Eles saem caminhando para casa.

— Na Ucrânia, um casamento na igreja não é tão comum — relata Agnieszka —, mas eu sempre quis me casar assim. Diz que vai fazer um vestido branco, e também um vestido para Kitty, e que vão escolher um belo chapéu para Hattie. — Um chapéu para Hattie! — diz ela, rindo. Parece muito feliz.

— Diga alguma coisa, Martyn — cobra Hattie.

— Imagino que isso funcione — admite Martyn, depois de um tempo. — O padre só precisaria deixar correr os proclamas, três semanas seguidas, e é só. Ela mora na paróquia, e eu também. Ele já me conhece como o pai. Não vai querer fazer marola. Case primeiro, discuta com as autoridades depois?

— Três semanas é um longo tempo — comenta Agnieszka.

— Não na linguagem da imigração — opina Martyn. — Vamos estar com folga.

Martyn pega um táxi que vai passando: não quer ficar longe do escritório por demasiado tempo. Hattie também não quer, mas pega o ônibus. Agnieszka e Kitty voltam para casa a pé.

Planos malucos

Obviamente, há muito de Wanda em Hattie. Confrontada com um dilema, ela surgirá com a solução desastrosa. Ela nem sequer precisa de uma dose de angústia matinal antes de achar a resposta errada. Consegue fazê-lo à plena luz do dia, e ainda por cima acompanhada.

Hattie não me conta o que aconteceu no cemitério senão quando já é tarde demais. Ela me telefona para dizer que Agnieszka está em apuros com as autoridades da imigração, que perdeu o passaporte, mas que Martyn vai conseguir esclarecer tudo por intermédio de seus contatos no Ministério do Interior, e diz que precisou tirar uma manhã de folga no trabalho. Quando voltou ao escritório, Hilary havia roubado Marina Faircroft por inércia; Hattie não estava presente para impedi-la. Ela teria de conversar com o chefe, mas não quer dar a impressão de ser a pessoa que não se entende bem com o resto da equipe. Não menciona para mim que Martyn se casará com a babá para impedi-la de ser deportada.

Bem, quando dependia de mim, eu nunca dizia a minha mãe a verdade completa, por medo das soluções dadas por ela. Logo, por que Hattie iria me contar algo além de verdades parciais? Tenho mais de 70 anos: o que eu sei sobre o mundo moderno? Sou apenas a mulher de um presidiário. Podia ter fugido com Patrick, o magnata madeireiro, e vivido feliz para sempre, mas não fugi, o que mostra como sou idiota.

Coloquei na vitrine da galeria as duas pinturas de Sebastian: a cama e a cadeira. Não vou guardá-las para uma exposição; estão fora de sintonia com seu trabalho normal. Mas elas são fortes, e fixei o preço da cama a 1.200 libras e a cadeira a mil libras. A não ser que se trate de quadros de Van Gogh, as camas são mais fáceis de vender que as cadeiras. Mas vejo que, na verdade, não quero vendê-las, ou teria colocado o preço a 600 e 500 libras respectivamente, e me considerado com sorte de conseguir vender a tal preço.

Serena diz que vê problemas à frente com as autoridades. Eles podem argumentar que Sebastian pintar quadros e vendê-los enquanto está preso equivale a um criminoso escrever um livro, e a ele não deve ser permitido lucrar com seu crime. Sua propriedade pode ser confiscada. Não tenho certeza se está de brincadeira ou não. Espero que esteja. Já recebi duas consultas sobre a cadeira. É só uma cadeira, mas é do tipo em que Sebastian jamais se sentaria se pudesse evitar, assim como não se deitaria de bom grado naquela cama. Talvez seja isso que dá às pinturas essa superioridade.

Martyn confessa

— Desculpe por eu não ter estado no escritório ontem de manhã — diz Martyn a Harold.

Em sua ausência chegou um e-mail anunciando a fusão das revistas *Evolution* e *Devolution*, sob o nome de *(D)Evolution* ou possivelmente *d/EvOLUTION* — qual dos dois ainda não fora decidido. É a primeira vez que Martyn ouviu falar do assunto. Ele sabe o que acontecerá em seguida. A equipe será reduzida à metade ou menos, por corte de pessoal, como normalmente ocorre numa fusão. Os que estão no topo se multiplicam e não são demitidos: os que estão na base trabalham com empenho redobrado, para poderem ficar.

Harold está deprimido, parece ter encolhido dentro do terno azul-marinho. Parece menos hirsuto que de hábito, como se os pelos tivessem sido obrigados a lutar para aflorar e o esforço os tivesse cansado.

— O darwinismo é um sistema de crenças sem comprovação — reclama. — Pelo menos a descentralização é uma teoria política respeitável. Os dois conceitos não se misturam nem se combinam, à parte a rima dos nomes e a economia nos custos de impressão. Você vai ficar, eles gostam de você: é capaz de escrever artigos jocosos sobre o retorno de Lysenko e a herança de características adquiridas, o que convém a nossos patrões; e três vivas à ideia de uma máquina automática de vendas em cada corredor de escola. Mas eu, o que vou fazer? O editor de *Evolution*, Larry Jugg, vai ficar no posto. E Débora está grávida. Pense nas mensalidades da escola, e isso na minha idade. O problema é que as mulheres levam muito a sério coisas que são pura conversa. E onde você esteve ontem de manhã, como tema de interesse?

— Emergência doméstica — explica Martyn. — Nossa *au pair* recebeu uma visita da Imigração e ficou abalada.

— Não é aquela com que você sonha, e que fez o cuscuz de frango com legumes marinados?

— É essa mesma.

— Não sei como você consegue manter as mãos longe dela — suspira o chefe. — Aquele traseiro. Aquela boca.

Martyn fica atônito. Ele achava que as qualidades de Agnieszka eram sutis demais para se tornarem evidentes a qualquer um que não ele próprio.

— Ela pode ser deportada — revela ele. — Com cuscuz e tudo. Acontece que é ucraniana, e não polonesa. Algum canalha a denunciou!

— Só isso não basta — replica Harold. — São histórias.

Não é como se ela fosse uma indesejável, de jeito nenhum. Quem denunciou?

Martyn afirma que não sabe, e Harold promete descobrir para ele. Tem conhecidos no Ministério do Interior.

Martyn não consegue guardar segredo. Diz que de fato agora tudo é irrelevante. Ele vai se casar com a garota e lhe dar a cidadania. Não tem muita certeza de que o fará. De fato, até certo ponto está esperando que Harold lhe diga que não é um completo babaca, mas o outro não diz. Apenas cai na risada, e fica rindo, e rindo, e de tanto rir parece até que incha e se torna mais cabeludo.

— Você vai longe, garoto — diz ele. — Eu sabia que iria. Vai lá e pega ela. Eu pegaria.

Dores estranhas atormentam o estômago de Martyn. Ele está faminto e ansioso. Em quê está se metendo? O que Hattie está sugerindo? Ela está tão longe de amá-lo que deseja vê-lo casado com outra, só para poder chegar ao trabalho na hora certa? Ele sente raiva de Hattie, e a raiva lhe dá vontade de se casar com Agnieszka só para dar o troco a Hattie.

— Veja bem — diz Harold —, hoje em dia você precisa provar a elas que as ama, e não só pela questão da cidadania. E como, até onde eu posso ver, você está vivendo com outra mulher e tem uma filha com ela, talvez haja um problema no cartório de registro civil. Mas acho que a babá seria a melhor aposta. Com certeza é a melhor cozinheira.

— Nós vamos casar na igreja — esclarece Martyn. — Ela é católica.

Em sua mente, a ideia está se firmando agradavelmente. Ele gostaria de ter um casamento adequado, com a noiva vestida de branco e um padre dando a bênção. A mãe teria desejado isso para ele, e já está na hora de se alinhar com a mãe, e não com o pai. Ela talvez até compareça ao casamento. A vida é mais do que trabalho, política e princípios. Hattie não vê isso, mas pelo menos tem a generosidade de espírito de lhe permitir essa cerimônia.

— Débora começou como católica — conta Harold. — Agora que há a perspectiva de um aborto, a religião está voltando. Não desejo pressioná-la para fazer ou não, mas, por favor, não a convide para a cerimônia.

— Vai ser uma coisa muito discreta — diz Martyn. Vai acontecer, agora ele sabe que sim. Gostaria muito de ver Kitty olhando fixo para a vela e sendo batizada, e isso também poderia acontecer. Os filhos de católicos são católicos. Mas que diabo deu nele? Kitty é filha de Hattie, e não de Agnieszka.

Na tela de Harold aparece uma mensagem eletrônica. Ele pegou o emprego de editor da nova revista *d/EviLUTION* (mas Harold espera que tenha havido um erro de digitação no nome da revista). Larry Jugg está fora da jogada, e Harold Mappin está dentro.

Os dois vão a um bar almoçar em comemoração. A garçonete é do estilo tradicional, com seios enormes, dentes enormes e uma enorme cabeleira. Harold a admira. Pelo menos, comenta, se Débora continuar grávida, ela vai ter uns peitões, nem que seja por um tempo, embora, no longo prazo, os da primeira mulher dele tenham murchado.

Martyn quisera que Harold não falasse daquele jeito. Ele preferia ter um chefe menos humano: é importante respeitar o homem para quem a gente trabalha. Mas, olhando a garçonete, ele pensa que as alegrias pneumáticas do mundo feminino não estão confinadas a Hattie e Agnieszka, mas sim que existem milhões e milhões de mulheres pelo mundo afora, todas ansiosas pelo verdadeiro amor, e de certa forma a visão dele havia se fechado. Martyn toma outro uísque.

Hattie no viveiro de gatos

— Acontece que a mãe e a irmã de Agnieszka estão morando em Neasden — Hattie me informa num telefonema.

— Pensei que você tivesse dito que elas estavam na Austrália.

— Agnieszka estava protegendo a retaguarda, eu acho. Contando uma mentirinha. Não se pode culpá-la; nossas leis de imigração são absurdas. Não levam em conta o amor familiar ou os sentimentos humanos.

— Estou surpresa de você permitir que sua filha seja cuidada por tão exímia mentirosa.

Há um silêncio no outro lado da linha, e então ela diz que estou parecendo Wanda.

— Vó! Pare com isso. A mãe é muito afável: simples, um jeito de camponesa e muito laboriosa. Tinha um lote onde plantava cenouras para vender, mas precisou desistir porque a filha está seriamente doente. Ela está morrendo, vovó. Tem 17 anos e está com câncer nos ossos.

— Desculpe — digo, e então, porque tudo está parecendo um verdadeiro dramalhão e eu estou começando a desconfiar de tudo a respeito dessa Agnieszka deles, eu pergunto·

— E você foi mesmo visitá-la? Ela existe mesmo?

— Ela existe de verdade — confirma Hattie. — O nome dela é Anita, e é magra e transparente, mas extremamente meiga. Fica sentada numa cadeira de rodas junto à janela e penteia os gatos. É só o que tem força para fazer. Mas aquela família é tão trabalhadora que continua firme na labuta.

— Penteia os gatos?

— A mãe de Agnieszka tem um gatil.

Parece tão improvável. Aquilo me lembra do choque da dança do ventre. Mas aquelas aulas existiram, não foram uma fantasia, eram bastante reais, e Hattie foi lá e voltou para casa com lenços e cinturões que imagino que nunca usou, e desistiu depois de umas duas aulas, como todo mundo faz. Agnieszka continuou a frequentar, ou disse que continuou. E Hattie tinha arranhões nas mãos para provar que o filhote de gato era real, portanto imagino que o gatil de Neasden também seja bem verdadeiro.

— A mãe precisa fazer alguma coisa, vovó — defende Hattie. — Ela não pode pedir dispensa do pagamento de impostos porque seu visto expirou; portanto, cria gatos persas no quintal.

— Para os vizinhos não deve ser muito divertido.

— Mas ela tem um jardim enorme.

Como Hattie deseja que tudo esteja certo! Eu temo por ela.

— Então sua gatinha não apareceu simplesmente na soleira da porta?

— Bem, não. Uma das gatas persas escapou uma noite e a ninhada não era autêntica. A cabeça de Silvie não é bastante quadrada e sua cauda é comprida demais, logo, a mãe de Agnieszka não conseguiria vendê-la por mais de dez libras. Então Agnieszka levou a gatinha lá para casa, para evitar que morresse afogada. Ela teria me contado a verdade, mas já tinha dito que a mãe estava na Austrália. E sabia que eu diria sim.

Aquilo me recordava a mãe do Pé de Martelo e, segundo a descrição de Hattie, elas pareciam o mesmo tipo de pessoa, agradáveis e campestres e duras como uma rocha, e com pelos que elas não removem e saltam das laterais do queixo como em solidariedade com os gatos. "Ela gostava mais de seus gatos do que de mim."

Pobre Agnieszka. Talvez tenha sido assim para ela também. Eu me lembro do cheiro da casa cheia de gatos, o cheiro doce e azedo, que recordava o de comida chinesa deixada por muito tempo em um lugar quente, misturado com desinfetante, e os miasmas apanhavam a garganta, ou talvez você estivesse respirando pelos, ou os ácaros estivessem flutuando por sua garganta abaixo, entrando pela boca aberta. Não admira que Agnieszka quisesse sair dali.

Digo a Hattie que oxalá não tenha se demorado muito com Kitty na casa, por causa do câncer de ossos e as bandejas de areia sanitária. Ela responde que só ficaram vinte minutos: para começar não estava muito inclinada a ir, mas Agnieszka tinha querido que ela fosse, tinha estado tão contrita, e confessado, e pedido tantas desculpas que a visita de Hattie à mãe da babá tinha parecido a esta um símbolo de aceitação, de que tudo estava bem novamente, de volta ao normal.

E ainda assim Hattie não mencionou o suposto casamento. Eu não tinha ideia. Acho que talvez ela também tenha pensado que, de certa forma, ele não aconteceria, só por ter sido um arranjo. Não que ela quisesse ver Martyn se casar com Agnieszka; de certa forma, estava apenas colocando no devido lugar a instituição toda do casamento, que tanto afligira sua família por gerações, e o desonrando. Como se realmente não importasse. Não fazia diferença para nada. Hattie diz que precisa parar de falar. Martyn e ela vão sair para jantar. Agnieszka vai ficar tomando conta da criança. Kitty agora pelo visto já diz "tchau" e "te amo". É legal. Tudo ainda parece estar funcionando em harmonia, apesar das mentiras, do gatil e tudo mais, e a criança continua a ser gordinha, robusta e sorridente, que é o mais importante, portanto eu devo parar de me preocupar. Mas me preocupo. Como diz Serena, os pais são apenas coadjuvantes no drama de qualquer bebê.

Hattie é promovida

— Onde você estava ontem? — pergunta Babs. — Aqui o tempo fechou. Os computadores pegaram um vírus. Marina Faircroft apareceu com um advogado lindésimo e disse que ia processar Hilary por quebra de contrato. Neil conversou com Marina e ela se acalmou. Então ela saiu para o cabeleireiro e o advogado convidou Elfie para almoçar. É aquela estagiária que faz a maior confusão com as fotocópias. Ela vai acabar indo trabalhar no escritório dele, espere só, você vai ver. Ela é muito bonita e não muito esperta. Seu escritor da Tourette chegou e ficou sentado na recepção perguntando por você e se recusando a ir embora, a não ser que mudassem o título do livro dele para pontos de exclamação e asteriscos.

— Mas ele não pode fazer isso — protesta Hattie. — Ele sabe. A editora já está com o livro no prelo. Ele autorizou o título.

— Neil veio aqui e disse que talvez pudéssemos usar as exclamações e estrelas no próximo livro que ele escrever, e ele foi embora satisfeito. Neil precisou fazer alguma concessão, Hattie. Não se pode ter alguém com síndrome de Tourette na recepção por muito tempo. Há clientes entrando.

— Mas ele nem mesmo sofre da síndrome — objeta Hattie.

— Ele está fingindo. A síndrome de Tourette não é brincadeira; é uma tragédia para os que sofrem dela.

— Se você estivesse aqui, poderia ter dito isso.

— Houve uma crise doméstica. Problema de visto no documento — responde Hattie, breve. Se ela contasse a Babs que Martyn ia se casar com Agnieszka em três semanas, o escritório inteiro ficaria sabendo, nem que fosse através das divisórias pouco espessas.

— O quê, a divina Agnieszka? Eu não acredito.

Em vez de ter saído para jantar com Martyn, Hattie ficou tomando conta de Kitty, enquanto ele e Agnieszka compareceram a uma sessão de uma hora com o padre Flanahan, em preparação para o casamento. Martyn voltou para casa batendo na testa e dizendo:

— Como é que as pessoas podem acreditar nessas coisas? Pelo visto, o padre tinha a impressão de que, quanto mais depressa os dois se casassem, menos tempo seriam obrigados a viver em pecado, e Martyn não tinha retificado a impressão do sacerdote. O tempo era essencial, antes que a Imigração acelerasse a marcha. Agnieszka queria uma missa com cerimonial, hinos e tudo, que podia levar muito tempo, mas Martyn dissera que não, a versão de vinte minutos seria suficiente.

Agora Babs tinha começado a ficar visivelmente inchada no corpo inteiro — inclusive nos tornozelos, o que deixou Hattie bastante feliz. Alastair tinha contratado uma babá no norte, a mesma que cuidara dele quando criança, o que mantém as coisas em família, por assim dizer, embora a babá naturalmente seja muito velha. Ela vai contar com uma empregada jovem e forte para ajudá-la. Babs perdeu, ou parece ter perdido, todo interesse em roubar Agnieszka.

De vez em quando, Tavish, o produtor de televisão, o verdadeiro pai do filho de Babs que está por nascer, aparece no escritório. Hattie sente que em breve a paternidade da criança se tornará o assunto das fofocas gerais do escritório, mas talvez Babs fique feliz se isso acontecer. Ela não gosta de uma vida muito tranquila.

Tudo que Hattie revela a Babs é que alguém denunciou Agnieszka e que o passaporte dela não está em ordem, e que a Imigração está armando uma celeuma.

— Ora, eu me pergunto, quem teria feito isso? — indaga Babs.

— Não posso acreditar que seja alguém que nós conhecemos — responde Hattie.

— Não creia nisso — adverte Babs. — Pode ter sido minha irmã. Alice ficou muito contrariada depois do que aconteceu com Jude.

— O que exatamente aconteceu com Jude? — pergunta Hattie, sem ter certeza de realmente desejar saber.

Babs faz o relato de como Alice acordou uma noite e, ao não encontrar Jude na cama do casal, foi para o quarto de Agnieszka e o encontrou lá, já meio metido na cama dela. A desculpa que ele deu foi de que ouviu a babá chorando, e então foi ver qual era o problema, e que ela praticamente o puxou para dentro da cama, como um cartão de crédito é puxado para dentro da ranhura no banco.

— Alice acreditou nele, a boba — conta Babs —, e Agnieszka se ofendeu e foi embora. Então Alice ficou sem ninguém para ajudar com os bebês, e Jude caiu numa depressão tão profunda que precisou de hospitalização.

Mexericos e mais mexericos, pensa Hattie, *fofocas e mais fofocas*. Como foi que Babs conseguiu o emprego que tem? Como ela consegue mantê-lo? Mas Hattie percebeu que Babs nunca duvida da própria decisão. Ela frequentou uma escola feminina muito cara e gosta de ser bem-sucedida sem dar demonstração disso. Ponha-lhe qualquer papel sob os olhos e ela absorverá em segundos o que está escrito ali, e dentro de um minuto terá respondido e tirado da mente a questão. Então ficará sem nada para fazer, salvo fazer as unhas.

Babs gosta das coisas assim: nenhum trabalho, nenhum trabalho, nenhum trabalho, e de repente muito trabalho. Vida sexual: sexo, homens, drama, confusão, dar o fora, de volta às unhas.

— Mas realmente não vejo Alice tendo tempo ou energia para escrever às autoridades — diz Babs —, portanto, provavelmente foi Hilary, a famosa dedo-duro.

— Mas por que Hilary faria isso — pergunta Hattie, atônita — se nem sequer conhece Agnieszka?

— Mas ouviu falar dela. E ela quer seu emprego, Hattie, além do dela; sem Agnieszka, você se afunda. Ela gostaria de ver você se afundar num emaranhado de consultas médicas, problemas diplomáticos e ausências do trabalho para resolver emergências domésticas.

— Mas as pessoas não são mesquinhas assim — protesta Hattie. — Não gente como nós.

— Gente como nós! — ridiculariza Babs. — Você até parece o Alastair falando.

Ela telefona para Neil na extensão dele, que atende em seu próprio aparelho. Hattie sai.

Naquela tarde, Neil chama Hattie à sala dele. É como ter uma audiência com o príncipe de Gales. Ele está investido de poder, embora este lhe pouse constrangido sobre os ombros, como um casacão mal-ajustado. Neil se senta de costas para a janela, e sua sombra cai sobre a escrivaninha que ninguém consegue olhar sem se perguntar se Hilary e o velho Sr. Seltz transaram ou não em cima dela. A sombra dele é a sombra da autoridade, capaz de levar alguém ao triunfo ou ao fracasso, a seu bel-prazer. Hattie devia estar nervosa, mas não está. Sabe que está fazendo seu trabalho com muita eficiência. É verdade que havia se ausentado do trabalho num momento crítico, mas Neil também tem filhos. O que ela sente com mais intensidade é sua força se multiplicar por dez porque seu coração é puro. Nada vai dar errado. Ela é abençoada. Renunciou a uma coisa valiosa e importante pelo bem de Agnieszka, que vai se tornar a Sra. Agnes Arkwright; a mãe e a irmã dela e a criação de gatos permanecerão no país. Hattie continuará a ser Hattie Hallsey-Coe. Ela é uma boa pessoa e coisas boas acontecem a gente boa.

Neil anuncia que Hilary foi transferida para a sucursal de Frankfurt da Dinton & Seltz. Hilary será gerente do escritório de lá: uma grande oportunidade para provar sua capacidade. O que quer dizer que, se Hattie ficar feliz em assumir pelo presente as duas tarefas — os direitos autorais no mercado nacional e no estrangeiro serão amalgamados —, ele também ficará feliz. Naturalmente ela vai precisar de um assistente — talvez ela possa cogitar Elfie, que é muito inteligente e está subestimada. Haverá mais dinheiro na função e a perspectiva de, com o tempo, um lugar à mesa dos diretores, com participação acionária.

O telefone dele toca. Neil atira uma almofada de couro branco sobre o aparelho. Diz que vai colocar tudo num e-mail e que depois eles irão conversar mais. A audiência de Hattie está chegando ao fim. Mas quando ela vai sair ele diz:
— Meu Deus, aquela Hilary foi uma vaca. Babs me contou. Dedurar sua *au pair* daquele jeito. Nós que temos família precisamos apoiar uns aos outros.

Hattie está vingada. Ela tinha razão Coisas boas acontecem aos bons. Neil remove a almofada de cima do telefone, atirando-a para o lado oposto da sala e atingindo a janela com um ruído cavo, para assustar um pombo que está fazendo cocô no beiral da janela. Ele tem sorte de não ter quebrado o vidro. O custo de substituir um painel de vidro daquele tamanho seria fenomenal. Mas o telefone ainda está tocando, então ele não tem escolha senão erguer o fone e atender.

E Hattie deixa o esplendor da cobertura de Neil, recém-projetada por decoradores, e se dirige à parte mais antiga do edifício, descendo as estreitas escadas em caracol para chegar à própria sala, sentindo nas faces a respiração de incontáveis empregados do passado, que lhe dá calafrios, que mina seu prazer. A promoção de uns é o rebaixamento de outros. Ela conseguiu o que queria, mas sente que deixou de ser boa.

Quando enfim Hattie entra de volta em sua sala, os fantasmas desapareceram. Babs trabalha rápido. Será que Neil realmente transferiu Hilary por causa do que ela disse? Bem, aquilo não trouxe prejuízo, e Hilary vai odiar o novo escritório de Frankfurt, onde tudo o que fazem é passar o ano se preparando para a Feira de Livros. Hilary não tem parceiro, nem tem filhos que possa oferecer como desculpa para não ir.

Dois casamentos e um funeral

O casamento foi muito bonito. Ouço contar a respeito muito mais tarde, semanas depois. Agnieszka usou um vestido creme em que parecia jovem e deliciosa e encantadoramente feliz, e Hattie foi dama de honra e usou um vestido rosa também feito por Agnieszka, que era muito hábil com agulha e linha. Na verdade, a cor rosada não favorece Hattie: faz sua abundante cabeleira parecer vermelha, em vez de dourada.

A outra dama de honra foi a irmã de Agnieszka, aquela que tem câncer, agora pelo visto em remissão, e livre da cadeira de rodas. A cor rosa favorece muito sua fragilidade pálida. Martyn estava usando um terno novo com gravata, que lhe dá a aparência de quem está a ponto de ganhar muito dinheiro, e que merece confiança. A mãe de Agnieszka segura Kitty, que se acomoda muito bem em seu colo generoso e fica absorta na tentativa de arrancar os pelos do queixo de sua cuidadora. O chefe de Martyn, Harold, é o padrinho do noivo, e sua companheira Débora, ao entrar na igreja, a princípio não consegue decidir se vai se sentar na ala dos convidados da noiva ou dos do noivo, e acaba se decidindo pelo noivo, pelo que Hattie lhe dirige um olhar agradecido. Afinal de contas, Débora talvez não seja tão ruim assim.

Serena fica sabendo do casamento antes de mim. Imagino que Hattie tem mais medo de mim do que da tia-avó. Eu sou informada quando Serena me telefona e diz com singeleza: "Martyn se casou com Agnieszka há três semanas", e eu fico gelada, eficiente e distante, como fiquei quando o advogado de Roterdã me telefonou. A reação tem a ver com o fato de ter sido criada na Nova Zelândia, onde todos — homens e mulheres — sabem como entrar na modalidade de emergência. É por isso que os homens da Nova Zelândia — não vou insultá-los chamando-os de que "kiwis", embora eles pareçam gostar do termo; os kiwis são passarinhos cautelosos e assustados, e não consigo imaginar de que modo aquela paisagem arrojada e aguerrida, essa raça nobre, foi capaz de gerá-los — são encontrados a cargo de hospitais de campanha e de ONGs, e as moças da Nova Zelândia dão excelentes *au pairs*, estacionando na casa da gente por um momento enquanto juntam forças para algum salto maravilhoso na vida futura. Se o campo de refugiados é bombardeado, o neozelandês não sai correndo, antes fica firme e coloca tudo de volta no lugar; se o bebê cai de cabeça, a moça da Nova Zelândia não fica histérica, ela o leva ao pronto-socorro.

Serena e eu compartilhamos essa capacidade, embora eu tenha nascido na Nova Zelândia e ela não. Mostre-nos um carneiro e nós o tosquiamos; um terremoto e nós sabemos nos sentar embaixo da escada; um maremoto e nós sabemos quando e para onde correr. É só quando vemos homens que a argúcia nos abandona: nós corremos para cima do perigo, e não para longe dele. Eu fracassei com Hattie, minha linda Hattie, com sua coluna ereta e suas maneiras porfiadas. Martyn a deixou: abandonou-a pela babá.

— Espero sinceramente que ela tenha procurado um advogado — digo eu, fria e calma.

— Não é bem assim — responde Serena. — Eles todos ainda estão juntos.

— O quê, numa grande cama de casal?

Tenho toda a mesquinhez que vem da fúria. Está em minha voz. Eu a ouço, e foi intencional.

— Não é à toa que ela não fez confidências a você — reprova Serena. — Ela sabia como você iria reagir. É claro que não numa cama grande. É um casamento de conveniência, para a moça e a família dela não serem enfiadas num avião e mandadas de volta para a Ucrânia. Se você não quisesse ver uma coisa assim acontecer, sempre poderia ter ido morar com eles para ajudar. É perfeitamente claro para todo mundo que Hattie nunca se acomodaria e seria doméstica. Ela é inteligente demais para isso.

— O quê, eu abandonar a galeria? Preciso ganhar a vida.

— Desde quando?

Com isso ela quer dizer: *"Pense em como eu venho te ajudando todos esses anos."*

Serena e eu estamos tendo uma briga. É isso que fez conosco aquela imbecil da Hattie. Estou furiosa. E Serena também está transtornada, ou não estaria se referindo àquilo a que jamais nos referimos: minha dependência financeira dela.

— Nada de lucrativo aconteceu naquela galeria — diz ela.

— Você dificilmente abria a loja até Sebastian sair de cena e você ficar sem nada para fazer.

Consigo encontrar serenidade para reconhecer a verdade naquilo que ela diz, e a briga termina antes de começar.

— Tudo bem, está certo — admito —, você tem razão. Mas não havia espaço para mim naquela casinha minúscula, e Hattie e Martyn teriam odiado que eu ficasse por lá a observá-los e a me preocupar. E depois, o pessoal da prisão poderia ter soltado logo o Sebastian, então nós estaríamos de volta à estaca zero. Da mesma forma, eu poderia sugerir que você se mudasse para a casa deles.

— Mas eu tenho Cranmer — replica ela, e as duas caímos na risada.

Desculpas e mais desculpas. O parceiro, o cônjuge, os filhos como desculpa. *"Não posso fazer isso porque é meu dever fazer aquilo."*

Depois da separação de George, Serena encontrou Cranmer com bastante rapidez. Ela conhece a importância de um parceiro para a mulher. Deixando de lado questões de amor, lealdade e companheirismo, sem a desculpa de um parceiro, a mulher acaba rapidamente sendo lançada para fazer tarefas de babá, levar alguém ao hospital em uma emergência, levantar fundos, cuidar de pais idosos (por décadas de sua vida), ir buscar recém-chegados em estações. Com um parceiro, ela naturalmente tem outra série de problemas, todos relacionados a amor, lealdade e companheirismo. Mas esta última série de problemas é preferível àquela primeira, ou assim Serena demonstra em sua vida. Tenho certeza de que ela se casou com o professor do ensino fundamental para se livrar de Wanda. Exatamente como Susan fugiu com Piers e eu fugi com Charlie. Todas nós tínhamos pavor de acabar vivendo com nossa mãe.

Não que houvesse alguma coisa de terrível em relação a Wanda: ao contrário, tínhamos por ela amor e admiração, mas ela gostava das coisas a sua maneira e era muito crítica. Se eu estivesse de pé em um cômodo, era infalível ela vir e dizer "Por que você não se senta e descansa?", e se eu estivesse sentada, ela dizia "Será que essa janela não precisa ser aberta?", ou fechada, ou lavada, ou qualquer coisa, de modo que eu fosse obrigada a me levantar e fazer aquilo. Ela precisava deixar sua marca, mudar o mundo disposto a sua frente, para o mundo se ajustar ao modo como, segundo ela, devia ser. Serena se queixava de que não conseguia escrever se Wanda estivesse em algum lugar nas imediações.

Pobre Susan, não tão apta quanto as irmãs, acabou sendo obrigada a partilhar o teto com Wanda; portanto, naturalmente preferiu morrer jovem. Agora que somos mais velhas, nós, as sobreviventes, invocamos os amantes-dependentes (Cranmer, Sebastian) para não sermos obrigadas a viver com nossos filhos.

— Você está me dizendo que Martyn e a babá tiveram uma missa nupcial católica, e que depois eles todos voltaram juntos para casa, e espera-se que tudo vá continuar como antes? Eu passava da raiva à descrença. Imagino que fosse um passo adiante, ainda que errático, na estrada do "encerramento".

— Acredito que Martyn quer que Agnieszka encurte o nome dela para Agnes, então ela está pensando no assunto.

— Ela ainda continua a chamá-lo de "Seu" Martyn?

— Acho que sim.

— Caramba! Mas Hattie continua sendo apenas Hattie?

— Sim. Graças a Deus. Para eles, é a certidão de casamento que importa; o casamento é irrelevante. Agnieszka manda o papel para o Ministério, o chefe do Martyn dá um empurrãozinho, e pronto! Agnes Arkwright é uma cidadã.

— Não consigo acreditar que eles fizeram isso. Os dois são tão cheios de princípios — digo eu.

— Eles são os novos jovens — esclarece Serena. — Têm uma noção de moralidade diferente da nossa.

Pergunto mais detalhes sobre o casamento. Estou me acalmando. Posso ver que, aos olhos de Hattie, ela fez uma coisa boa e nobre. Mas é sempre triste perder um casamento, e eu acho que, na qualidade de sua avó e pessoa que a criou, eu deveria pelo menos ter sido convidada, nem que fosse para recusar o convite.

Quando me casei com Sebastian, não contei a Wanda: nós fomos lá e nos casamos na presença de duas testemunhas. Foi em pleno período de provas para Hattie, portanto ela não podia vir. Foi mais ou menos como eu programei o evento, para lhe poupar embaraço — afinal, quem quer comparecer ao casamento da própria avó? Talvez Hattie esteja só fazendo a mim o que eu fiz a ela, não é?

Wanda não compareceu ao casamento de Serena com Cranmer, alegando achaques da velhice. O enlace aconteceu duas semanas depois do enterro de George, o que talvez tenha sido o verdadeiro motivo: a pressa quase indecente do casamento. Wanda tampouco foi ao enterro, dizendo que, quando se chegava à idade dela, a pessoa estava dispensada de obrigações familiares. Antes de George morrer, Wanda disse a Serena que devia parar de se lamentar sobre a deserção de George, porque ninguém queria ficar cuidando de um homem na velhice, e agora Serena estava livre da obrigação e Sandra teria de fazê-lo.

George morreu quando ele e Serena estavam no limbo entre a separação e a homologação, quando ninguém tem muita certeza da própria situação legal. Não me surpreende que Hattie tenha uma opinião tão ruim sobre o casamento. Mas, se ela tivesse conversado comigo, eu poderia tê-la avisado de não jogar nas costas do coitado do Martyn tanta complexidade de obrigações práticas e despesas legais.

Serena resolveu que era melhor não cancelar o casamento com Cranmer, e sim ir adiante, para que os filhos não precisassem continuar esperando que ela entendesse a loucura de se casar com um homem quase vinte anos mais novo e ainda por cima anarcoconservador. Os filhos de Serena, como os meus, eram todos o que Cranmer chama de "esquerda festiva", e nasceram para comparecer às passeatas e lutar pelos direitos dos oprimidos e pela segurança de seus lares benévolos. Serena achava que, para os filhos, era pior nutrir falsas esperanças do que encarar o fato de que era aquilo que pretendia fazer: casar-se de novo, e não viver os sobejos de vida que George lhe havia deixado. Mas, naturalmente, na época ela estava semialucinada pela dor e pelo ressentimento, e quanto mais se achava sensata, menos o estava sendo. Ela poderia ter se dado ao luxo de esperar só um pouquinho — qualquer terapeuta lhe teria dito isso.

Alguns filhos vieram ao casamento, outros não, e nem em um caso nem no outro ela poderia condená-los. E, aliás, Serena tampouco foi ao enterro de George, para consternação dos amigos e parentes dela. As viúvas comparecem ao enterro, mas as ex-mulheres também? Não se elas tiverem juízo. E Serena não sabia se ela era a mulher, a ex-mulher ou a viúva. Mas sabia que Sandra, em cujos braços o ex-marido dela havia morrido, tinha intenção de estar presente.

Eu fui ao enterro: pedi permissão a ela, que me autorizou a representá-la e assumir publicamente seu luto. Eu gostava muito de George. No final, ele andava muito esquisito, e se era por causa dos genes ou do contato com o organofosfato azul-oleoso, o gás dos nervos nazista, nós nunca saberemos.

Sandra chegou para o enterro com um vestido laranja e um chapéu de abas largas. Estava atormentada pela aflição ostensiva. Um cortejo de amigas a seguia, todas em lágrimas, todas de chapéu, chorando e se lamentando. Eu não falei com ela; do nosso lado, poucos o fizeram.

A terapeuta alternativa não compareceu. Provavelmente estava demasiado culpada e assustada: tinha querido o dinheiro dele, mas não que ele *morresse*. No dia seguinte à morte, ela veio a Grovewood querendo recuperar todas as cartas que pudesse ter escrito a George, que seus filhos se recusaram a procurar ou fornecer.

George realmente precisa assumir parte da responsabilidade por sua própria morte: para começar, por que confiou numa pessoa tão deplorável? Pobre George. Eu tenho sorte com Sebastian. Ele conseguiu passar dos setenta sem ficar pirado nem deprimido, sem ser atingido pelo gás dos nervos, sem mudar sua natureza, sem confiar em terapeutas dementes, sem correr atrás de garotinhas como é o caso de certos homens, sem esquecer de fechar o zíper das calças, sem deixar a comida cair da boca, sem mastigar ruidosamente com a dentadura, sem andar arrastando os chinelos, sem procurar briga com os vizinhos, sem desacatar os desafetos, sem ficar agitando o punho para os céus, como o rei Lear: tudo que os homens — Wanda tinha muita razão — costumam fazer quando envelhecem.

O que ele adquiriu, infelizmente, foi uma preferência por atalhos, razão pela qual está no presídio de Bijlmer e não aqui comigo.

Quanto a Sandra, a amante, acabou se dando bem; não precisamos ter pena dela. Seis semanas depois do enterro, ela ficou pateticamente parada diante da janela da casa de uma amiga casada, olhando para a cena doméstica no interior e chorando em silêncio. O casal abriu-lhe a porta.

— Sandra, por que você está chorando?

— Porque George morreu e eu tenho muita inveja de vocês — respondeu ela. — Sempre vou estar do lado de fora e nunca do lado de dentro.

Então eles a convidaram para entrar e pediram que ficasse até se sentir melhor. Seis semanas depois, ela fugiu com o marido: por coincidência, ele era milionário. Até onde sei, daí em diante viveu feliz para sempre.

Serena me conta mais acerca do casamento. Hattie lhe disse que, depois da cerimônia, quando todos foram andando até a casa deles para os comes e bebes — Agnieszka tinha preparado profiteroles, bolo de canela e um pão especial feito com leite evaporado —, a noiva saiu correndo na frente, batendo com os saltinhos finos dos escarpins, para abrir a porta da frente e colocar a chaleira no fogo (os sapatos tinham pertencido a Hattie, mas agora ela gosta de usar saltos mais altos). E a mãe criadora de gatos fez uma coisa estranha. Saiu correndo atrás da filha e entrou na casa, foi até o quintal, apanhou um punhado de terra e atirou-o no chão da cozinha. A essa altura, os outros já tinham entrado. Agnieszka tinha enchido um balde com água quente e sabão e a mãe saiu jogando sobre o piso inteiro, e a filha pegou uma vassoura e varreu tudo para fora, a terra e tudo mais. A irmã misteriosamente havia encontrado forças para bater palmas, e depois tudo prosseguiu como normal.

— Hattie realmente disse "como normal"? — perguntei.
— Então o que é "normal"?
— Parece que é uma espécie de costume antigo nos casamentos — explica Serena.
— Isso não é bom. Hattie e Martyn podem pensar que este casamento não é de verdade, mas Agnieszka e a família dela provavelmente pensam que é.

Martyn e Agnieszka na cama

O casamento fora três semanas antes. Hilary havia partido para Frankfurt, e Hattie agora tinha um belo escritório com vista para os telhados. Elfie é sua assistente simpática embora inconstante, e Marina — que vinha sofrendo do nervosismo que precede a entrega dos originais, quando ameaçou processar a agência — finalmente terminou e entregou o texto. O livro vai fazer sucesso. Agnieszka tinha encontrado o passaporte e escrito ao Ministério das Relações Exteriores enviando uma certidão de casamento que ninguém questiona. Como, ao que tudo indica, a Ucrânia não tardará a fazer parte da Europa, não importa muito de que lado da fronteira alguém nasceu, pois em breve esta será irrelevante. Babs está na Flórida em licença-maternidade e Débora não está grávida.

Martyn agora trabalha para a *d/EvOLUTION*, sob a chefia de Cyrilla Leighton, uma jovem inteligente de 27 anos. Ela é solícita e encorajadora — e até lisonjeira — em relação ao trabalho de Martyn. Ela não consegue escrever, mas pelo menos sabe disso; e, se algumas vezes os artigos dele são publicados com a assinatura dela, Martyn não se importa. A Evolução, afinal de contas, é mais divertida que a Descentralização. Os darwinianos e neodarwinianos bebem mais, empregam palavras mais curtas e fazem mais piadas do que os que mergulham na teoria da política. Talvez caiam um pouco para a direita, e se desenganem ao confrontar a natureza humana, dizendo "o que você esperava?", em vez de se empenharem na introdução de políticas capazes de endireitar as coisas, mas Martyn consegue lidar com isso. Ele sabe com que lado tem afinidade.

Quando indagado sobre seu estado civil (e é surpreendente a quantidade de moças que em congressos ou festas perguntam direto: *"Você está com alguém?"*), ele responde: "Tenho uma companheira e estou numa relação séria. Nós temos uma filha." Naturalmente não menciona casamento, e se alegra de que Harold agora frequente círculos mais altos e raramente esteja no escritório para aludir ao fato com um piscar de olhos ou um sussurro sugestivo.

As perspectivas de Martyn na política progridem regularmente; ele tem esperança de ser adotado pelo partido para uma cadeira em uma seção marginal do norte, que também torce para não ganhar. É melhor perder esta, e depois receber uma cadeira garantida numa seção eleitoral mais próxima de casa. Ele não consegue imaginar Hattie concordando em se mudar de Londres.

Agnieszka o seguiria para qualquer lugar, mas ele está com Hattie, e não com Agnieszka.

Agnieszka cuida de Kitty como sempre, dorme em sua própria cama, põe na mesa a comida de Martyn e Hattie, é meiga e amável — e ninguém saberia que algo está errado, a não ser pelo fato de que agora, noite após noite, ela chora na cama. Dá para ouvir os sons suaves, arfantes, soluçantes, do outro lado da parede. O que ela pode estar querendo? Como eles podem fazê-la feliz?

— Qual será o problema dela? — pergunta Martyn. — Agnieszka não está me deixando dormir, e se eu não dormir não escrevo.

— Dificilmente a gente poderia fazer por ela mais do que já fez — diz Hattie. Ela gostaria de receber da babá um pouco mais de gratidão feliz do que está recebendo.

Martyn cutuca Hattie, rindo baixinho — eles sempre falam baixo quando estão na cama —, e diz:

— Ora, acho que tem uma coisa.

— Você quer dizer trazê-la para nossa cama — diz Hattie —, como fazíamos com Kitty antes que a Sra. Arkwright entrasse em nossas vidas e encontrássemos uma solução melhor? Sem essa, Martyn!

Ela está falando de brincadeira.

— Não chame Agnieszka de Sra. Arkwright — diz Martyn.
— Tem um tom de hostilidade.
— Ah, então ela é sua esposa e você precisa protegê-la — diz Hattie, que agora se sente hostil. — Eu me alegro que você tenha tais sentimentos adequadamente conjugais em relação a ela.
— Não sei o que eu deveria fazer — reclama Martyn. — Isso foi ideia sua. Não consigo entender o choro das mulheres. É manipulatório.

Hattie perguntou a Agnieszka qual era o problema, mas esta sacudiu a cabeça e disse: "Não é nada."
Kitty está tão entediada com as lágrimas que já nem tenta mais recolhê-las com a língua.

Uma ou duas noites depois, eles fazem amor com um pouco mais de barulho que o normal, o que não conseguem evitar, e depois Martyn insinua:
— Já que não podemos viver sem ela, talvez seja melhor fazermos mais no sentido de viver com ela. — No silêncio que se segue, os soluços vindos do quarto ao lado ganham intensidade.

— Isso não inclui — esclarece Hattie — a presença dela em minha cama, se for o que você está pensando. — Sabe que não deveria dizer essas coisas; está se aventurando em território perigoso, mas não se contém.
— Pelo amor de Deus, Hattie, não estou pensando em nada disso. Você não tem noção daquilo em que estou pensando. Martyn detesta quando Hattie alega saber o que ele tem em

mente. Os dois tomam tranquilizantes. Hattie adormece, Martyn, não.

Martyn está apavorado com seus próprios pensamentos. As lágrimas de Agnieszka deixam-no excitado. Ele gostaria de se levantar nu da cama e transar com ela ali mesmo, naquele momento. Isso faria parar o choro. No escritório, ele fica sonhando acordado com ela: cada vez mais. Agnieszka é sua esposa.

Um desses dias, ela se curvou sobre a tábua de passar e estava usando a saia de couro amarelo de Hattie, e suas pernas eram longas e estavam nuas: ele viu os músculos se destacarem ao longo da parte de trás dos joelhos e foi obrigado a sair e se sentar no banheiro, para se acalmar. Mas ele ama Hattie. Ele não ama Agnieszka. Hattie é sua parceira, aquela por cuja causa não sai com outras garotas nos congressos. Hattie é a mãe de sua filha, e Agnieszka não é, embora com certeza tenha mais a ver com Kitty do que Hattie. A menina agora tem um bom vocabulário: pronuncia as palavras com a entonação e o leve tom ciciante de Agnieszka. O coração dele se derrete quando a ouve falar. "Ai, que canseira!", ela diz, imitando Agnieszka. Não procura imitar o "Ai, que saco!" de Hattie. Sabe que meiguice e leveza são a melhor aposta de uma garotinha, e não o autoritarismo irritado e brusco de Hattie.

Ele adora a ternura com que Agnieszka sorri para Kitty, o jeito como seu lábio superior se afasta para mostrar os dentes: será que as bocas de outros fazem isso? Ele está cada vez mais zangado com Hattie por colocá-los naquela situação, no caminho da tentação. Tudo isso foi ideia dela. Hattie deve arcar com as consequências. Ele pega no sono. São cinco e meia da manhã.

Na noite seguinte, ele não consegue aturar o choro de Agnieszka nem mais um momento. São onze da noite. Há pelo menos duas horas todos eles já foram se deitar. Hattie, Martyn, Agnieszka, Kitty, e Silvie também. Todos se recolhem cedo, para no dia seguinte estarem mais alerta.

Ele salta da cama, sacode Hattie e diz:
— Isso é impossível, Hattie, você precisa falar com ela. Hattie desperta do torpor induzido pelo barbitúrico e pergunta:
— O que está havendo?
— Você precisa acordar — diz ele.
— Por que você não consegue ficar contente, Martyn? — indaga ela. — Tudo está correndo tão bem.
— Você é uma vaca insensível — vocifera Martyn. — Não a está ouvindo chorar?
— As polonesas choram, são famosas por isso. É parte da cultura delas. Se ela está realmente tão infeliz, sempre pode ir embora. É apenas a babá — responde Hattie.
— Ela é minha esposa — diz Martyn. Ele fala alto. Agora Hattie está plenamente acordada. Sabe que esteve falando, mas que foi mesmo que disse?

No quarto ao lado, Kitty começa a chorar. Martyn deve tê-la acordado. Hattie ouve Agnieszka sair da cama, tirar a criança do berço e entrar na cozinha.

O que será que Agnieszka usa à noite, pergunta-se Martyn. Ele nunca se permitiu pensar no assunto. Será que ela dorme nua? Ou talvez use uma das roupas íntimas dispensadas por Hattie, aquelas que ficaram muito pequenas para ela, que as comprou antes da gravidez. Talvez aquela de seda quase transparente, em duas peças, uma verde-clara, bem decotada para mostrar os seios, a peça de cima um pouco mais escura, fingindo certa modéstia. Hattie já não compra mais camisolas como aquela. Ele só gostava em parte, quando ela comprava. A mãe dele ficaria indignada com o preço; o pai, mordaz em relação à decência. Geralmente, hoje em dia Hattie se limita a vestir uma camiseta se faz frio, e a não usar nada se não faz. Ele gosta quando ela não usa nada, mas a essa altura já está muito acostumado ao corpo dela. É um corpo macio, agradável, familiar, e ele o ama, a esse corpo que lhe deu uma filha, mas que não traz consigo uma sensação de futuro choque. Agora ele gostaria de saber como é Agnieszka nua. Lembra-se da ocasião em que ela, pouco depois da chegada, tinha feito uma demonstração de suas habilidades de dançarina do ventre. Teria prosseguido as aulas? Ele não tinha ideia. Ela é sua esposa e ele quase não sabe nada sobre ela.

Hattie veste uma das camisetas de Martyn, que lhe chega aos joelhos, e entra na sala de estar, onde encontra Agnieszka com Kitty. Martyn vem atrás dela. Para efeito de decência, ele vestiu uma túnica indiana. A peça, feita de algodão indiano muito fino, lhe assenta bem e chega aos joelhos. É um presente que Alastair trouxe para Babs da Índia, achando que fosse roupa feminina, e que Babs passou para Martyn. A roupa fica bonita em sua estrutura de ombros largos e quadris estreitos. Martyn tem frequentado a academia da empresa. Cyrilla o obriga a isso. Agnieszka sempre lava a túnica em separado, para manter a brancura, e passa a ferro a peça para deixá-la sem rugas e bem cuidada. Agnieszka está usando um roupão de veludo de um azul sem graça, da loja Marks & Spencer. Está raspando um pouquinho de um comprimido azul e dando a Kitty na ponta do dedo. A criança parece gostar e parou de choramingar.

— O que você está dando a ela? — pergunta Hattie; sua mente ainda está turvada pela ação do sonífero.

— Uma raspinha de vitamina B12 — esclarece Agnieszka.

— Alguma coisa a despertou e assustou. Na Polônia nós damos isso aos bebês: é bom para os nervos e ela está na dentição. Não anda muito contente, mas agora vai ficar bem.

Agnieszka olha direto para Hattie e lhe dá um sorriso luminoso e reconfortante. É um sorriso poderoso e positivo de quem é dono da situação, mas Hattie se alegra de que pelo menos as lágrimas pararam. Os olhos de Agnieszka também não estão inchados: ela parece muito desperta.

— E como é lá na Ucrânia? — pergunta Martyn. Ele acha que a Ucrânia fica no fim do mundo e, agora que estão casados, não perde ocasião de deixar Agnieszka ciente disso.

— Lá também — responde Agnieszka. — Polônia e Ucrânia não são muito distantes uma da outra.

E sorri para Martyn, aquele mesmo sorriso luminoso.

— Já que estamos todos acordados, Agnes — ele propõe —, que tal fazer um pouco de chocolate para nós?

Hattie se pergunta por que Martyn está sendo tão desagradável com Agnieszka, mas esta não parece se importar. Pelo visto, até se diverte com o mau humor dele. Quando ele a chama de Agnes, que ela detesta, ela sempre tenta responder com um *"Seu" Martyn*, que ele odeia.

Agora Kitty está sorrindo, de olhos quase fechados. Agnieszka a leva de volta ao berço, e entra na cozinha e prepara seu famoso chocolate, fervendo, coando, servindo, procurando a bandeja, levando as três canecas para a sala de estar, onde Hattie e Martyn se sentam à mesa lado a lado, em sonolenta conspiração. E ali ela joga sua bomba.

— Por que você está tão infeliz? — pergunta Hattie, insensatamente, mas pela terceira vez. — Por que você fica chorando o tempo todo?

— Porque eu amo o "Seu" Martyn — confessa Agnieszka —, e não posso tê-lo para mim, então serei obrigada a ir embora, porque não é justo com você, Hattie, e eu amo você também.

Hattie descobre que suas mãos estão começando a tremer. Precisa pousar o chocolate na mesa. O líquido está muito quente e muito gostoso.

— Mas você não pode nos deixar — objeta. — Nós precisamos de você. Nós dependemos de você. Kitty ama você. Agnieszka não pode nos deixar, não é mesmo, Martyn?

— Seria contra a religião dela. Sou o marido dela. Não, ela não pode.

— Ah, coitadas de suas mãos! — diz Agnieszka a Hattie.

— E de sua voz! Eu faria qualquer coisa para não lhe causar transtorno, mas causei. Você tem sido tão boa para mim, Hattie, como um anjo.

Agnieszka entra no banheiro e volta com um frasco de onde retira um pequeno comprimido azul para Hattie.

— O que é isso? — pergunta Hattie. Martyn está bebendo direto o chocolate, embora este deva estar excessivamente quente.

— É um suplemento de vitaminas — explica Agnieszka.

— O tremor nas mãos, Hattie, não é bom sinal. Você está com deficiência de vitamina B12. Na Polônia, nós usamos isso para os nervos.

— E na Ucrânia também, eu creio — completa Martyn.

— Os dois lugares não sendo tão distantes.

Hattie toma o comprimido. Martyn observa.

— Tome dois — aconselha ele, e Agnieszka extrai do frasco outro comprimido, que Hattie engole.

— Vamos brindar ao futuro de todos nós, seja qual for — propõe ele e, apanhando a garrafa de uísque e três copos, serve três doses de uísque puro, que todos eles bebem.

— Eu tenho de ir embora — diz Agnieszka. — Não posso submetê-los a isso. Eu lhe agradeço, Hattie, e lhe agradeço, "Seu" Martyn. E agora vou dormir e de manhã podemos combinar como fazer isso da melhor forma, no interesse de Kitty.

— Vamos brindar a isso? — propõe Martyn, e todos tomam uma segunda dose de uísque e as mãos de Hattie pararam de tremer, embora ela não tenha ideia de como vai se arranjar sem Agnieszka. Mas, no momento, aquilo não parece importar tanto. Ela se sente bastante satisfeita e gosta de todo mundo.

— Hora de dormir — diz Agnieszka com um bocejo e, depois de se espreguiçar, vai para seu quarto.

— Mais um golinho — diz Martyn e serve mais um, que Hattie toma. Agora ela sente que precisa ir para a cama; é ali seu lugar. Então Martyn a ajuda a chegar ao quarto de dormir e ela fica rolando de lá para cá na cama, voluptuosamente, até acabar contra a parede. É uma cama boa, ampla e cara, que Serena comprou para eles quando foram morar juntos.

Hattie adormece. Martyn fica deitado ao lado dela e fecha os olhos, e dentro de um minuto cai no sono, embora não fosse o que pretendia. Desperta e descobre Agnieszka caminhando em direção à cama, qual naquele sonho familiar. Um sonho recorrente, uma coisa vaticinada. Ela está usando o vaporoso shortdoll verde que outrora, há longo tempo, era usado por Hattie. Teria sido ele quem comprou para ela?

Agnieszka despe a camiseta do conjunto, e seus pequenos seios redondos ficam à mostra. Subitamente, Martyn está plenamente acordado. Ela sorri e afasta outro pedaço de tecido para mostrar a barriga e diz:

— Agora tenho um certificado do curso avançado. Você quer ver?

Ele acena que sim e ela fica movendo os músculos do estômago de modo impressionante, malgrado a aparência plana de sua cintura.

— Pode tocar se quiser — convida ela. Martyn olha para Hattie, mas ela está dormindo.

— É como um saco cheio de gatinhos — constata ele.

— Ela vai dormir durante muito tempo — garante Agnieszka. — Está perfeitamente feliz, e eu sou sua esposa. Kitty também vai dormir. Podemos fazer o barulho que quisermos. Vocês dois são muito silenciosos. É um tédio só.

— O que era aquele comprimido?

— Um *roofie*. Você não sabia?

— Rohypnol? Mas eu dei uísque a ela.

— Tanto melhor — responde Agnieszka.

Ele estende a mão para lhe sentir o estômago. Os gatinhos se movem sob sua mão. Ele não tem certeza de gostar daquilo.

— E afinal de contas, eu sou sua esposa, e ela é apenas a amante; portanto, tenho direito a esta cama. Tenho mais direito do que ela. A minha é estreita e pequena: esta aqui é grande, e ampla, e espaçosa para três. Se ela não gostar, pode ir dormir na minha cama, mas acho que, se ela estivesse acordada, iria preferir assim.

Agnieszka entra na cama e fica deitada ao lado dele. O tecido vaporoso, mesmo delicado, arranha um pouco, mas ele pode tolerar aquilo. Martyn dá as costas a ela e se volta para Hattie, que sorri no sono e lhe estende o braço, e ele deixa a mão passear. Ela rola e fica deitada de costas e os dedos dele a encontram; ela suspira de prazer e murmura um convite. Então ele se volta para Agnieszka e, antes que se dê conta, está sobre ela, forçando-lhe as pernas a se separar, puxando-lhe os joelhos para cima. As pernas dela estão bem abertas, e agora enroladas nas de Hattie, e as duas mulheres são suas, que era o que ele sempre desejou desde a primeira vez em que pôs os olhos sobre Agnieszka.

Isso foi na quarta-feira, a primeira noite.

Mais duas noites

— Em 1886 — Hattie me conta, três dias depois dos acontecimentos que acabo de descrever —, Sir Charles Wentworth Dilke, o representante mais jovem do gabinete de Gladstone naquela época, foi encontrado na cama com a esposa e a empregada. O escândalo arruinou a carreira dele.

— Isso foi naquele tempo, e agora estamos no presente — aponto —, e a carreira de Martyn na política está só começando.

— E, além disso — acrescenta ela —, naquele tempo era bastante claro quem era cada uma. Qual era a esposa e qual era a empregada.

Resisto à tentação que sinto de dizer: e de quem é a culpa? Hattie está num estado vulnerável. É bem cedo na manhã de sábado e ela se senta à minha mesa. A mala a seu lado ainda não foi desfeita. Hattie tem necessidade de falar. Ela me contou sobre o casamento, sobre a visita ao gatil, sobre a promoção que recebeu no escritório e finalmente chega ao trecho do "boa noite, Cinderela" de chocolate, e de Agnieszka usar o shortdoll verde de Hattie no qual esta agora parece ridícula, e de a outra estar vestida na peça e deitada na cama dela.

— Tenho certeza de nunca ter dado a ela permissão para usá-la — comenta. — Aquela vaca.

Digo que a mim parece uma infração de direitos de somenos importância.

— Eu até que me lembro de muitas coisas. O *roofie* não apaga tudo. Não passa de um sonífero turbinado com o princípio do prazer. Mas, como eu já tinha tomado dois comprimidos de Temazepan, com os dois *roofies* e também mais um pouco de uísque, aí nem tudo está muito claro.

Digo-lhe que tem sorte de ainda estar viva.

— Quando acordei suficientemente, na manhã de quinta-feira, Agnieszka tinha voltado para a cama dela e Martyn estava dormindo ali a meu lado, só que eu estava do lado da porta, e não da parede. Imagino que ela e Martyn tenham achado que eu não me lembraria de nada, mas eu me lembro. Talvez eu tenha pensado que fosse um sonho, mas metade da roupa de cama estava no chão e meu shortdoll verde que eu nunca mais usei estava enrolado em um dos lençóis. Os botões de pressão estavam abertos.

"Deixei tudo do jeito que estava e desci para a cozinha, e lá estava Agnieszka cortando fatias de maçã para Kitty como se nada tivesse acontecido. Parecia muito rosada e bem tranquila.

"Martyn desceu para tomar café e precisava chegar cedo ao escritório. Estava tão rabugento quanto de costume, e eu não sabia o que fazer, nem o que pensar, mas me lembrava de que meu instrutor da autoescola me disse um dia: "Quando ficar na dúvida não faça nada." Portanto, se eles não iam dizer nada, eu também não diria. Enquanto pensava no que fazer, eu fingiria que estava tudo normal.

"Martyn me deu um beijo ao sair, como se interessado, e me apertou de leve os mamilos, por cima da blusa que eu iria usar no escritório, feita de um bonito tecido fino, e que Agnieszka havia lavado e separado para mim no dia anterior. A blusa tinha mangas compridas, o que era perfeito, já que a parte interna de meus braços estava realmente machucada. Eu não sabia que estava tão machucada até ontem, quando apareceram equimoses pretas e roxas. Mas o suave aperto, o beliscão, foi diretamente para minhas partes pessoais, sabe como é, do jeito que essas coisas às vezes fazem?"

Ela se lembra de minha idade e pede desculpas, eu digo que tenho uma vaga lembrança de como essas coisas às vezes fazem.

— Bem, você quis saber — justifica ela, e eu admito que assim foi.

Hattie me diz que, quando subiu novamente, depois do café, o shortdoll desaparecera, o lençol de baixo tinha sido mudado, a cama estava arrumada, e Agnieszka passava o aspirador, cantando. Hattie estava feliz de vê-la contente. Na noite anterior, tinha havido alguma coisa sobre Agnieszka ir embora, mas fosse o que fosse, havia passado. No escritório ia ser um dia puxado e ela decididamente estava de ressaca — mas provavelmente havia sido o uísque, e não os comprimidos. Ela recorda o líquido ouro-pálido brilhando no copo: aquilo lhe parecera tão bonito. Martyn não foi avarento ao servir a dose.

— Mas eu estava me lembrando de coisas, cada vez mais. Lembro de mim mesma em pé e debruçada sobre a cama e Martyn me pegando por trás e ela estava com a língua...
Ela se interrompe:
— Você acha que ela é lésbica, vovó? Quero dizer, de verdade, ou só estava tentando agradar o Martyn? Porque eu acho que ela realmente o ama. Não vou entrar em muitos detalhes, seria grosseria com você; bem, sem mencionar que, na verdade, comigo também; você não é jovem e eu poderia lhe escandalizar.

Meu Deus!, pensei, ao relembrar os artistas e as surubas a três, e a quatro, e os lances de amarrar e de imobilizar, e as filmagens e o que rolava nos inferninhos onde se dava um suadouro nos turistas, e a compra e venda de um orifício ou outro, já que todo mundo tentava ser um com o outro, mesmo que esse outro se compusesse de dois, ou três, ou mais — e o prazer da dor, e a dança do poste em Las Vegas, quando tivemos de pagar para deixar o hotel, de modo que Charlie pudesse chegar a seu rodeio — não que ele dançasse: ele só pegava o dinheiro, e era muito dinheiro. As americanas são melhores na dança lasciva que as inglesas: elas põem energia na dança e não ficam envergonhadas. Não veem nada de errado em prometer tudo e não cumprir nada. Mas eu parecia ter uma qualidade que poucas das outras possuíam: seus pecados eram grosseiros, mas os meus eram sutis, e elas sorriem demais. Eu era modelo de pintores, e não a puta do traficante, e isso transparecia. Como todo mundo gosta de um pouco de classe, ganhei um bom dinheiro.

Tenho pena de Hattie por causa das contusões, que estão virando hematomas. Eu a ajudo a desfazer a mala no quarto de hóspedes.

— Quer dizer que Agnieszka agarrou a bolada inteira — resumo. — Levou marido, casa, bebê, e Martyn como garantia de sustento para o resto da vida, e o prestígio social como esposa dele; e você, o que levou? Nada! Você não consegue nem ficar zangada com ela?

Ela pensa na questão por um minuto.

— Tudo bem — admite —, vamos supor que você tenha razão. Esta não era uma *au pair*: era uma merda, e uma ladra, e uma vigarista; além de ser uma puta. Ela agiu assim de propósito, a cada passo do caminho ela sabia o que estava fazendo. Até mesmo dar uma raspinha do *roofie* a Kitty, para que não acordasse assustada com o barulho; então é assim que ela ama Kitty.

Não, digo eu. Essa foi a pior coisa que ela fez.

— Acho que fiz muito barulho — prossegue. — Mas eu não me lembro disso, e nem Martyn, eu imagino, depois de todos aqueles meses de transa em silêncio por causa dela no quarto ao lado. Era de se esperar. Martyn foi fundo, como um desses atores de filme pornô. Talvez ele tenha errado de vocação.

Pergunto a ela o que aconteceu ontem: ela foi trabalhar, e foi um dia comum, a não ser pelo fato de que o Tavish de Babs tentou lhe dar uma cantada, pois sexo que não seja o "trivial do casal" é contagioso; fica em torno da pessoa como aura, e há quem consiga detectar.

— E para lhe dizer a verdade — confessa ela —, eu me sentia tão bem, tão adequada e completamente *atendida* que só queria voltar para a cama e ficar deitada, e esperar alguma coisa acontecer. Na verdade, a cama de qualquer um teria servido. É terrível: a de qualquer um. Mas até eu conseguia ver que o Tavish de Babs no Dorchester para o almoço seria um grande equívoco.

"Por volta das cinco da tarde, tomei um táxi para casa, e Martyn tinha chegado lá antes de mim. Agnieszka estava arrumando Kitty para dormir; Martyn e eu ajudamos a dar banho nela e ainda não dissemos nada. Eu tinha vontade de dizer aos dois: 'Eu não esqueci necessariamente tudo que aconteceu: vocês dois são muito ingênuos se acham que sim.' Mas estava sem energia. Portanto, nos limitamos a ir deitar mais cedo, em nossas camas habituais. Martyn junto à parede, como sempre, e eu caí no sono direto, e acho que eles dois também devem ter caído. Tenho de certeza que ela não chorou até dormir, ela simplesmente dormiu."

E aquilo foi quinta-feira, a segunda noite.

Era impossível, confessei a Serena, não admirar o jeito como a mala de Hattie estava arrumada. Todas as melhores roupas estavam estendidas entre folhas de papel-toalha: as calças, passadas a ferro e impecavelmente dobradas, os sapatos, colocados em saquinhos de pano, um a um. Cada frasco de creme e cada bastão de cosmético tinha sido enrolado em filme plástico e acomodado onde havia um espaço a preencher. Supus que Agnieszka tinha arrumado a mala.

— E na manhã seguinte, o café da manhã como sempre — prossegue Hattie —, e Martyn me deu um beijo de despedida na porta e foi para um lado, e eu fui para o outro, e Agnieszka e Kitty ficaram acenando da porta. Vi que ela estava usando um simples anel de ouro no quarto dedo da mão esquerda. Mas eu não queria me atrasar, portanto não disse nada: Marina Faircroft viria discutir seu próximo romance. Ela trabalha com muito afinco. Nem bem acabou um e já está começando outro. É por isso que pode se dar ao luxo de viajar com advogados, mesmo que eles convidem a estagiária para almoçar. Pode ser que Elfie ainda esteja saindo com ele. Ela volta do almoço parecendo muito feliz.

"Mas era um bom dia e eu me sentia revigorada, embora um pouco entorpecida, imagino. E o jantar foi como sempre, a não ser pelo clima um pouco tenso. Havia a aliança de casamento, que ninguém mencionou. Suponho que Martyn a tenha comprado para ela, mas eu não quis perguntar por ter medo da resposta.

"Já havia passado da hora de se deitar e ninguém tinha feito nenhuma tentativa de desligar a televisão, e nós estávamos olhando como se estivéssemos assistindo, mas não estávamos. Então Martyn desligou a tevê e serviu uísque para os três, e a visão da bebida dourada no copo fez aquele mesmo tipo de calafrio me percorrer. Então Martyn falou — ele tem uma voz bonita, você não acha, vovó?"

Respondo que a voz dele não me causou nenhuma impressão específica. Na verdade, sempre me pareceu ter uma qualidade nortista bastante áspera, um pouco monótona, como se registrasse um protesto diário contra o mundo. Mas me atrevo a dizer que seu recente sucesso no trabalho, e o novo chefe, e um novo casamento deixaram-lhe a voz um pouco mais suave. Pode até ser que agora esteja meliflua e convidativa, como são as vozes dos que estão satisfeitos consigo mesmos. Hattie prossegue:

— Martyn pôs a mão em meu braço e perguntou se eu me lembrava de alguma coisa da outra noite, a noite antes daquela, e Agnieszka apertava os nós dos dedos contra a boca e meio que lambia a aliança de casamento, saboreando-a. "'A noite de quarta-feira?', pergunto. 'Não, por que eu deveria lembrar? Só me lembro de que Agnieszka fez um chocolate para a gente e por causa disso eu dormi como uma pedra. Ela prepara um bom chocolate.'

"Eu só queria saber o que aconteceria, o que ele diria.

"Na verdade você não dormiu o tempo todo', ele diz. 'É justo você saber. Agnieszka estava conosco em nossa cama. Pois bem, eu não quero que você fique transtornada, mas Agnieszka e eu somos casados, em uma igreja, aos olhos de Deus, e você precisa entender isso. Tenho uma obrigação para com ela. Ela não pode ficar abandonada chorando até dormir toda noite. Não é ético.'

"Eu digo: 'Não vejo o que tem a ver com ética alguém ficar chorando até dormir à noite. A mim parece mais da esfera emocional.'

"Então você deveria ver', responde ele. 'Meu Deus, Hattie, você é muito briguenta. Mas mesmo assim eu te amo, apesar de tudo. E Agnieszka também te ama.'

"Eu não digo nada. Então Agnieszka diz:

"'Você tem um corpo lindo, Hattie. Mais bonito que o meu. Eu gostaria de ter os seus cabelos.'

"Tenho certeza de que sim, pensei. O que você deseja agora? Eu poderia cortá-los e mandar fazer uma peruca e você poderia usar. Meu companheiro, minha filha, meu bebê, minha casa, minhas roupas e agora meus cabelos? E o pensamento me faz rir, só uma risadinha. Silvie, a gatinha, dá um salto e me põe a patinha na bochecha, bem carinhosa. Agora nós somos amigas. De fato, sou a pessoa que ela prefere.

"'É bom ver você conseguir levar assim numa boa, Hattie', diz Martyn, perdendo a paciência comigo. Ele fica em pé. 'Mas como é que nós vamos resolver isso? Vamos ser os três, ou uma de cada vez, ou você e Agnieszka parte do tempo, ou um rodízio, ou o quê? A gente precisa tomar algumas decisões nesta altura.'

"E foi então que fui fazer a mala, mas Agnieszka passou na frente e arrumou tudo direitinho. Martyn me levou de carro até a estação. Tomei o último trem para Bath; e aqui estou."

Hattie é corajosa, mas está tentando não chorar. Arranjo-lhe um anti-inflamatório para a dor nos braços — também tem contusões nas coxas —, e ela toma o remédio, obediente.

— Posso ficar aqui por um tempo, vovó? — pergunta ela.
— Dá para ir de trem todo dia daqui ao escritório. Posso ir lendo os originais no trem. As pessoas fazem isso o tempo todo. Na verdade, seria muito prático para mim.

— É claro que pode. Até o Sebastian ser solto. Aí a gente pensa de novo na questão.

Ela se deita na cama: lençóis brancos e limpos, travesseiros fofos, a cabeleira loura avermelhada espalhada sobre eles.

— Tenho certeza de que agora ele está na cama com ela — diz. — Nossa cama.

Faz beicinho enquanto se esforça por não chorar. A pequena Kitty também faz isso. As duas são valentes. Hattie adormece.

Telefono para Serena, apesar do adiantado da hora.

— Tanto melhor — diz ela. — Eu jamais gostei dele. Prefiro gente perversa que sabe que é perversa a gente perversa que se acha boa. E você tem que dar crédito a Agnieszka. Nós, os ingleses, somos uma nação de babacas.

Recapitulamos a lista das *au pairs* que conhecemos, e na maioria eram moças boas, e só algumas eram tão perversas. E como na natureza há um carnívoro para cada onze herbívoros, é puro azar da pessoa, quando tropeça num carnívoro. Lá está você, feliz, mastigando suas folhas; ouve-se um guinchar no meio da noite e de manhã alguém se foi, mas as águas do pensamento fantasioso não tardam em apagar a lembrança. Agnieszka é um carnívoro. Pelo menos Hattie está segura numa cama familiar, e ainda tem seus cabelos. Concordamos que a gota d'água foi essa: a cobiça da babá pelos cabelos, e não apenas o rodízio de Martyn.

Recordamos um tempo na história de Grovewood em que Serena fugiu para Londres com os filhos, depois que George tinha feito alguma coisa horrorosa, ela não consegue lembrar o quê. Houve uma sucessão de moças australianas: Narelle, Abby Rose, Ebony Jo; tão sensatas e práticas que fizeram parecer perda de tempo os lamentos de Serena sobre a própria sorte, de forma que ela parou de fazer cara feia e voltou para casa. Narelle ensinou a Lallie, que devia estar morando com Serena, a tocar o trompete de madeira dos aborígines australianos. Onde eu estava naquela época? Não me recordo; eu fui uma mãe péssima.

E agora, o que será de Kitty?

Serena diz que é melhor ela ficar com Martyn e Agnieszka, que é uma boa mãe. É melhor uma carnívora amistosa do que uma herbívora de má vontade. Hattie pode ir visitá-la. Quando tiver idade suficiente, Kitty poderá decidir o que deseja. A infância passa muito depressa.

Resolvemos que devemos nos recolher. Já não temos a energia que tínhamos quando mais jovens, e é melhor que seja assim, ou estaríamos agora em Pentridge Road derrubando a casa e deixando todo mundo transtornado. O que se perde em força se ganha em sabedoria.

A partir da segunda-feira, Hattie viaja todos os dias, levando consigo uma elegante pasta de couro carregada de originais; seus olhos estão límpidos quando ela sai de casa, mas avermelhados quando retorna. Ela se permite chorar na viagem de volta, nunca chora na viagem de ida. Martyn telefona de vez em quando, mas ela não quer falar com ele. Pergunto a Hattie sobre Kitty.

— É impressionante — diz ela — a velocidade com que a gente esquece as crianças quando estão longe dos olhos.

— Já ouvi homens dizerem isso; uma mulher, eu até hoje nunca tinha ouvido — confesso.

— Li isso em um livro — admite ela. — Vamos deixar que eles prossigam suas vidas, se é isso que desejam, e pelo menos Kitty poderá ter um quarto para ela.

No fim de semana, ela me ajuda na galeria. Alguém compra a pintura da cadeira de Sebastian no minuto em que eu abro. Dez minutos depois, a mesa também foi embora.

— Continue assim — brinca Hattie —, e você vai acabar ficando tão rica quanto Serena.

Hattie pensa em conseguir um apartamento em Londres. É só o que pode pagar. Diz que chorou uma semana inteira de indignação, repugnância, decepção, choque diante da própria loucura; e chorou também por não ter Kitty. Mas, pelo visto, não foi em absoluto pelo amor perdido de Martyn. Ela havia pensado que ele fosse um tipo de pessoa, e quando acaba ele era de outro tipo. Martyn não vai ajudar no sustento dela. Por que deveria? Nunca foram marido e mulher.

Hattie está ganhando seu próprio dinheiro e pode cuidar de si, e ele tem a responsabilidade de Kitty.

Estão arcando juntos com o pagamento da hipoteca. Ela tem um interesse financeiro na casa, mas o imóvel ganhou uma valorização que ela pode usar como poupança ou como fiança. O trabalho de sustentar Agnieszka e Kitty recairá sobre Martyn, porque Agnieszka verá seu futuro no lar, e não fora dele. Martyn será obrigado a passar o tempo todo escrevendo artigos para a *d/EvOLUTION*, vendendo a alma e seduzindo Cyrilla. Agnieszka que se preocupe com isso. Mude uma mulher, mude outra.

Ao sair da galeria vamos para casa a pé; atravessando a ponte Pulteney, nós nos sentamos por instantes em Parade Gardens e ficamos vendo passar o rio Avon. O sol está se pondo. Os cisnes estão nadando para cima e para baixo; os turistas os alimentam com insalubre pão branco.

— Na verdade, vovó — diz Hattie —, eu até certo ponto contribuí para essa situação acontecer. Levei Agnieszka comigo ao batismo e lhe empurrei sob o nariz o padre Flanahan. Escrevi a carta para a Imigração. Sabia o que viria depois. O casamento foi sugestão minha. Sabia perfeitamente o que era aquele comprimido azul e o que Martyn estava tramando, e até tomei dois comprimidos. A verdade é que eu não consigo suportar a vida doméstica. Quando a gente precisa de um homem, na hora da necessidade serve qualquer um. Eu só queria era sair de baixo.

Ela me deixa muda.

— Eu agi assim de forma honrada. Fique feliz por mim, que estou feliz — diz ela. Ergue os braços brancos e fortes. As manchas roxas estão esmaecendo depressa. E flexiona o corpo inteiro em direção ao céu; o sol bate em seus cabelos pré-rafaelitas, que se tornam dourados. Ela é uma visão incrível, saindo do passado para o futuro, lacrada no momento como o instantâneo de uma deusa.

Abro a boca em protesto, mas penso em Wanda, e em mim mesma, em Serena, e Susan e Lallie, suas antecedentes diretas: penso em Rosana, Viera, Svea, Raya e Maria, Saturday Sarah e Abby Rose, em todas as outras, não mencionadas e não representadas (por questão de espaço, tanto quanto de meu esquecimento) que participaram da criação dela. E penso em Kitty, a filhinha de Hattie, e em Agnieszka, a cuidadora, a próxima na linhagem — e torno a fechar a boca.

— Estou feliz porque você está feliz — digo, e estou.

Este livro foi composto na tipologia Minion,
em corpo 11,5/16, e impresso em papel off-
white 80g/m² no Sistema Cameron da Divisão
Gráfica da Distribuidora Record.

Seja um Leitor Preferencial Record
e receba informações sobre nossos lançamentos.
Escreva para
RP Record
Caixa Postal 23.052
Rio de Janeiro, RJ – CEP 20922-970
dando seu nome e endereço
e tenha acesso a nossas ofertas especiais.

Válido somente no Brasil.

Ou visite a nossa *home page*:
http://www.record.com.br